다시
만나는
고전

다시 만나는 고전
SWU作 2022 지음
나와 너, 그리고 우리의 이야기
Humanist

머리말

태초에 이야기가 있었습니다. 우주가 탄생하는 이야기, 생명이 만들어지는 이야기, 그리고 인간이 태어나 자라고 병들어 죽음을 맞이하는 이야기들이. 심지어 탄생 이전의 전생과 죽음 이후의 내세도 이야기합니다. 인간보다 오래된 이야기는 자연의 모습으로 전해지다가, 인간이 등장한 후로는 말로, 글로, 그리고 지금은 영상 이미지의 형태로 자신을 복제하며 변주합니다.

이러한 이야기는 단순한 허구, 비현실적 공상이 아니라 인간의 삶을 구성하는 메커니즘입니다. 인간은 이야기 방식으로 사고하고 기억하며 세상을 이해합니다. 인간에게 이야기는 각자가 살아온 내력이고 앞으로 살아갈 인생길 중 하나입니다. 웰리스 마틴(W. Martin)은 인간 개개인에게 "존재와 진로를 형성할 수 있는 삶의 서사들이 있다."라고 말함으로써 인간이 서사적 존재임을 확인했습니다. 정운채는 "인간이 곧 문학"이라고 선언하며, "인간 삶의 심층에는 삶을 운영하는 내적 이야기가 존재한다."라고 말했습니다. 인간 기저에 존재하는 삶의 운영 원리로서 이야기 형태의 관계 틀이 있으며, 그것을 통해 우리의 삶이 움직인다는 것입니다. 인지심리학에서도 '이야기 스키마(story schema)'라는 개념을 통해 인간의 인지 도식이 이야기 형식으로 구성되었음을 확인하고 있습니다.

그렇다면 우리는 이야기를 통해 나와 너의 존재 의미를 알 수 있고, 우리의 관계 성격을 이해할 수 있을 것입니다. 나에 대한 이야기, 즉 자기 서사를 안다는 것은 나의 과거와 현재와 미래를 바라보는 작업입니다. 그리고 너에 대한 이야기를 이해함으로써 나와 너 사이에 맺어지는 관계의 방향을 파악할 수 있습니다. 나와 너의 서사는 곧 우리가 사는 공동체의 이야기를 구성합니다. 그렇기 때문에 공동체의 이야기를 아는 것은 우리 사회가 앞으로 어떠한 방향으로 나아갈지를 알아챌 수 있게 합니다.

나와 너의 이야기는 따로따로 전개되지 않습니다. 나의 이야기는 너에게, 너의 이야기는 나에게 영향을 주고 서로의 구성 부분이 되어 줍니다. 나의 사연으로 너의 다음 이야기가 달라지기도 하고, 너의 이야기로 나의 이야기 전개가 바뀌기도 합니다. 이때 너는 반드시 내가 대면하는 사람일 필요는 없습니다. 인터뷰나 자서전 형식으로 만나는 먼 시공의 사람이어도 좋고, 소설이나 영화와 같은 작품이어도 좋습니다. 나와 너의 이야기는 이렇게 상호적으로 구성하며 서로가 변화하고 성장하는 데 기여합니다.

나와 너가 공유하는 이야기 중에 오랜 시간 이어지며 많은 사람들에게 직간접적으로 영향을 주는 것을 '고전'이라고 합니다. 보통 고전은 어려운 것이라는 무게, 함부로 훼손해서는 안 되는 것이라는 권위를 갖습니다. 그러나 고전도 당시에는 '현대의' 이야기였을 것입니다. 그 안에는 '그때 그곳'의 사람들이 공감하는 사연이 들어 있는 것입니다. 고전은 사실 그 시대의 나, 너, 그리고 우리의 이야기입니다.

고전은 또한 공동체의 자기 서사를 구성하는 내력입니다. 그 안에는 우리의 부모님과 그들의 부모님이 살았던 삶의 이야기가 있습니다. 부모님의 젊은 시절 이야기를 들어보면 나의 지금과 크게 다르지 않습니다. 진로와 독립을 둘러싼 걱정과 방황, 사랑과 우정에 대한 갈등과 고민, 그런 가운데서도 까르르 쏟아지던 웃음과 환하게 피어나는 행복. 이러한 이야기를 들으면 부모님이 엄격하고 융통성 없는 '꼰대'가 아니라 나처럼 자신만의 이야기를 전개하며 살고 있는 '친구'로 다가옵니다. 그들을 이해하게 되는 순간, 나와 부모님의 이야기는 새로운 국면으로 접어들게 됩니다.

이런 의미에서 고전의 재해석, 혹은 고전 다시 쓰기는 '지금 여기'에서 시작하는 관계에 대한 재설정, 재정향(Re-Orientation)의 작업이 됩니다. 젊은 작가 모임 'SWU作 2022'의 《다시 만나는 고전》은 2022년 현재, 20대의 언어 감수성으로 다시 읽어낸 옛이야기입니다. 1998년에서 2001년 사이에 태어난 작가들은 작품을 둘러싸고 있는 '고전'이라는 이름의 막연하고 희미한 권위에 기죽지 않고, 발랄한 상상력과 담박한 표현으로 옛이야기를 만나고 있습니다.

젊은 작가들은 옛이야기를 통해 '그때 그곳'과 '지금 여기' 사이의 대화를 시도합니다. 옛이야기의 숨은 아름다움을 오늘날 자신들의 언어로 더욱 선명히 드러내기도 하고, 불편한 부분은 솔직하게 인정하고 과감하게 질문합니다. 그렇게 새로운 이야기의 갈래길을 만들었습니다. 부부 관계의 지속을 어렵게 하는 이유를 다룬 〈호랑이 눈썹〉을 복권 당첨의 인생 역전과 어릴 적 꿈의 문제로 연결하고(《개화촌》), 수탉의 유래담으로 알려진 〈선녀와 나무꾼〉을 유쾌한 법정물로 해석하면서 '진정한 효, 여성의 경력 단절, 결혼과 출산'에 대한 질문을 던졌으며(《김 판사네 딸들》), 생명 구원의 신화 〈바리데기〉에 미국 소설 《작은 아씨들》을 결합하여 네 자매의 의기투합과 행복을 향한 질주를 그렸고(《꽃을 피웠던 계절은》), 아이를 점지하는 삼신할미의 신화 〈삼승할망본풀이〉를 나쁜 어른들을 혼내주는 히어로물로 변주했으며(《삼신소녀》), 너무도 유명한 〈춘향전〉에 반전의 반전을 만들어내기도 하고(《아름다운 복수》), 조선 시대 남성의 로망이 남긴 〈옥루몽〉을 가부장제의 틀을 부수는 여성의 이야기로 바꾸기도 하며(《약초꾼 황요성》), 계모형 가정소설 〈장화홍련전〉에 사도세자의 환생 이야기를 결합했고(《포자》), 서양의 고전 〈라푼젤〉을 양부모와의 사랑으로 재해석하기도 했습니다(《기다린 아이》).

드라마 〈왕좌의 게임〉을 보면 티리온 라니스터(피터 딘클리지)가 이런 말을 합니다. "사람들을 하나로 모으는 것은 무엇일까요? 군대? 황금? 이야기입니다. 훌륭한 이야기만큼 강력한 것은 세상에 없지요. 가장 좋은 이야기를 지닌 사람은 무엇으로도 막을 수 없고 어떤 적보다도 강합니다." 시인 카이저는 이렇게 말합니다. "우주를 구성하는 것은 원자가 아니라 이야기이다."라고. 이 책을 읽는 분들은 자신이 알고 있던 고전과 작가들이 '다시 만난 고전' 사이에서 자신의 문제를 발견하고 세상에 질문을 던지며, 다음 단계의 자기 서사로 나아가면 좋겠습니다. 우리는 자신만의, 그리고 함께 공유하는 이야기가 있어야 합니다. 그 이야기는 생명처럼 살아서 건강하게 움직여야 합니다. 혹시 나의 이야기를 어디에서부터 시작하면 좋을지 잘 모르겠다면, 《다시 만나는 고전》이 원천 서사로 삼은 옛이야기 한 편을 읽어보아도 좋을 것입니다.

2022년 10월

기획위원 문홍술, 하은하

창작지도 김수연

차례

개화촌

배승연

원천 서사 〈호랑이 눈썹〉 줄거리

삶이 불행한 남자가 있었다. 괴로워하던 남자는 죽기 위해 호랑이 굴로 들어갔다. 그러나 호랑이는 본모습(전생)이 동물인 인간만 잡아먹는다며 남자를 잡아먹지 않았다. 남자는 호랑이에게 자신의 사정을 이야기했고, 이를 딱하게 여긴 호랑이는 자신의 눈썹을 한 가닥 뽑아준다. 남자가 그 눈썹을 눈에 대고 사람들을 보자 그 사람들의 본모습이 보였다. 자신은 본래 인간이었으나 아내는 닭이었기 때문에 모든 일이 안 풀렸다는 사실을 안 남자는 아내와 이혼한다. 이후 남자는 본모습이 인간인 여자와 다시 결혼했고, 그때부터 일이 모두 잘 풀려 행복하게 살았다.

〈개화촌〉 작품 의도

어린 시절의 꿈은 주로 좋아하는 것들과 관련이 있다. 과자와 케이크를 좋아하면 파티시에를 꿈꾸고, 자동차와 기계를 좋아하면 자동차 정비사를 꿈꾼다. 아이들은 자신이 가장 좋아하는 것을 간절히 바란다. 좋아하는 일을 직업으로 삼게 되면 더 이상 좋아할 수 없게 된다는 말은 어린아이들에게는 와닿지 않는다. 아이들이 그 꿈을 갖게 된 것은 내가 좋아하는 일, 내가 행복감을 느끼는 일을 평생 하고 싶다는 원초적 욕망에서 비롯된 것이기 때문이다. 그 아이들 중 일부는 어른이 되어 어린 시절 원하던 꿈을 실제로 이루기도 한다. 그러나 대부분은 그 시절의 꿈과는 전혀 상관없는 일을 하게 된다. 어릴 적 꿈을 향한 갈망은 너무도 순수하기에 쉽게 더럽혀지고, 생각지도 못했던 세상의 무게에 납작 짓눌리게 되기 때문이다.

우리는 모두 절벽 끝에서 마침내 손을 내밀어줄, 〈개화촌〉 속 호랑이와 재언 같은 누군가를 간절히 갈망한다. 그러나 호랑이와 재언이 나리에게 준 것은 복권 당첨과 같은 인생 역전의 기적이 아니라 행복과 꿈에 대한 순수한 갈망의 기억이었다. 그 기억은 나약하지만, 때로는 생을 이어나가는 데 가장 강력한 무기가 될 수 있다.

이 이야기를 통해, 우리 모두가 갖고 있을 그 기억에 대해 말하고자 한다. 〈호랑이 눈썹〉이라는 오래된 이야기에 기대어, 오랫동안 잊고 살았던 소중한 기억을 다시 피워내기 위해.

개화촌

"네?"

"받아들이기 힘드시겠지만, 저희 쪽에서도 손쓸 수 있는 방법이 딱히 없습니다."

"제가 뭘 잘못했나요? 뭘 놓친 건가요? 뭔가를……."

"아니요, 나리 씨가 잘못하신 게 아닙니다. 이게 법의 허점을 노린 거라……. 요즘 빌라 전세에서 꽤 일어나더라고요. 일단 최대한 노력해 보겠지만, 기대는 안 하시는 게 좋을 겁니다. 일이 이렇게 되어서 저희도 정말 유감입니다."

경찰서에서 나와 계단을 내려오던 나리는 미끄러지듯 바닥에 주저앉았다.

"네, 저 1층에 꽃집이요……. 가게를 빼야 할 것 같아서 전화 드려요. 근데 혹시 보증금 바로 빼주실 수 있나요? 제가 사정이 생겨서요. 꼭 부탁드립니다. 네……."

고시원부터 시작해서 반지하, 원룸까지 안 가본 곳이 없던 나리는 감히 내 집 마련의 꿈은 엄두도 내지 않았다. 하지만 적어도 집다운 곳에서 월세 걱정은 안 하고 살기를 바랐고, 그 바람을 위해 지금까지 견뎌왔다. 학생 때 주에 서너 개씩 아르바이트를 하고, 졸업하자마자 직장에 다니며 빠듯하게 돈을 모았던 것은 결코 이 순간을 위한 것이 아니었다. 그렇게 아등바등 모은 전세금이 흔적도 없이 사라졌다는 것을 깨닫는 바로 이 순간 말이다.

며칠 뒤, 가게 보증금이 들어온 통장을 본 나리는 눈앞이 캄캄해졌다. 처음 꽃집을 낼 때 가진 돈이 얼마 없어 보증금을 적게 잡은 것도 있었지만, 장사가 잘 안돼 월세를 내기 어려울 때마다 보증금에서 조금씩 깎아 먹은 탓이었다. 통장에 찍힌 금액은 터무니없이 적었다.

"이걸로 집을 어떻게 구해……."

나리는 금방이라도 울음이 터질 것 같았다.

"아가씨! 이걸로 전세를 어떻게 구해! 요즘 전셋값이 얼마나 올랐는지 알고서나 하는 소리야? 보니까 아주 어린 것도 아닌 거 같은데……. 이 정도로는 다른 데 가도 절대 못 해줘. 월세는 도저히 안 되겠어?"

'집다운 집에서 꼬박꼬박 월세 내며 살면 죽어도 돈 못 모은다.' 나리가 이리저리 부딪히며 사회생활을 하고 얻은 소중한 교훈이다. 물론 고시원이나 반지하에 들어가면 금전적인 문제는 어느 정도 해결되겠지만 그건 죽어도 싫었다. 그간 지내왔던 방들을 생각하면 마치 폐 속에 곰팡이가 피는 것 같았다. 장마철만 되면 벽지와 창틀에 스멀스멀 올라오던 그 검푸른 안개. 아무리 닦고 지우려 해도 사라지지 않던 그 끔찍한 자국들이 아직도 곁에 있는 것만 같았다.

"월세는 좀 힘들 것 같은데, 정말 어떻게 안 될까요? 제가 전세 사기를 당해서 남은 게 진짜 이것뿐이에요."

나리는 세상에서 가장 불쌍한 목소리로 말했다. 이 자본주의 세상에서 전세 사기로 전 재산이나 다름없는 돈을 몽땅 잃은 사람보다 불쌍한 사람이 어디 있을까 싶어서. 다행히 그 생각이 어느 정도 먹힌 듯했다.

"아이고 세상에……. 안 그래도 내가 아가씨한테 그거 조심해야 한다고 얘기하려 그랬는데. 쯧, 그 뭐가 하나 있긴 있는데 완전 전세는 아니고 반전세야, 반전세. 그거라도 한번 봐볼래?"

복덕방 아주머니가 나리를 이끈 곳은 비탈길 위였다. 지대가 높아서인지 칼바람이 골목 사이를 누비며 웅웅대는 소리가 꽤 스산했다.

"여기가 개화촌이라는 동네인데, 아직 초봄이라 그렇지 좀만 더 있으면 여기 비탈길에 꽃이 쫘악 펴! 그래서 개화촌이야. 아 맞다, 아가씨 무슨 폴로? 뭐 한다 그랬더라?"

"플로리스트요. 꽃 하는."

"그래 맞다, 플로리스트. 아가씨한테 딱 맞는 동네구만. 이 집인데, 많이 좁긴 하지? 그래도 가벽도 세워놔서 공간 활용하기도 나쁘지 않고……."

말없이 방을 둘러보던 나리는 얼마 전 그 빌라를 계약할 때가 자꾸 떠올랐다. 그 집은 원룸이 아니라 투룸이었고, 반지하가 아니라 창밖에 나무들이 시원하게 보이는 3층이었다. 그날 전세 계약을 하고 나서 나리는 마트에 들러 칠만 원대 와인 한 병을 샀다. 자축 파티를 위한 선물이었다. 그동안에도 굳이 사 먹으려 한다면 먹을 수는 있었겠지만, 고작 술 한 병에 투자하기에 칠만 원은 나리에게는 꽤 큰 사치였다. 그래서 나리는 늘 매대 가장 앞쪽에 '특가 세일'이라고 붙어 있는 만 원 언저리의 와인을 고르곤 했다. 그렇지만 그날은 특별하고 중요한 날이었다. 그 집에서 혼자 마셨던 그 칠만 원짜리 와인은 평소 마시던 와인들과 맛은 비슷했지만, 그 순간에는 정말 행복했었다.

"그래서 여긴 어때? 사실 아가씨한테 지금 있는 선택지도 뭐 없긴 한데."

아주머니의 말에 나리는 꿈에서 깨어나듯 퍼뜩 놀랐다. 그 와인을 딸 때만 해도 지금 이 꼴이 되어 있을 줄은 상상도 못 했으니, 어느 쪽이 더 꿈에 가까울까 싶었다. 뭐가 됐든, 지금은 확실히 악몽이었다.

"여기로 할게요."

"그래, 잘 생각했어. 아가씨 사정은 나도 너무 안타깝다. 나도 나이 비슷한 딸 하나 있어서 자꾸 맘이 아프네."

깜박거리는 가로등 불빛을 가르며 뒤축이 꾸깃꾸깃 접힌 구두가 지나간다. 단 한 번이라도 광이 난 순간이 있었는지 의문이 드는 구두였다. 나리는 페인트가 군데군데 벗겨진 벽 위에 걸린 팻말 앞에 멈춰 섰다. '개화촌'이라고 쓰여 있었다. 두껍게 쌓인 먼지 위로 억척스러운 복덕방 아줌마의 말이 머리에 스친다. '봄이 오면 이 비탈길에 꽃이 좌악 펴!'

"거짓말."

이곳에 온 지 일 년 가까이 지났는데도, 나리는 제대로 된 꽃을 본

적이 없다. 꽃은 고사하고 자연의 것들이 내뿜는 색색의 빛깔들도 거의 본 적이 없었다.

"이름부터가 단단히 잘못됐어. 개화? 개 같이 화나는 마을로는 딱이네 아주."

삐딱하게 짝다리를 짚고 팻말과 눈싸움을 하던 나리의 눈에 어느새 눈물이 고였다. 악착같이 모았던 전세금을 몽땅 잃고 겨우겨우 차린 꽃집마저도 닫은 뒤로, 나리는 정처 없이 헤맸다. 학교 다닐 때 했던 아르바이트 경력을 내세워 편의점 야간 일도 하고 콜센터에서도 일했다. 꽃집을 다시 내려면, 아니 적어도 잃은 보증금만큼을 다시 모으려면 이렇게 일 년을 더 살아야 했다. 생각하면 할수록 너무 막막했다. 그 와중에 함께 플로리스트 자격증을 딴 친구는 부모님 건물에 차린 꽃집에서 어린아이들을 대상으로 영어로 진행하는 수업을 시작했다는 소식을 전해왔다.

집에 들어온 나리를 반기는 것은 탁자 위에 놓인 갖가지 약통들이었다. 나리는 그중 하나를 집어 한 움큼을 덜어낸 뒤 한참을 물끄러미 바라보다가 순식간에 입안에 털어 넣었다. 약통에는 '수면제'라는 단어가 쓰여 있었다.

"우리 똥강아지 왜 또 그럴까? 잉?"

할머니의 품에 얼굴을 부비며 나리는 뭉그러지는 발음으로 말했다.

"꿈……."

"호랑이 나오는 꿈?"

나리는 말없이 고개만 끄덕였다.

"할미가 옛날이야기 하나 해줄까? 이 이야기는 말이지 음, 어떤 아버지의 이야기야. 나리는 만나보지도 못한. 그 아버지는 난리 통에 아내를 먼저 보내고, 딸 하나만 바라보며 겨우겨우 살아가고 있었지. 그런데 설상가상 장사 나가던 길에 그 딸마저 잃어버린 거야. 에구, 세상에! 마음이 얼마나 찢어졌겠어. 딸마저 잃었다는 사실에 절망한 아버지는 스스로 목숨을 끊으려고 호랑이굴에 들어갔단다. 그런데 이게 무슨 일이야. 굴 안에 들어가서 '나 잡아먹어라!' 하고 큰 소리도 내고 춤도 춰봤는데도 호랑이가 으르렁거리는 소리만 들리고 모습을 드러내질 않는 거야."

"호랑이 무서워……."

"아니야, 나리야. 호랑이가 무서운 게 아니야. 그래서 아버지가 이상하다 싶어서 가까이 가보니까 글쎄, 그 호랑이 품에 새끼 호랑이가 하나 있었다더라. 그 새끼 호랑이는 다리에 덫이 걸려 있었어."

"아기 호랑이 불쌍해. 많이 아플까?"

"에구, 그러게 많이 아팠겠지? 그 어미 호랑이는 혹시라도 자신이 굴을 비운 새에 사냥꾼이 와서 새끼를 채갈까 봐 먹이를 구하러 가지도 못하고 새끼를 지키느라 앙상하게 말라 있었대. 아버지는 저 새끼 호랑이 때문에 나를 못 잡아먹는구나 싶기도 하고, 안타깝기도 해서 그 새끼한테 걸려 있던 덫을 빼줬지. 그러고 나서 이제는 날 좀 잡아먹겠지 싶었는데, 글쎄 그 호랑이가 머리를 한 번 조아리더니 제 새끼를 데리고 그냥 가버리데? 아버지는 어안이 벙벙해서 이게 무슨 일인가 싶었지. 그런데 문득, 한낱 미물도 저렇게 새끼를 지키려 하는데 혹시 어딘가 살아 있을 수도 있는 딸을 찾지도 않고 목숨을 끊으려는 건 어리석은 짓이라는 생각이 든 거야. 그때부터 아버지는 장사를 하며 이 동네 저 동네를 돌아다니기 시작했단다. 그런데, 그 호랑이가 도운 걸까? 기적이 일어난 거야!"

"기적이 뭐야?"

"아버지가 결국 잃어버린 딸을 찾게 됐거든. 기적이란 건 이렇게 믿기지 않을 만큼 놀랍고 신기한 일을 말하는 거야. 그런데 이 딸이 누구냐면, 할머니의 엄마 있지?"

"할머니한테도 엄마가 있어?"

"그럼, 할머니한테도 엄마가 있었지. 나리 엄마가 하늘에서 우리 나리를 보살피고 있는 것처럼 할머니의 엄마도 하늘에서 할머니를 보살피고 있단다. 이 이야기에 나오는 딸이 바로 할머니의 엄마야. 그때부터 우리 나리랑 엄마, 할머니까지 다 호랑신이 지켜보며 도와주고 있지. 어때? 이제 호랑이 하나도 안 무섭지?"

사실이야 어쨌든, 어린 나리는 그 말도 안 되는 옛날이야기를 정말로 믿었다. 나리가 악몽을 꾸거나 속상한 일이 있을 때마다 할머니가 다정한 목소리로 조근조근 들려주던 그 이야기를. 픽션과 현실을 구분할 수 있는 나이가 됐을 때도 그 이야기를 딱히 싫어하지는 않았다. 문제는 나리가 세상 물정에 눈을 뜨기 시작했을 때였다. 그때부터 나리는 그 이야기를 죽도록 싫어했다.

"그래서 그 호랑이가 당장 우리 집 전기세를 내줘, 뭘 해줘?"

나리는 당장 아무런 문제도 해결해 주지 않는 호랑신의 존재만을 굳게 믿고 있는 할머니가 미련해 보였다. 심지어 혐오스럽기까지 했다. 숙제 때문에 친구를 집에 데려온 날, 할머니가 친구에게 그놈의 호랑신 이야기를 해대는 바람에 다음날 친구로부터 당분간 거리를 두자는 문자를 받은 기억이 아직도 생생했다. 하다 하다 호랑신을 더 지극히 모셔야겠다며 산에 들어가겠다는 할머니를 스무 살의 나리는 구태여 말리지 않았다. 다만 분주히 짐을 싸며 이것저것 잔소리를 해대는 할머니의 등 뒤에서 멍한 표정을 짓고 있었을 뿐이었다. 꾸역꾸역 한 집 한 이불에 살던 때가 지나고 둘 사이의 물리적 거리가 멀어지자 마음의 거리도 조금씩 멀어졌다. 아니, 사실 멀어진 건 나리뿐이었는지도 모른다. 할머니는 그 이후에도 꾸준히 나리에게 전화를 걸어 안부를 묻고, 종종 집에 찾아와 반찬을 한가득 만들어 놓고 갔으니까. 그러나 나리가 학자금으로부터, 월세로부터, 휴일 없는 직장으로부터, 온갖 자본주의의 산물에 끌려다니며 간신히 하루를 버틸 때 유일한 가족인 할머니는 나리의 옆에 없었다. 다 널 위한 거라면서 산에 들어간 할머니는 삶에 조금도 도움이 되지 않았다. 그렇게 나리는 세상을 향해 한 걸음 내딛을 때마다 동시에 할머니로부터 한 걸음 멀어졌다.

여느 때와 같이 퇴근하고 집으로 돌아가던 어느 날, 할머니의 부고는 갑자기 날아들었다. 나리는 할머니의 장례를 치르는 동안 단 한 번도 울지 않았다. 장례식에 찾아온 몇 안 되는 사람들은 그런 나리를 보며 독하다는 이야기를 했다. 그 이후로 나리는 운명에 대한 기이한 반항심이 생겼다. 운명이 내 숨까지 거둬가기 전에 내가 먼저 선수를 쳐야겠다는 반항심. 그게 꿈이자 목표가 되었다. 그때부터 나리는 무병단수를 바라게 되었다. 무병장수도 아니고, 무병단수.

"그냥 짧고 굵게 행복 좀 누리다가 죽어버려야지."

장례식에 찾아온 기은에게 나리가 꺼낸 말이었다. 호랑신 따위는 없었다. 어린 나리가 새벽에 깨어 칭얼대면 할머니는 나리의 가슴팍을 토닥이며 호랑신은 늘 여기에 있다고 말해주곤 했다. 가증한 거짓말이었다. 할머니는 존재하지도 않는, 어린아이들이나 믿는 옛날이야기에 그토록 긴 시간과 정성을 바친 것이었다.

권장 복용량을 훨씬 넘긴 수면제의 양에 기절하듯 잠에 빠진 나리의 눈앞에 지긋지긋한 풍경이 펼쳐졌다. 또 같은 꿈이었다. 너무 많이 본 장면이라 이제 나리는 저 앞에 있는 나무에 달린 이파리의 개수도 알 것만 같았다. 그 꿈은 나리가 떠올릴 수 있는 가장 처음의 기억이었다.

꿈속에서는 늘 두 갈래 길이 나왔고, 그중 오른쪽 길로만 갈 수 있었다. 셀 수도 없이 꿨던 꿈이었지만 나리는 단 한 번도 왼쪽 길로 올라가 본 적이 없었다. 아무리 애를 써도 몸이 저절로 오른쪽을 향했기 때문이다. 그렇게 길을 따라 올라가다 보면 굴이 하나 나오는데, 그 굴속에는 호랑이 한 마리가 있었다. 나리가 아주 어릴 때는 그 호랑이가 세상에서 가장 무서웠다. 별다른 움직임 없이 엎드린 상태로 나리를 응시하거나 이따금 몸을 뒤척거리는 게 전부였지만 맹수가 주는 위압감은 그 존재만으로도 엄청났다. 하지만 할머니에게 호랑이 이야기를 듣고 나서는 점차 호랑이가 친숙해지기 시작했다. 심지어 나리는 손을 뻗어 호랑이를 쓰다듬으려는 대담한 시도까지 했었다.

할머니의 장례를 치르는 동안에는 단 한 번도 눈물을 보이지 않았던 나리는 발인 다음 날 그 호랑이 앞에서 어린아이처럼 엉엉 울었다. 나한테 왜 그러냐고, 어떻게 그럴 수 있냐고 소리를 지르며 설움을 토해내는 나리의 앞에 호랑이는 여전히 무덤덤하게 있을 뿐이었다. 그날 잠에서 깨어난 나리의 얼굴은 눈물로 흠뻑 젖어 있었다.

이날도 오른쪽 길로 발을 디디려고 했던 나리는 순간 멈칫했다. 처음으로 몸이 왼쪽을 향한 것이다. 여느 때처럼 다시 오른쪽으로 몸을 틀려고 했지만 의지대로 움직이지 않았다. 나리는 잠시 당황했지만, 오랫동안 왼쪽 길의 끝에는 무엇이 있을까 궁금했기에 다리가 움직이는 대로 몸을 맡겼다. 그렇게 하염없이 올라가던 나리는 어느 순간 자신의 눈앞에 절벽이 가까워지고 있다는 것을 깨닫고 발버둥 치기 시작했다. 그러나 꿈속의 몸은 마음대로 움직이지 않았고, 절벽 끝에 아슬아슬하게 서서 휘청거리던 나리는 결국 중심을 잃고 떨어졌다. 허공으로 곤두박질치는 이질적인 느낌에 까무러칠 때쯤 무언가가 나리를 낚아챘다. 놀란 나리는 손톱까지 세워 그것을 온 힘을 다해 꽉 잡았다. 살기 위한 본능이었다. 그 무언가는 자신의 몸이 먼저 땅에 닿도록 허공에서 몸을 틀었고, 덕분에 나리는 그 위로 생채기 하나 없이 떨어졌다.

겨우 정신을 차린 나리의 코앞에는 쓰러진 호랑이 한 마리가 있었다. 당황한 나리는 몸을 일으켜 뒤로 물러났다가, 늘 꿈에서 보던 굴속의 그 호랑이임을 깨닫고 용기를 내어 호랑이의 몸을 손가락으로 한 번 찔러 보았다. 그러나 호랑이는 미동도 하지 않았다. 나리는 순간 숨이 턱 막혔다. 그 호랑이는 나리가 아주 어릴 때부터 20년 넘게 꿈에서 만난 호랑이다. 별다른 유대관계는 없었지만 알게 모르게 정이 쌓였을 법도 했다.

"저기……."

나리는 몇 번 더 호랑이를 쿡쿡 찔러봤지만 여전히 호랑이는 움직이지 않았다. 그때 나리의 머릿속에 예전에 차에 치인 고양이를 발견했을 때 기은에게 전화를 걸어 대처법을 물어봤던 기억이 떠올랐다. 나리보다 두 살 더 많은 기은은 다니던 회사를 그만두고 수능을 다시 쳐서 작년에 수의대에 들어갔다.

"언니, 여기 새끼 고양이가 차에 치인 거 같은데 살았는지 죽었는지 모르겠어. 어떡하지?"

"아, 그래? 일단 심장 박동이랑 호흡 있는지 확인해 봐."

"그러려고 했는데 심장 박동이 느껴지는 건지 아닌지 확실하지가 않고, 바람이 너무 많이 불어서 호흡이 있는 건지도 잘 모르겠어."

"그러면, 핸드폰 있지? 그거 플래시 켜서 눈꺼풀 젖히고 동공 반응 있는지 확인해봐. 동공 반응 어떻게 보냐면……."

나리는 그때의 기억을 떠올리며 호랑이의 상태를 확인하려 했다. 그러나 호랑이가 바닥에 반쯤 배를 댄 상태로 엎드려 있어서 심장 박동을 확인하기 어려웠다. 예전에 기은이 동맥이니 뭐니 얘기를 했던 것 같았는데, 도저히 기억이 나질 않았다. 심장 박동 확인은 포기하고 호흡을 찾기 위해 호랑이의 코 위로 슬며시 손을 올렸다. 그러나 올린 손이 무색할 정도로 아무것도 느껴지는 게 없었다. 나리는 심각한 얼굴로 손을 내렸다. 일단 호흡이 없으니 죽은 것 같긴 했으나, 그래도 혹시 모르니 동공 반사까지 확인을 해봐야 했다. 호랑이의 한쪽 눈꺼풀을 위로 젖혔을 때 나리는 문득 자신이 플래시는 고사하고 핸드폰도 없다는 사실을 깨달았다. 꿈속이니 당연했다. 멍하니 탄식하며 눈꺼풀을 내리는데, 죽은 줄 알았던 호랑이가 갑자기 벌떡 몸을 일으켰다. 나리는 그대로 뒤로 넘어지고 말았다. 놀란 가슴을 진정시키며 위를 올려다보는데, 호랑이는 온데간데없고 시야에는 흰 천장이 가득했다.

삑삑대는 기계음과 분주한 말소리에 나리가 눈만 굴리고 있을 때, 익숙한 얼굴이 보였다. 기은이었다. 기은은 대체 무슨 생각으로 수면제를 그렇게나 많이 먹었냐며 나리의 한쪽 손을 붙들고 대성통곡을 하고 있었다. 눈물 콧물로 범벅이 된 기은의 얼굴로부터 슬며시 고개를 돌리자 나리의 눈에 주먹을 꼭 쥐고 있는 자신의 반대쪽 손이 들어왔다. 그 손에는 정체불명의 털 한 가닥이 쥐어져 있었다.

그로부터 일주일 후, 나리는 기은에게 전화를 걸었다. 병원에서 퇴원한 후 나리는 자신의 손에 있었던 털의 정체를 알아내기 위해 계속 머리를 굴리고 있었다. 분명 사람 머리카락은 아니었다. 빳빳하고 두꺼운 게 꼭 동물의 털 같았다. 하지만 나리는 반려동물을 키우지 않는다. 생각에 생각을 더할수록 나리는 그 털이 호랑이 눈썹 털 같았다. 자신이 꿈에서 깨기 직전에 호랑이의 눈가를 잡고 있었으니 눈썹 털 한 가닥쯤 손에 떨어지는 건 꿈속의 일이라는 것만 빼면 꽤나 현실성 있는 이야기였다. 만약 이 털이 혹시라도 호랑이의 눈썹 털이라면, 전날 있었던 일이 단순한 꿈이 아니라는 게 증명될 것이었다. 나리는 기은을 만나 털의 정체를 묻기로 했다.

나리는 먼저 카페에 도착해 기은을 기다렸다. 그 카페는 나리의 꽃집이 있던 건물의 2층에 자리한 카페였다. 나리는 자신이 나간 자리에 어떤 가게가 들어왔을까 궁금하기도 하고, 3년 가까이 그곳에서 꽃집을 운영하며 정도 많이 들었던 터라 수많은 카페 중 그곳으로 약속을 잡았다. 주문을 하기 위해 카운터에 가자 익숙한 얼굴이 보였다. 재언이었다. 재언은 이 카페의 사장으로 카페에 둘 화분을 사러 꽃집에 꽤 자주 왔었다.

"또 화분 사시게요? 지난달 화분 또 죽이셨어요?"

"아하하, 그게 또 그렇게 돼버렸네요."

"그렇게 한두 달 만에 또 죽이실 거라면 그냥 꽃꽂이용을 사시는 건 어떨까요? 그편이 훨씬 저렴할 것 같은데요."

"음, 그게……. 꽃꽂이용은 이미 죽어 있는 거잖아요. 그래서 너무 금방 시들어버리고. 그냥 또 화분으로 사 갈게요. 저는 이게 더 좋아요."

"어차피 화분에 심겨 있는 것도 금방 죽이실 거면서……."

머쓱하게 웃는 재언을 바라보며 나리는 그가 고른 화분을 계산했다.

"나리 씨는 꽃꽂이용 꽃이 더 좋으세요?"

"네? 아, 네. 저는 화분에 심겨 있는 것보다 얘네들이 더 예쁘더라구요."

나리는 진열장 쪽으로 눈짓하며 말했다.

"그래도, 너무 빨리 시들잖아요. 화분에 있는 건 살아 있는데. 뿌리도 내리고요. 물론 제가 식물을 기르는 데 정말 재능이 너무 없어서 금방 죽이긴 하지만……."

"그래서 더 예쁘지 않아요? 줄기가 꺾이고 잘려져 화병에 꽂혀 있는데도 이렇게 아름다운 꽃잎을 우리에게 보여준다는 게. 그래서 저는 이렇게 금방 시들어버리지만 화려하고 예쁜 애들이 더 좋아요."

"저는 딱 그 정반대로 생각하는데……. 우리 정말 다르네요. 뭐, 각자의 취향이니까요. 그렇죠?"

어깨를 으쓱하는 재언에게 나리는 2층까지 들고 가기 편하도록 손잡이가 있는 두툼한 쇼핑백에 화분을 담아 건넸다. 그사이 재언은 나리에게 또 질문을 건넸다.

"근데 나리 씨는 성이 뭐예요?"

나리는 재언이 정말 말이 많다고 생각했다.

"최요. 최 씨."

"아하, 최나리 씨. 저는 남재언입니다."

"네, 알고 있어요. 하도 자주 얘기해 주셔서."

나리는 사람 좋은 미소를 잠깐 지어주고 재언을 문 앞까지 배웅했다. 사실은 계속해서 말을 거는 재언을 서둘러 보내기 위함이었다. 나리는 잘 모르는 남과 말을 섞으며 살갑게 대하는 편이 아니라 가끔 재언의 관심이 부담스러웠다.

"어, 나리 씨! 아침부터 일찍 오셨네요. 얘기 들었어요. 사기라니……. 마시고 싶으신 거 다 얘기하세요. 제가 음료는 공짜로 드릴 수 있어요. 물론 그걸로 위로가 되지는 않겠지만."

"아니에요. 마음만 감사히 받겠습니다. 아메리카노 두 잔이요. 하나는 따뜻하게, 하나는 차갑게요."

"그냥 드려도 되는데. 저희가 하루 이틀 본 사이도 아니고……."

머쓱하게 웃는 재언에게 가벼운 목례를 한 나리는 창가 자리에 앉았다. 이윽고 서비스라며 케이크 두 조각과 함께 커피를 가져다준 재언에게 감사를 표하고 있을 때, 기은이 카페에 도착했다. 오후에 실습 수업이 있다는 기은은 평범한 후드티에 청바지 차림이었다. 나리는 기은이 자리에 앉기 무섭게 속사포처럼 질문을 내뱉으며 대뜸 털을 기은의 눈앞에 들이밀었다.

"언니, 이거 동물 털 같지, 그치? 대충 무슨 동물일 것 같아? 좀 큰 동물? 초식동물? 무슨 털일 것 같아?"

"어이구, 좀 살 만한가 보지? 뜬금없이 그게 무슨 소리야. 이것만 보고 무슨 동물 털인지 어떻게 알아? 뭐 힌트라도 주던지."

"힌트 없어. 그냥 맞혀봐. 답은 나도 몰라."

"나리야, 내가 이것만 보고 무슨 동물 털인지 알 수 있었으면 지금 이러고 있을 게 아니라 점집을 차렸겠지. 요즘 많이 힘들지? 내가 도와줄 거 있으면 말해, 응?"

"도와줄 거 있어. 이거 무슨 동물 털일 거 같냐니까?"

막무가내로 구는 나리를 어이없다는 듯 바라보던 기은은 한숨을 쉬며 털을 살폈다.

"이게 그렇게 중요하면 나한테 물어보는 것보다 유전자 검사를 맡기는 게 더 빠를걸? 근데 보기에도 평범한 개나 고양이 털 같진 않아 보이네. 제법 빳빳한 게 꽤 큰 종일 거 같은데?"

기은은 털을 다시 나리에게 돌려주었다. 나리는 그것을 받아 다시 뚫어져라 보기 시작했다. 손끝으로 비벼 돌리기도 하고 흔들어도 보았다. 그러다 우연히 눈앞에 들어 올린 순간, 나리의 미간이 잔뜩 찌푸려졌다. 조금 전 손끝으로 비빌 때 그랬는지 털의 중앙 부분이 두 갈래로 갈라져 아주 작은 틈이 생겼는데, 그 사이로 무언가가 언뜻 보인 것이다. 나리는 눈에 힘을 주고 다시 털을 바라보았다. 그 틈 사이로 보인 것은 바로 실습복 차림으로 강아지를 안고 행복하게 웃고 있는 기은의 모습이었다. 나리는 깜짝 놀라 손을 내렸다. 그러자 처음 카페에 들어왔을 때처럼 후드티에 청바지를 입고 있는 기은이 보였다.

"언니, 오늘 무슨 옷 입고 왔어?"

"후드티에 청바지. 안 보여?"

기은은 후드티 끝을 집어 살짝 흔들며 말했다. 나리는 기은의 말을 듣는 둥 마는 둥 하며 털을 들었다가 내렸다가, 다시 쳐다봤다가 기은을 쳐다봤다가, 고개를 뒤로 뺐다가 다시 앞으로 내밀었다가 정신없이 움직였다. 그 모습을 지켜보던 기은은 또 한숨을 푹푹 내쉬며 자신의 앞에 있는 커피를 한 모금 마셨다. 그 순간 나리가 갑자기 무언가 떠오른 듯 벌떡 일어났다.

"언니, 고마워! 내가 다음에 밥 살게!"

나리는 벙찐 표정으로 바라보는 기은을 뒤로 하고 황급히 카페를 떠났다. 나리는 털을 들어 자신의 눈앞에 둔 채로 거리를 걸어보았다. 털의 작은 틈 사이로 사람들의 '어떤' 모습들이 눈에 보였다. 영어 단어장을 손에 쥔 채 걸음을 재촉하던 교복 입은 고등학생을 보자 단어장 대신 유명 아이돌의 앨범을 들고 있는 모습이 보였다. 바쁘게 전화를 받으며 택시를 잡는 남자에게서는 운동복을 입고 그 위에 마라톤 참가 번호가 쓰여 있는 조끼를 걸치고 있는 모습이 보였다. 우는 아이를 달래며 유모차를 끌고 가던 여자는 틈 사이에서 자신의 품에 안겨 잠든 아이를 사랑스러운 눈빛으로 쳐다보고 있었다.

그렇게 거리의 사람들을 구경하던 나리는 해가 질 때쯤 돼서야 집으로 돌아왔다. 흉측한 소리를 내는 현관문이 쾅 하고 닫히자 나리는 그제야 몸의 긴장을 풀고 침대에 널브러졌다. 심장이 빠르게 뛰고 있었다. 그 일은 꿈속의 일이 아니었다. 그리고 자신의 손에 들려 있는 이 털도 그냥 평범한 동물의 털이 아니었다. 이 털은 분명 호랑이의 눈썹이고, 무언가 특별한 힘을 지닌 것이었다. 나리는 흥분한 마음을 가라앉히고 천천히 생각하기 시작했다. 이 눈썹 털은 호랑이가 자신에게 내려준 것이다. 비루한 인생이 한스러워서 죽으려던 날 구해주고, 이 눈썹 털까지 준 것이다. '대체 왜? 그렇게 불쌍하고 안타까웠다면 로또 번호라도 알려줘야 하는 거 아닌가? 21세기에 그것만큼 확실한 보답이 어디 있다고.' 꼬리에 꼬리를 무는 생각에 나리의 머릿속은 되려 더 복잡해졌다. 이 눈썹 털 사이로 보이는 사람들의 모습에는 분명 어떤 의미가 있을 것이다. 그러나 나리는 그게 무엇인지 도저히 종잡을 수가 없었다.

그때 전화가 울렸다. 기은이었다. 그 사건 이후로 기은은 하루에 한 번씩은 무조건 나리에게 전화를 걸었다. 전화를 받자 오후 실습에서 있었던 일을 쫑알쫑알 내뱉는 기은의 목소리가 전화를 타고 나리의 귀로 넘어왔다. '아, 진짜?', '그랬구나.', '정말?'과 같은 별 뜻 없는 호응을 하던 나리는 문득 오전에 카페에서 눈썹 털 사이로 보인 기은의 모습이 생각났다.

"언니는 동물 돌보는 게 그렇게 좋아?"

"당연하지! 그렇지 않고서야 내가 왜 멀쩡히 다니던 회사 때려치우고 다시 대학에 들어왔겠냐, 이 나이에. 아무리 다른 게 힘들어도 애네랑 같이 있으면 행복해져. 내가 이보다 더 행복할 수 있나 싶을 정도로."

기은의 대답을 듣자 조금씩 생각이 정리되는 듯했다. 호랑이 눈썹은 사람이 가장 원하는 이상적인 모습을 보여주고 있는지도 몰랐다. 나리는 전화를 끊고 벌떡 일어나 눈썹 털을 쥔 채 거울 앞에 섰다. 이 털이 정말로 그런 신비한 힘을 가지고 있다면, 분명 나리가 원하는 모습도 볼 수 있을 터였다. 나리는 자신의 모습이 어떻게 보일지 너무 궁금했다. 아마 안락한 집에서 경제적으로 안정된 삶을 사는 자신이 보일 것이리라. 나리는 잔뜩 상기된 표정으로 거울 속의 자신을 뚫어져라 쳐다보았다. 그런데 나리의 기대와는 달리, 거울 속에는 전혀 다른 모습이 그려지고 있었다. 그 안의 나리는 쪼그려 앉은 채 길가에 핀 자잘한 꽃들을 보며 평온하게 미소 짓고 있었다. 나리는 무언가 잘못됐다고 생각했다. 저 모습이, 고작 길가에 핀 잡풀을 보는 것이 자신의 이상일 리 없었다. 그때 전화 속 기은의 말이 다시 떠올랐다. '같이 있으면 이보다 내가 더 행복할 수 있나 싶을 정도로.'

나리는 기은의 말을 곰곰이 되뇌었다. 그렇다면 호랑이 눈썹은 누군가의 이상적인 모습이 아니라 가장 행복한 모습을 보여주고 있는 것일까? 그렇다고 해도 여전히 풀리지 않는 의문이 있었다. 모든 인간은 행복해지고 싶은 욕구를 가지고 있다. 나리 역시 행복하고 싶었다. 다만 나리는 의식주가 행복의 기본이라고 생각했다. 행복하다고 의식주가 해결되는 건 아니다. 의식주가 충족이 되어야 비로소 행복

해질 준비가 된 것이다. 게다가 나리는 단순히 몸을 가릴 옷이 있고, 허기를 채울 수 있는 음식이 있으며, 몸을 눕힐 수 있는 곳이 있는 것 이상의 의식주를 바랐다. 부끄럽지 않은 옷을 입을 수 있고, 먹고 싶은 음식을 먹을 수 있고, 계약 기간이나 세 인상 등의 이유로 이곳저곳 떠돌아다니는 21세기판 나그네의 삶을 살지 않는 것. 이 모든 게 충족이 되어야 행복해질 수 있다고 생각했다. 그래서 나리는 여기까지 정신없이 달려왔다. 주위의 꽃들이 언제 피고 지는지 깨달을 겨를도 없이. 자신이 무엇을 좋아하는지, 왜 꽃 만지는 일을 시작했는지도 잊은 채.

나리는 어릴 적부터 꽃을 좋아했다. 초등학생 때는 화단에 핀 철쭉, 개나리, 민들레 등을 쪼그려 앉아 하나하나 살펴보느라 고작 10분 거리인 등굣길이 20분, 30분으로 늘어나기 일쑤였다. 그 작고 여린 존재가 주는 행복이 기뻤다. 중학교에 들어와 용돈을 받기 시작한 나리는 종종 꽃집에서 꽃을 샀다. 화병의 꽃은 너무도 아름다웠지만 순식간에 시들었다. 나리는 그 짧은 시간이 늘 아쉬웠다. 하지만 그렇기 때문에 꽃이 주는 기쁨이 더욱 소중해진다고 생각했다. 자연스럽게 나리는 고등학교 3년 내내 장래 희망란에 '플로리스트'라고 썼다.

그러나 막상 플로리스트가 된 나리는 제 모습이 태양 빛의 눈부신 유혹을 이기지 못하고 감히 다가갔다가 추락하고 마는 이카로스와 별다를 게 없다는 생각을 했다. '그냥 멀리서 바라보기만 할걸.' 플로리스트가 되고 싶다던 나리의 말에 할머니가 짓던 표정이 떠올라 자주 입안이 썼다. 아무리 침을 뱉어도, 사탕을 물어도 쓴맛은 가시지 않았다. 속에서부터 끊임없이 들끓어 오르는 것 같았다.

분명 꽃이 좋아서 시작한 일이었지만 나리는 그 마음을 꽤 오래 잊고 살았었다. 그리고 그 망각은 어느새 나리의 속내를 갉아먹었다. 나리는 다시 한번 눈썹 털을 쥐고 거울 앞에 섰다. 거울 속 모습에 더 이상 의문이 남아 있지 않았다. 눈썹 털 사이로 보이는 모습은 분명 자신의 행복한 모습이 맞았다.

나리는 새벽같이 일어나 꽃 시장으로 향했다. 군데군데 둘러보며 시장 한 바퀴를 돈 나리의 손에는 꽃모종이 한가득 들려 있었다. 집으로 돌아온 나리는 물뿌리개와 모종삽을 꺼내 마을 초입의 비탈길에 모종을 심기 시작했다. 마지막 하나가 남았을 때, 나리는 지갑 속에 고이 넣어둔 호랑이 눈썹 털을 꺼냈다. 눈썹 털은 제 소명을 다했고, 더 이상 필요하지 않았다. 모종을 심기 위해 판 구덩이 속에 털을 넣었다. 그 위를 모종이 덮었고 또 그 위로 고운 흙이 덮었다. 뿌듯한 마음으로 손을 툭툭 털며 돌아서는 나리의 겉옷 주머니에서 짧게 진동이 울렸다. 문자 메시지가 하나 와있었다. 꽃집 건물의 주인아저씨가 보낸 문자였다.

〔나리 씨, 2층에 있던 카페 기억나죠? 거기 사장이 나리 씨에게 뭐 물어볼 게 있다고 대신 연락해 달래서 문자 보내요. 오늘 중으로 한번 가봐요.〕

그날 오후 나리는 재언의 카페로 향했다. 나리가 안으로 들어서자 테이블을 닦고 있던 재언이 나리를 발견하고 반갑게 인사했다.

"안녕하세요, 나리 씨!"

"안녕하세요. 제게 물어보실 게 있다고 하셔서요."

"네, 맞습니다. 일단 여기 앉으시죠. 음, 다름이 아니라, 제가 생각을 좀 해봤는데요. 제가 식물이나 꽃을 너무 좋아하거든요. 그래서 이 카페에 그런 것들이 좀 많았으면 하는데, 나리 씨도 아시겠지만 제가 마이너스 손이잖아요. 정말 가만히 둬도 잘 자란다는 식물도 다 죽이고요."

재언은 멋쩍게 웃으며 말을 이어갔다.

"여기 카페 오른쪽 창 앞자리가 좀 비어 있거든요. 테이블을 더 둘까 싶기도 했는데, 그러면 일손이 부족해질 것 같아요. 그래서 제가 늘 나리 씨 가게에서 화분을 사서 뒀는데, 저기 다 시든 거 보이시죠?"

나리는 재언의 시선을 따라 창가에 놓인 앙상한 화분들을 잠시 바라보다가 다시 재언에게로 눈을 돌렸다. 무슨 말을 하려는 건지 전혀 감이 오지 않았다.

"나리 씨 꽃집 빼셨잖아요. 그래서 만약에 생각 있으시면 여기에 숍인숍으로 꽃집을 하시면 어떨까 해서요. 숍인숍 아시죠? 가게 안에 작은 가게를 또 운영하는 거요. 만약에 나리 씨가 다른 가게를 벌써 구하셨거나 제 제안이 별로라고 생각하시면 거절해도 괜찮아요. 그래도 만약 하게 된다면 카페 분위기도 훨씬 밝고 화사해질 거고, 나리 씨도 큰 부담 없이 다시 꽃집 시작하실 수 있을 것 같아서요. 그래서 이렇게 연락 드렸던 겁니다."

"아……."

"월세는 정말 많이 안 받을 생각이거든요. 나리 씨를 막 동정해서 그런 게 아니라, 꽃집 들어오면 사실 저도 인테리어 효과를 엄청 보는 거잖아요. 그래서."

나름 호기롭게 이야기를 시작한 재언은 나리의 표정에 점점 주눅이 들었다. 짧은 침묵이 흘렀다. 재언은 왠지 등에 식은땀이 흐르는 것 같았다.

"좋아요! 저 그 일 이후로 그냥 포기할까 하는 생각까지 했는데, 이런 제안 해주셔서 정말 감사해요."

나리의 목소리가 정적을 깼다. 나리가 거절할 거라 생각했던 재언은 금세 화색이 되었다.

"정말요? 잘 생각하셨어요! 네네, 그러면 계약서는 내일까지 준비해 두겠습니다. 그거 보면서 같이 구체적으로 이야기해 봐요. 아, 그리고 제게 감사하실 건 없어요. 이런 기회는 얼마든지 나리 씨 곁에 있었을 테니까요."

밝은 표정으로 자리에서 일어난 재언은 나리에게 악수를 청했다. 나리 입장에서도 거절할 이유가 없는 좋은 기회였기 때문에 나리 역시 마찬가지로 밝은 표정으로 악수했다. 재언은 자신의 지갑에서 명함 한 장을 꺼내 나리에게 건넸다.

"아, 혹시 가게 이름은 제가 지어도 될까요? 생각해 둔 게 있어서요."

"네, 그럼요! 얼마든지요. 그런데 혹시 어떤 이름인지 얘기해 주실 수 있나요?"

"참나리요."

"참나리요? 나리 씨 이름 최나리 아니었나요?"

"아, 제 이름은 아니고 참나리가 호랑이꽃의 또 다른 이름이에요.

제 할머니가 생전에 그 꽃을 되게 좋아하셨거든요."

"그러셨구나. 네, 그렇게 하세요. 저도 마음에 드네요. 참나리."

카페에서 나와 집으로 돌아가던 길에 나리는 자신이 아침에 심어두었던 비탈길의 꽃들을 물끄러미 쳐다보았다. 화병에 꽂혀 있는 각양각색의 화려한 꽃들에 비하면 아직은 보잘것없는 작은 꽃봉오리지만, 뿌리를 굳게 내리고 날이 조금 더 따뜻해지면 금세 활짝 필 것이었다. 튼튼하게 잘 자란다면 폭우도, 여름의 뜨거운 땡볕도 이겨낼 수 있을 것이다. 나리는 가벼운 발걸음으로 비탈길을 올라가며 아까 재언에게 받은 명함을 지갑에서 꺼냈다. '남재언(南再言)' 나리는 정갈한 글씨체로 쓰인 한자를 유심히 바라보며 '요즘은 명함에 한자보다는 영어 이름을 쓰지 않나?' 하는 실없는 생각을 했다. 두 재에 말씀 언, 다시 말하다. 할머니 덕에 어릴 때부터 한자를 배웠던 나리가 어렵지 않게 읽을 수 있는 한자였다. 나리는 명함에 있는 번호를 휴대전화에 저장한 후 다시 주머니에 넣었다. 생각지도 못한 방향으로, 뜻밖의 인연으로 새로운 기회가 생겼다. 나리는 호랑신을 믿기 시작했다. 다만 나리는 재언의 팔 안쪽에 있는 흉터를 눈치채지 못했다. 꼭 사람이 손톱으로 있는 힘껏 긁은 것 같은 흉터를.

김 판사네 딸들

김수아

원천 서사 〈선녀와 나무꾼〉 줄거리

홀어머니를 모시고 사는 마음 착한 나무꾼이 있었다. 어느 날 그는 사냥꾼에게 쫓기던 사슴 한 마리를 구해주고 그 보답으로 선녀들이 목욕하는 연못의 위치를 알게 된다. 그리고 한 선녀의 날개옷을 감추고 갈 곳 없는 선녀를 보살피면 아내로 만들 수 있다는 이야기도 듣는다. 나무꾼은 사슴의 말대로 했고, 선녀와 결혼해 두 명의 아이를 낳는다. 하지만 세 명의 아이를 낳기 전까지 날개옷을 돌려주면 안 된다는 사슴의 당부에도 나무꾼은 선녀에게 날개옷을 돌려주고, 선녀는 그 즉시 아이들과 함께 하늘로 올라가 버린다. 나무꾼은 다시 찾아온 사슴의 도움으로 하늘로 올라가지만, 지상 세계에 홀로 계신 어머니가 걱정이 되어 다시 돌아가려 한다. 선녀는 나무꾼에게 절대로 말에서 내려 땅을 밟지 말라고 당부하지만, 뜨거운 팥죽이 말 등에 흘러 결국 말에서 떨어지게 된다. 그렇게 땅을 밟게 된 나무꾼은 영영 하늘로 가지 못하게 되었고, 그 자리에서 닭이 되어 아침마다 하늘을 향해 울부짖었다.

〈김 판사네 딸들〉 작품 의도

〈선녀와 나무꾼〉은 모르는 사람이 없을 정도로 너무나 유명한 이야기이다. 하지만 성인이 되고 나서 다시 읽어보니 어릴 때는 몰랐던 불편한 내용이 눈에 들어오기 시작했다. 이 작품은 진정한 효, 여성의 경력 단절, 결혼과 출산의 의미 등 독자에게 다양한 생각 거리를 던져준다.

또한 작품에 등장하는 인물들 사이에서 발생하는 여러 종류의 갈등은 지금을 살아가는 현대인들의 모습과도 닮은 면이 있다. 이로써 우리 사회의 문제점을 발견하고 사회의 한 구성원으로서 깊이 고민해 볼 수 있는 계기가 되도록 이야기를 재구성했다.

여러 물음을 담고 있는 만큼 유쾌하게 그려내고 싶었다. 눈살을 찌푸리게 하는 일이 빈번하게 일어나는 세상에서도 웃음을 잃지 않도록 하는, 그렇지만 현실을 직시할 수 있는 이야기로 전달되면 좋겠다.

김 판사네 딸들

21세기, 어느 마을에 나무를 베며 생계를 이어가는 나무꾼이 있었다.

"홀어머니를 모시고 살고 있습니다."

나무꾼은 이렇게 말하고 다녔지만, 사실 홀어머니가 나무꾼을 먹여 살린다는 게 더 맞는 이야기였다. 마을 사람들은 '저놈의 자식, 빨리 결혼이나 해서 어머니 좀 그만 괴롭히지.'라며 손가락질을 하기 일쑤였다. 그런 비난들을 아는지 모르는지 철없는 나무꾼은 오로지 나무만 베며 하루하루를 보냈다.

그러던 어느 날이었다. 그날도 평소처럼 나무를 베고 있었는데, 어디선가 다급한 발소리가 들려왔다. 발소리는 점점 가까워졌다. 한 남자가 누군가에게 쫓기고 있었다. 그는 나무꾼을 발견하자마자 이쪽을 향해 맹렬히 달려오기 시작했다. 그의 표정은 마치 숲속에서 길을 잃어 며칠을 굶다가 버려진 빵 조각을 발견한 듯했다. 어찌나 빨리 뛰었는지 그는 한 글자를 말할 때마다 가쁜 숨을 내쉬었다.

"와……. 살았다. 저기요, 저 한 번만 숨겨주세요……."

사슴 같은 눈망울을 가진 남자는 나무꾼을 올려다보며 간절히 말했다. 말도 안 되는 소리를 해도 덜컥 믿어주게 될 것 같은 순수한 눈이었다. 하지만 나무꾼은 손해 보는 장사는 안 한다는 주의였다.

"에헤이, 맨입으로?"

'뭐야, 이런 상황에서 딜을 한다고?'

차라리 죽는 게 나을지도 모르겠다는 생각이 남자의 머릿속을 잠시 스쳐 지나갔다. 하지만 우선 살고 볼 일이었다.

"선녀! 선녀를 아내로 만들어줄게."

나무꾼은 그제서야 만족스럽다는 듯 미소를 지었다. 누런 이가 훤히 드러났다. 나무꾼은 쌓아놓은 나뭇더미 속에 남자를 재빠르게 숨겼다. 남자를 쫓던 사람은 간발의 차로 그를 발견하지 못한 채 지나갔다.

무사히 살아난 남자는 약속대로 나무꾼에게 산을 돌아 나가면 선녀들이 목욕하는 연못이 있다고 귀띔해 주었다. 그러면서 선녀들이 목욕하는 틈을 타 그중 한 선녀의 날개옷을 감추라고 했다. 옷이 없어 하늘로 올라가지 못한 선녀를 집으로 데려와 보살피면 아내가 될 거라는 말이었다. 다만, 아이 셋을 낳기 전까지는 날개옷을 깊이 감추고 절대 보여주지 말라고 했다. 아이 셋 정도는 낳아야 선녀가 체념하고 천상 세계로 돌아가려는 마음을 버릴 수 있을 거라는 게 그 이유였다.

나무꾼이 연못에 도착하기 전에 제발 선녀들이 하늘로 올라가기를 기도하며 남자는 나무꾼에서 멀리 도망쳤다. 가까이해서는 안 될 인물이라는 생각이 들었다.

나무꾼은 연못을 찾아가서 남자가 알려준 대로 했다. 그리고 선녀들이 목욕을 마칠 때까지 가만히 바위 뒤에 숨어 기다렸다.

"어? 뭐야?"

당황한 듯한 목소리였다. 사라진 옷을 찾는 듯 분주한 발소리도 들렸다. 곧 짜증 섞인 선녀들의 말소리가 겹쳐 들려오더니 얼마 지나지 않아 고요해졌다.

이때인가 싶어 나무꾼은 조심히 고개를 내밀어 연못 근처를 살폈다. 그곳에는 날개옷을 도둑맞은 막내 선녀만이 홀로 남아 숨을 고르고 있었다. 어깨를 들썩이는 뒷모습이 흐느끼는 것 같아 보이기도 했다. 나무꾼은 서둘러 선녀에게로 향하려다 발걸음을 멈췄다.

"처음으로 개시한 옷을 훔쳐간다……? 이건 죄악이야. 죽여도 되지 않을까?"

선녀는 화를 참기 위해 숨을 고르고 있었다. 숨을 크게 들이마시고 내뱉는 바람에 뒤에서 볼 때는 우는 것처럼 보였던 것이다. 주변을 살피는 선녀의 눈에는 살기가 가득했다. 나무꾼은 이 눈빛을 본 적이 있었다. 나무꾼이 어머니의 지갑에 손을 댔을 때, 먹기 싫은 반찬들만 모아 버린 쓰레기봉투를 들켰을 때 어머니의 표정이 바로 그랬다. 그 몇 차례의 경험을 통해 나무꾼은 한 가지를 확실히 알고 있었다. 이런 표정을 하고 있는 사람을 건드려서 좋을 게 없다는 것.

그 순간 나무꾼은 선택의 갈림길에 서 있었다. 서른을 넘기기 전에 결혼을 하고야 말겠다는 계획을 성공시킬 수 있는 시간은 이제 얼마 남지 않았다. 벌써 이십 대의 끝자락을 향하고 있었고, 몇 년째 연애 사업은 실패했기에 지금 이 순간은 언제 또 올지 모르는 기회였다. 결혼이냐, 안전이냐. 나무꾼의 머리는 그 어떤 때보다도 빠르게 굴러갔다.

"거 옆에서 되게 걸리적거리네."

생각을 멈추는 소리였다. 선녀는 어느새 다른 바위로 이동해 몸을 어정쩡하게 숨기고 있는 나무꾼 쪽을 매섭게 노려봤다. 나무꾼은 이때를 놓치면 안 될 것 같다고 판단했다. 우선 입고 있던 옷을 벗어 선녀에게 걸쳐주었다.

"저기, 무슨 상황인지는 모르겠는데요. 우선은 날이 춥고…… 또 저녁 시간이 다 되어가니까 배도 고프고, 산짐승들도 밥 먹으러 나올 시간이고……. 그러니까, 우리 집으로 가실래요?"

여름이었다. 햇빛은 따뜻하다 못해 뜨거웠고, 바람 한 점 불지 않았다. 선녀는 이상한 말을 늘어놓는 나무꾼을 가만히 들여다보았다. 신뢰할 만한 사람은 아니었다. 하지만 그렇다고 별다른 방법이 있는 것도 아니었다. 그래, 목욕을 하다 나왔으니 추운 걸로 하자. 선녀는 그렇게 스스로와 타협하며 천천히 나무꾼을 따라나섰다.

며칠이면 찾을 수 있을 줄 알았다. 나무꾼과 함께 연못 근처를 며칠이나 찾아봤고, 심지어는 숲속 전체를 살펴보기도 했다. 선녀는 직감적으로 누군가 훔쳐갔다고 생각했다. 어딘가에 흘린 것은 분명 아닐 테고, 훔친 사람이 가지고 있거나 이미 다른 사람에게 팔아버렸을 것이다. 언니들이 돌아오려면 몇 년을 기다려야 할지도 몰랐다. 천상 세계와 인간 세계의 시간은 달랐기에 선녀가 할 수 있는 건 그저 시간이 흐르기만을 기다리는 것밖에 없었다.

그러나 날개옷을 찾을 수 있을 거라는 믿음은 한 달이라는 시간이 지나는 동안 점점 무너져내렸다. 이 상황에서 벗어나고 싶어도 할 수 있는 일이 아무것도 없다는 사실이 선녀를 무력감에 빠지게 했다. 그저 누워서 하염없이 천장만 바라볼 뿐이었다. 내 사람들이 없는 곳, 아무것도 할 수 없는 곳, 나의 존재가 흐릿해지는 곳. 이곳에서 벗어나고 싶었다. 그러니 처음부터 나무꾼의 제안은 통할 리 없었다.

"저 푸른 초원 위에, 그림 같은 집을 짓고, 사랑하는 우리 님과, 한백 년 살고 싶어!"

"……."

"봄이면 씨앗 뿌려, 여름이면 꽃이 피네, 가을이면 아이 낳고, 겨울이면 행복하네!"

"셋 센다. 살고 싶으면 지금 나가라."

그러면 나무꾼은 두말없이 밖으로 뛰쳐나갔다. 그리고는 몇 시간 뒤에 다시 나타나 이것저것 선녀 옆에 놓아두고는 했다. 처음에는 과일을 종류별로 사 왔다. 두 팔에는 온갖 과일의 형태가 어렴풋이 드러나는 울퉁불퉁한 검은 봉지를 걸고, 품에는 커다란 수박을 감싸 안고 들어왔다. 선녀가 조금이라도 눈길을 주는 과일이 있으면 바로 씻어 먹기 좋게 잘라 선녀 쪽으로 놓고는 멀리서 바라봤다. 마치 선녀가 접근 금지령을 내린 것처럼 심기를 건드리지 않을 만한 거리를 두고 그녀를 조용히 살폈다.

다음에는 엿을 종류별로 사 오기 시작했다. 호박엿, 고구마엿, 옥수수엿, 무엿, 쌀엿, 땅콩엿 등 시장에 있는 엿이란 엿은 모조리 쓸어온 듯했다. 선녀는 엿 종류가 이렇게 많았나 싶어 하나씩 살펴보다가 '엿이나 먹으라'는 의미인가 싶어 나무꾼을 노려봤다. 나무꾼은 그 매서운 눈빛이 자신에게 쏘아질 때마다 그 의미를 알건 모르건 일단 고개를 저으며 무엇이라도 부인하고자 했다.

어떤 날은 전을 종류별로 사 오기도 했다. 그 전들은 못 보던 접시에 올려져 있었는데, 선녀는 그 이유를 며칠 뒤에 알게 되었다. 우울한 생각을 조금이라도 떨치려 억지로 일어나 산책을 하던 날이었다.

"옆집 새댁이 몸이 좀 안 좋은가 보더라고."

"나는 그 녀석이 그렇게 빠르게 뛰어다니는 건 또 처음 봤다니까."

선녀는 나무 아래에서 마을 사람들이 모여 나누는 이야기를 들었다. 가만히 들어보니 선녀가 기운을 되찾을 수 있도록 마을 사람들에게 먹을 걸 구하러 다닌 듯했다. 무작정 종류별로 다 사 온 줄 알았더니 그것만은 아니었나보다, 선녀는 생각했다. 무엇 하나라도 선녀의 입맛에 맞아 얼른 기운을 차리길 바라는 마음이 숨겨져 있던 것이다.

그 이야기를 들은 뒤로는 나무꾼이 사 온 것들에 조금 더 눈길을 주게 되었다. 그러면서 항상 근처에 머물러 있는 나무꾼의 표정에도 자연스레 눈길이 갔다. 선녀의 입에 뭐라도 들어가는 순간이면 어찌나 환히 웃던지, 피식 웃음이 나올 뻔한 걸 참은 게 한두 번이 아니었다. 그러다가도 가끔 보이는 푸근한 미소는 어릴 적 아버지가 식탁에서 선녀의 자매들을 바라보는 표정과도 겹쳐 보였다. 그런 표정을 볼 때면 '아빠로서는 괜찮지 않을까?' 하는 생각이 불쑥 올라오기도 했다.

얼마 전 옆집에 태어난 아이도 한몫했다. 마을 사람들에게 둘러싸여도 경계심 없이 미소를 보여주는 그 아이는 마치 '맑다'라는 단어가 사람으로 태어난 것만 같았다. 위태롭게, 하지만 멈추지 않고 한 발 한 발 앞을 향해 발을 내딛는 모습이 전혀 모르는 세상에서 어떻게든 살아가려 애쓰는 자신과도 비슷해 보였다. 그 모습을 보고 있으면, 세상에 태어나 모든 것을 처음 마주할 내 아이의 순간들을 함께하다 보면 이곳에서의 삶도 익숙해지지 않을까 하는 기대감이 조금씩 차올랐다. '가정'이라는 울타리 안에서 '엄마'라는 역할을 하다 보면 자꾸만 흐릿해지는 자신의 존재감이 다시 선명해질 수도 있지 않을까. 선녀는 그렇게 생각했다.

그렇게 부드러워진 마음과 생각이 확신으로 바뀐 어느 날, 마침내 선녀는 나무꾼의 마음을 받아들이기로 마음먹었다. 그리고 곧 둘 사이에 새로운 생명이 찾아왔다.

그러나 현실은 선녀의 생각과는 달리 녹록하지 않았다. 육아는 무보수 노동이었다. 직장에서는 돈을 주지 않으면 항의라도 할 수 있었지만 이건 아예 다른 영역이었다. 나무꾼에게 힘들다고, 도와달라고 호소해도 눈만 크게 뜨고 달콤한 말들만 늘어놓을 뿐 달라지는 건 아무것도 없었다. 항상 마지막은 '너를 위해 오늘도 열심히 나무를 베어 올게.'라는 말이었다. 대체 나무를 열심히 베면 뭐가 달라지는지 당최 이해할 수가 없었지만 반박할 힘도 없었다. 아이는 새벽에도 몇 번씩 깨어 칭얼댔고, 그 때문에 하루도 마음 놓고 깊게 잘 수 없었다. 아침이 다 돼서야 겨우 눈을 붙이려 해도 아이가 울며 매달리면 어쩔 수 없이 다시 눈을 떠야만 했다.

결혼을 하고 아이를 낳으면 마음 둘 곳이 생기지 않을까 생각했지만, 전혀 그렇지 않았다. 갓난아이에게 바랄 수 있는 것은 아무것도 없었다. 오히려 더 혼자가 되는 기분이었다. 외딴섬에 떨어졌는데 그 섬이 더 먼 어딘가로 떠내려가는 듯했다. 하지만 아무도 섬이 멀어지는 것에는 관심을 주지 않았다.

향수병에 산후 우울증까지 더해진 선녀는 생각을 덜어낼 필요가 있었다. 선녀는 생각하기를 멈추고 기계처럼 팔다리만 움직였다. 아이를 향해 팔을 뻗었고 아이를 향해 다리를 움직였다. 반복되는 일상 속에서 흐르는 눈물은 더 이상 자신의 의지가 아니었다. 이미 감정은 통제할 수 없는 상태에 이르렀고, 선녀는 모든 것을 외면한 채 오롯이 아이와의 하루하루에만 몰두했다.

지옥 같은 시간이 흘러갔다. 아이는 이제 엄마가 밤새 붙어 있지 않아도 잠들 수 있는 나이가 되었다. 선녀는 아이가 곤히 잠들면 조심스레 몸을 일으켜 부엌으로 향했다. 잠시나마 숨을 돌릴 수 있는 시간이었다. 몸이 아무리 피곤해도 눈은 항상 7시에 떠졌다. 오랫동안 유지된 생체리듬 때문이었다. 그렇게 이른 아침에 눈을 뜨면 어김없이 천상 세계의 삶에 대한 그리움이 몰려와 선녀를 덮치고는 했다. 그러나 현실은 이미 달라져 버렸다. 늘 선녀의 옆에 놓여 있던 업무 자료는 더 이상 존재하지 않았고, 잠든 아이의 숨소리만이 방 안을 가득 채웠다. 그때로 다시 돌아갈 수 없다는 사실은 매번 선녀를 지독하게 괴롭히고는 했다.

선녀는 그날을 다시 떠올렸다. 삶이 한순간에 내 것이 아닌 운명의 것이 되어버린 날. 왜 자신의 옷만 사라졌을까. 선녀들이 입는 옷이 탐났던 것이라면 언니들의 옷까지 다 훔쳐갔어야 했다. 게다가 선녀들이 목욕하는 장소는 대체 어떻게 알았을까. 그 순간, 기다렸다는 듯이 나타나 자신의 옷을 걸쳐주던 나무꾼의 모습이 선녀의 머릿속을 스쳐 지나갔다.

다음 날 선녀는 아이를 나무꾼에게 맡기고는 무작정 집을 나섰다. 어쩌면 천상 세계로 다시 돌아갈 수 있겠다는 기대감과 왠지 모를 불안감이 공존했다. 설령 범인을 찾지 못하더라도 이 불안감은 지워버리고 싶었다.

한참 길을 걷던 중 땅에 떨어진 오래된 명함이 눈에 들어왔다. '장사슴'이라는 이름과 함께 '무엇이든 찾아드립니다.'라는 소개 글이 적혀 있었다. 그리고 뒷면에는 손으로 그린 듯 비뚤비뚤한 길과 건물이 그려져 있었다. 선녀는 무엇에 이끌린 듯 명함에 표시된 길을 따라가기 시작했다. 이유는 몰랐지만 왠지 그곳에 가봐야만 할 것 같은 느낌이 들었다.

"아이고, 무슨 일로 오셨을까?"

인적이 드문 골목에 있는 작은 건물의 문을 열고 들어서자 한 남자가 친근하게 물었다. 처음 보는 사람을 대하는데도 여유로움이 묻어났다. 그러나 그 여유는 오래가지 못했다. 선녀와 눈이 마주친 순간 남자의 눈동자가 급격하게 흔들리기 시작했다.

"하, 하하……. 팀장님이 자리에 계시려나?"

갑자기 몸을 돌려 다른 방으로 향하려는 그의 뒷모습은 최대한 빨리 선녀에게서 도망치고 싶은 듯 보였다. 한쪽 팔과 다리가 같이 나가는 게 꼭 삐걱대는 로봇 같았다. 이런 모습을 보이는 사람들은 무언가를 숨기고 있을 가능성이 크다. 선녀는 직감적으로 자신이 모르는 어떤 것을 이 남자가 알고 있다는 것을 알아챌 수 있었다.

"저기요."

"네?"

남자는 뒤도 돌아보지 않은 채 그대로 멈춰 대답했다.

"우리 어디서 본 적 있나요?"

"아이고, 너무 고전 멘트 아닌가요? 저 여자친구 있습니다. 하하……."

"아, 제가 착각했나 봐요. 그런데, 이런 데서 일하는 사람들은 다 비슷비슷하게 생겼나 봐요? 사람들 도청하고 미행하고 그런 거 하는 사람들 말이에요. 어머, 혹시 살인도 해요? 나 그럼 무서운데."

남자는 그제야 뒤를 돌아 황급히 손을 내저으며 선녀의 말을 부인했다.

"사람은 안 죽여요! 그런 건 저희도 무서워서……."

"아아, 살인 빼고는 다 하신다?"

당황한 남자는 연신 침을 삼키며 반박할 말을 찾으려 했다. 지금 회사에 자신만 있는 게 다행인지 불행인지 모르겠지만, 어찌 됐든 이 상황을 홀로 헤쳐 나가야 했다.

"그럼 신고하면 모두 실직되는 건가? 어떻게, 그렇게 해드릴까?"

여자의 말처럼 '그렇게' 된다면 이건 실직이 문제가 아니었다. 이 여자에게 빌미가 잡혀 신고당했다는 게 사장의 귀에 들어가면 목숨을 부지하기 어려울지도 몰랐다. 흔적 없이 이 세상에서 없는 사람이 되는 건 일도 아니었다. 남자가 일하는 곳은 그런 일들을 하는 전문가들만 모아놓은 곳이었으니까.

"잠깐만요! 아니, 우리 이야기를 해보자고요. 원하는 게 뭔데요?"

"이제야 말이 통하시네."

선녀는 남자의 눈을 뚫어지게 쳐다보며 말을 이어갔다.

"아는 대로 말해요. 지금 나한테 숨기고 있는, 나와 관련된 일 전부."

겁을 잔뜩 먹은 남자는 그날의 이야기를 모두 풀어내기 시작했다. 그렇다. 이 남자가 바로 나무꾼이 살려줬던 그 남자다. 장사슴, 39세. 그날 그는 사채업자에게 쫓기던 도중 나무꾼을 만났던 것이다. 사슴은 그 상황에서 나무꾼의 구미가 당길만한 무언가를 내놓지 않으면 그가 자신을 절대로 숨겨주지 않을 것 같았다며, 대가로 선녀들이 목욕하는 장소를 알려줬다고 고백했다. 팀장님이 업무를 처리하는 중에 선녀들이 목욕하는 연못을 우연히 발견하여 회사 사람들에게 말해줬고, 자신도 그렇게 알게 되었다는 변명도 덧붙였다.

정말 어쩔 수 없었다며 무릎을 꿇고 용서를 비는 사슴의 모습은 더 이상 선녀의 눈에 들어오지 않았다. 머리가 터질 것 같았다. 자신의 삶을 멈춰버린 그 증오스러운 인간이 바로 내 남편이라니. 무어라 정의하기 어려운 감정이 머릿속을 가득 채웠다. 분노, 억울함, 배신감, 실망감, 허탈감이 뒤섞여 형용하기 어려웠다. 아예 남이었다면 분이 풀릴 때까지 실컷 때리고라도 싶었을 것이다. 하지만 엄연히 자신의 남편이고, 소중한 아이의 아빠였다. 그 '가정'이라는 울타리가 선녀의 목을 조여오는 듯했다. 답답한 마음에 당장 뛰쳐나가 소리라도 힘껏 지르고 싶은 심정이었다. 하지만 그보다는 날개옷을 되찾는 게 먼저였다. 선녀는 거칠어진 호흡을 가다듬으며 날개옷을 다시 손에 넣을 때까지 어떠한 티도 내지 않기로 마음먹었다. 그리고는 죽을죄를 지었다며 연신 고개를 처박고 있는 사슴을 뒤로하고 문을 나섰다.

집으로 돌아온 선녀는 막걸리 한 항아리를 식탁 위에 올려놓으며 나무꾼이 들을 수 있도록 크게 한숨을 내쉬었다. 그 소리에 거실에 누워 있던 나무꾼이 선녀 쪽을 힐끗 쳐다봤다. 그러고는 이내 눈이 동그래졌다.

"뭐지? 이 조합 뭐지?"

선녀와 술. 어울리지 않는 조합이었다. 선녀는 평소 나무꾼에게 굳이 몸에 해로운 걸 돈 주고 사 먹는다며 나무랐었다. 그러니 당연히 나무꾼의 술 상대 같은 걸 해줄 리가 없었다. 그런 선녀가 먼저 술을 꺼내오다니. 나무꾼은 기대감에 몸을 벌떡 일으켰다.

"진짜 뭐지? 나 오늘 술친구 생긴 건가?"

선녀의 맞은편에 앉은 나무꾼은 뭐라도 말해보라는 듯 선녀의 얼굴을 빤히 쳐다봤다.

"우선 한잔해."

본격적인 말을 꺼내기 전 선녀는 나무꾼에게 최대한 술을 많이 먹이기로 했다. 신이 난 나무꾼은 선녀가 따라주는 술을 거절하지 않고 들이켰다.

"무슨 얘기를 하려고 이러시나? 궁금해 죽겠네."

하지만 말과는 달리 나무꾼의 온 신경은 술에만 쏠려 있었다. 선녀는 최대한 시간을 끌며 나무꾼의 술잔에 술을 따라주었다.

"사실 우리 아빠가 많이 위독하셔."

나무꾼의 입으로 향하던 술잔이 순간 멈칫했다.

"언니들이 다시 이곳에 올 때면 늦을 텐데……."

선녀는 두 손으로 얼굴을 감싼 채 고개를 숙였다. 이때 딱 눈물이 흘러나오면 완벽할 텐데, 아무리 슬픈 생각을 해도 눈물은 한 방울도 나오지 않았다. 선녀는 잠깐만, 하고는 의자를 박차고 나가 화장실로 향했다. 들어가자마자 수도꼭지를 틀어놓고 눈을 빠르게 비볐다. 그리고는 수납장을 열어 인공 눈물을 꺼내 눈에 넣고, 양 볼에 살짝 흐르게끔 눈을 깜빡였다. 목소리를 가다듬으며 밖으로 나오니 꽤 당황한 듯한 나무꾼의 모습이 보였다. 선녀는 조심스레 흘러내린 눈물을 닦았다.

"미안, 가족 얘기만 하면 이렇게 눈물이 나서……."

"아니야, 뭘. 날개옷은 내가 어떻게든 방법을 찾아볼게."

나무꾼은 선녀의 손을 잡고 토닥이며 달래고 있었지만, 사실 머릿속이 복잡해져서 어떤 말을 해야 할지 몰랐다. 알딸딸한 상태에서 선녀의 아버지가 위독하다는 말을 듣고 선녀가 우는 것까지 보자 하마터면 자신에게 날개옷이 있다고 말할뻔했다. 하지만 아직은 돌려줄 수 없었다. 선녀들이 목욕하는 장소를 알려준 남자가 아이 셋을 낳기 전에는 돌려주면 안 된다고 했으니까. 선녀는 나무꾼이 날개옷을 순순히 돌려줄 것 같지 않다는 생각이 들자 다른 전략을 꺼냈다. 눈물을 마저 닦고 나무꾼의 두 손을 꽉 잡은 채 말을 이어갔다.

"그리고 유산 상속도 문제야. 사실 아빠가 예전에 내 앞으로 재산 절반을 상속한다고 약속하신 적이 있어. 하지만 내가 못 돌아가면 유언장에 뭐라고 쓰실 것 같아?"

"돌아오면 준다?"

"그럴 리가. 다 언니들 앞으로 돌아가겠지."

"그럼 너한테는 얼마가 오는 건데?"

"그거야 모르지. 우리는 아예 못 받을 수도 있고."

그 순간 '우리'라는 단어가 나무꾼의 마음에 콱 박혔다. 선녀의 돈이 아닌 우리의 돈. 그 말은 곧 자신의 돈이기도 하다는 뜻이다. 나무꾼의 머릿속에 밀린 카드값, 그리고 평소 탐내던 명품들이 스쳐 지나갔다. 나무꾼은 흔들렸다. 그리고 다시 남자의 말을 떠올렸다.

'아이를 셋 낳기 전까지는 절대로 날개옷을 돌려주면 안 돼요.'

나무꾼은 그 말을 의심하기 시작했다. 왜 꼭 세 명이어야 할까? 한 명이나 두 명은 왜 안 될까? 이런 의문이 든 순간, 남자의 당부는 더 이상 의미가 없었다. 나무꾼은 유언장이 작성되기 전에 선녀를 위로 돌려보내기로 마음먹었다. 자신이 날개옷을 훔쳤다는 사실은 숨기고 그냥 우연히 찾아냈다며 선녀를 속일 수 있을 것 같았다. 그의 머리는 선녀를 처음 만난 날만큼이나 빠르게 굴러갔다. 그의 광대는 그 어느 순간보다 차올라 빛나고 있었다.

다음 날 나무꾼은 선녀 앞에 날개옷을 내려놓았다.

"오늘 마을 사람들이랑 다 같이 찾아봤는데 있더라고. 저, 뭐냐…… 그러니까 그, 절벽 아래에 버려져 있더라."

열심히 찾았다는 걸 증명하기라도 하듯 나무꾼은 가쁜 숨을 내쉬었다. 집으로 돌아오기 전 땀을 내려 얼마나 뛰어다녔는지 옷이 흠뻑 젖어있었다. 그렇게 애타게 숲을 다 뒤져도 안 보이던 날개옷을, 하루 만에 마을 사람들이 힘을 모아 찾았다? 씨알도 안 먹힐 거짓말이었다. 그러나 선녀는 믿는 척 넘어가야만 했다. 차마 굳은 표정은 숨길 수 없어 옷으로 얼른 얼굴을 가렸다.

"드디어 찾아냈구나. 다들 정말 감사하다."

옷을 갈아입은 선녀는 아이와 함께 하늘로 올라갈 준비를 했다.

"우린 이제 가야겠다."

"어어? 잠깐만, 지금 가는 거야? 나는 안 데려가?"

"당연하지. 대뜸 결혼했다며 남자를 데려오면 놀라실 게 뻔하잖아. 먼저 올라가서 잘 말해둘게."

나무꾼은 잠시 불안했지만, 그 말도 일리가 있었다. 얼굴부터 들이밀었다가는 소중한 딸을 데려간 놈이라며 욕부터 먹을 수도 있고, 밉보여 재산을 덜 상속받을 수도 있을 듯했다. 그건 상상도 하기 싫었다.

"그래, 그럼. 나도 곧 따라갈게."

선녀를 보낸 나무꾼은 앞으로 펼쳐질 여유로운 인생을 그리며 행복한 밤을 보냈다. 자신 앞에 어떤 일이 기다리고 있을지 상상도 못 한 채.

드디어 선녀가 말한 날이 다가왔다. 선녀가 말한 장소로 가니 두레박이 내려왔다. 나무꾼은 설레는 마음으로 두레박에 발을 올리고 눈을 감았다. 몸이 떠오르는 것이 느껴졌다. 열쯤 세고 눈을 떠보니 눈앞에 안개가 가득했다. 안개를 헤치며 걷다 보니 문 하나가 나왔는데, 문고리까지 새하얬다. 왠지 아무나 들어갈 수 없는, 한 번 들어가면 나올 수 없을 것 같은 묘하고 신비로운 느낌이 들었다.

"판사님, 한 번만 용서해 주세요. 저 정말 술에 너무 취해서 기억이 없다니까요."

문을 열자 무릎을 꿇고 앉아 용서를 빌고 있는 남녀의 뒷모습이 보였다. 머리칼이 희끗한 여자는 아무래도 남자의 보호자 같았다. 그들의 뒷모습을 보고 있으니 나무꾼은 왠지 등골이 오싹해지는 듯했다. 혹시 문을 안 닫았나 뒤돌아 확인했지만, 굳게 닫혀 있었다. 싸한 공기가 그를 휘감았다.

"거의 끝났어요. 저기 앉아 기다리세요."

문 옆을 지키던 여자가 말을 걸어왔다. 묘하게 익숙한 눈매였다. 나무꾼은 영문도 모른 채 의자 끝에 걸터앉았다. 아무리 세상 물정을 모른다 하더라도 이곳이 어디인지 모를 수는 없었다. 그는 최대한 공손한 자세로 가만히 앉아 있었다. 무릎을 꿇고 용서를 구하던 남자는 언제 그랬냐는 듯 고함을 지르며 밖으로 끌려나갔다. 나무꾼은 저도 모르게 꿀꺽, 침을 삼키고 바닥에 시선을 고정했다.

땅땅땅, 크고 묵직한 소리가 재판장에 울려 퍼졌다.

"두 번째 재판 시작합니다. 피고인 자리로 가주세요."

나무꾼은 여전히 바닥에 시선을 고정한 채 생각했다. 또 재판이 시작되나 보다. 여기서 가만히 기다리면 선녀가 오는 걸까.

"피고인!"

다시 울리는 목소리에 나무꾼은 놀라 고개를 들었다. 웬일인지 모두 자신을 쳐다보고 있었다. 그 순간, 문이 열렸다. 하얀 정장 차림을 한 여자가 또각또각 소리를 내며 걸어오고 있었다. 뾰족한 굽에서 나는 경쾌한 소리는 마치 그녀의 존재감을 드러내는 듯했다. 여기 드레스 코드는 흰색인가. 나무꾼은 고개를 숙여 자신의 누런 옷을 살폈다.

'이것도 흰색 계열이긴 한데. 다음에는 빨아서 와야겠네.'

그가 잡생각을 하는 사이 발걸음 소리가 멈추고 익숙한 목소리가 들려왔다.

"출석했습니다."

나무꾼은 고개를 돌려 여자를 쳐다봤다. 높지도 낮지도 않은 톤에 단단한 음성. 그녀는 바로 얼마 전까지 같이 있던 자신의 아내, 선녀였다.

"선녀야!"

이보다 더 반가울 수는 없었다. 하지만 선녀는 들은 체도 하지 않고 곧장 변호인석 옆에 앉았다.

당황한 나무꾼은 그제야 상황 파악을 하기 시작했다. 나무꾼을 향한 시선들, 그리고 묘하게 닮은 듯한 법조인들, 그리고 마지막으로 '피고인'으로 불리는 본인까지. 처음에 들어올 때 느껴졌던 싸한 공기가 이제야 이해가 됐다. 모든 퍼즐이 맞춰졌다. 지금 자신은 재판을 받아야 하는 피고인 신분인 것이다. 뒤이어 검사석과 변호인석에 앉아 있는 두 사람의 얼굴이 익숙한 이유도 깨달았다. 그들은 선녀의 옷을 훔치던 날, 선녀와 함께 목욕하던 그녀의 언니들이었다. 게다가 근엄한 표정을 짓고 있는 눈앞의 판사는 누가 보더라도 선녀의 아버지인 것을 알 정도로 선녀와 닮아 있었다. 그러니까, 장인어른이다.

선녀의 집안은 법조인 집안이었다. 아버지는 판사, 첫째 언니는 검사, 둘째 언니와 선녀는 변호사였다. 사실 둘째 언니와 선녀는 경쟁 관계에 있는 로펌에 각각 속해 있어서 서로 견제하던 사이였다. 이 때문에 둘째 언니는 선녀가 하늘로 올라오지 못한 시간 동안 라이벌이 사라진 듯한 홀가분함을 느끼기도 했다. 하지만 그 기간이 길어지자 둘째 언니는 누구보다도 선녀를 걱정했다. 변호사가 되기 위해 선녀가 얼마나 노력했는지 바로 옆에서 지켜본 사람이기 때문이었다. 무엇보다 선녀는 본인의 의지와 상관없이 경력이 단절돼 버렸다. 둘째 언니는 이 사실이 선녀가 다시 일을 시작할 때 치명적인 단점이 될 것을 잘 알고 있었다. 선녀의 이야기를 듣고 크게 분노한 그녀는 오늘 재판을 통해 나무꾼에게 제대로 죗값을 치르게 하려 단단히 벼르고 있었다.

반면 첫째 언니는 차분했다. 검사가 할 일은 사실 확인이었기 때문에 큰 힘을 들일 필요가 없다고 생각한 것이다. 선녀에게 들은 이야기대로라면 나무꾼의 죄는 너무나 명백했고, 재판의 결과는 불 보듯 뻔했다. 그래서 그녀는 재판이 끝난 뒤 남은 일들을 어떻게 처리할지를 더 고민하고 있었다.

검사 측은 다음과 같이 주장했다.

"자, 그날로 돌아가 봅시다. 세 명의 선녀가 목욕을 하러 지상에 내려갔던 날 말입니다. 목욕을 하던 김선녀는 갑자기 이상한 느낌이 들어 날개옷을 벗어놓은 곳을 향합니다. 그런데, 날개옷이 사라졌습니다. 그것도 막내인 김선녀의 옷만요."

검사는 눈앞에서 무언가가 사라지는 듯한 제스처를 취하며 나무꾼을 쳐다봤다.

"선녀들은 날개옷이 없으면 하늘로 날아가지 못합니다. 두 선녀는 함께 막냇동생의 옷을 찾아주다가 결국은 업무 시간이 다가와 하늘로 먼저 올라갑니다. 결국 막내 김선녀만 지상에 홀로 남겨진 거죠."

검사가 선녀를 가리키자 선녀는 한껏 슬픈 표정을 지었다.

"그런데 갑자기 누군가 나타납니다. 마치 이 모든 상황을 이미 알고 있기라도 한 듯이 말이죠. 바로 피고인 나무꾼입니다. 그는 이걸 어떻게 알았을까요?"

검사가 이번에는 나무꾼을 가리켰다. 그는 황급히 시선을 피했다.

"김선녀는 천상 세계로 돌아가고 싶었지만, 날개옷이 없으니 그럴 수 없었죠. 그래서 운명처럼 눈앞에 등장한 나무꾼을 일단 따라갑니다."

이번에는 변호사가 일어났다.

"여기서부터는 제가 말씀드리겠습니다. 금방 찾을 줄 알았던 선녀의 날개옷은 누군가 작정하고 숨겨놓은 것처럼 찾을 수 없었고, 시간은 빠르게 흘러갑니다. 그런데 여기서 주목해야 할 게 있습니다. 바로 김선녀의 직업입니다. 김선녀는 천상 세계 3대 대형 로펌 중 하나에 소속된 유능한 변호사입니다. 워낙 일을 깔끔하게 처리하여 업계에서 호평이 자자한 변호사죠. 그런데 그 변호사가 갑자기 사라졌다? 그 많은 업무를 처리하지 못한 채? 김선녀 씨, 이게 뭘 뜻하는지 알고 계시죠?"

"업계에서의 영원한 퇴출입니다."

선녀는 허공을 바라보며 힘없이 대답했다.

변호사는 안타깝다는 듯 고개를 절레절레 저으며 말을 이어갔다.

"그동안 그렇게 열심히 업적을 쌓아왔는데, 그 마지막이 업계에서의 영원한 퇴출이라니요. 그것도 자의가 아닌 타의에 의해서요. 정말 상황이 잘 풀려 일을 계속할 수 있게 되더라도, 이미 흘러가 버린 시간은 어떻게 보상받을 수 있겠습니까? 이미 경력은 단절돼 버렸는데요. 그녀가 예전처럼 호평을 받으며 같은 위치에서 업무를 이어나갈 수 있을까요? 무심하게 흘러간 시간 때문에 그녀는 졸지에 '을'이 되어버리고 만 것입니다."

검사와 변호사의 이야기를 가만히 듣던 판사는 고개를 끄덕였다.

"인정합니다."

물 흐르듯 흘러가는 재판에 나무꾼은 당황하기 시작했다.

"인정하지 않습니다!"

"피고인, 조용히 하고 앉으세요."

나무꾼은 이대로 가다가는 아무것도 하지 못하고 재판이 끝날 거라는 불길한 예감이 들었다. 그래서 냅다 드러누워 버렸다. 처음에는 증인, 참고인, 변호사 다 불러달라며 떼를 쓰기 시작했다. 그런데 생각해 보니 이 세계에서 자신이 아는 사람은 한 명도 없었다. 어떤 도움도 기대할 수 없는 상황인 것이다. 고민 끝에 그가 생각해 낸 것은, 어머니 핑계를 대는 것이었다.

"지금 아래에 우리 어머니 혼자 계신단 말입니다! 내가 여기서 이러고 있으면 안 돼요. 제가 돌봐드려야 해요. 어머니께 효도해야 한다고요. 당장 돌려보내 주세요!"

누워서 떼를 쓰는 모습이 영락없는 다섯 살배기 어린애였다. 나무꾼은 눈물을 쥐어짜 소리를 내어 울기 시작했다. 차마 눈 뜨고 못 볼 광경에 배심원석에 앉아 있던 사람들은 나무꾼을 한심하다는 듯 쳐다보거나 아예 고개를 돌려버리기도 했다. 도저히 울음이 그치질 않자 첫째 언니는 판사와 눈빛을 주고받고는 책상에 있는 버튼을 눌렀다.

버튼을 누르자 어디선가 두레박이 쿵 하고 떨어졌다. 그 안에는 나무꾼의 어머니가 타고 있었다.

"오시느라 고생 많으셨습니다."

판사는 일어나 고개를 숙여 인사했다. 나무꾼의 어머니 또한 고개를 숙이며 인사했다.

"아이고, 아닙니다. 사돈, 아니 재판장님."

어머니다. 익숙한 목소리에 나무꾼은 떼쓰기를 멈추고 고개를 들었다. 어머니가 왔으니 모든 게 잘 해결될 거라는 믿음이 솟구치기 시작했다. 빨리 재판을 무사히 마치고 집에 가서 어머니가 해주시는 밥을 먹고 싶었다. 세상에서 가장 눈치 없고 상황 파악을 못 하는 나무꾼이었다. 판사는 나무꾼의 어머니에게 물었다.

"어머님. 아드님이 효도를 해야 한다고 꼭 다시 집으로 돌아가야 한다고 말하는데, 맞나요?"

어머니는 웃으며 대답했다.

"그럼요. 해야죠, 효도."

됐다! 나무꾼은 속으로 쾌재를 불렀다.

"그런데, 효도를 하려면 집으로 돌아오면 안 되죠."

예상치 못한 어머니의 말에 나무꾼은 옆에 앉은 어머니의 얼굴을 당황스럽다는 듯 쳐다봤다. 어머니는 계속해서 말을 이었다. 나무꾼은 나이가 차도 독립하지 않고 하루 세끼를 꼬박꼬박 얻어먹었다. 어느 날 결혼을 하겠다고 여자를 데려오길래 드디어 독립하는구나 싶어 무척 기뻐했지만, 여전히 집에 와 음식을 만들어 싸 달라고 요구했다. 그러면서 어머니는 언제까지 저놈 밥만 해주며 여생을 보내야 하는 건지 모르겠으며, 효도할 마음이 있으면 이제 밥 얻어먹을 생각하지 말라는 말을 끝으로 두레박을 타고 내려가 버렸다. 모든 일이 순식간에 일어났다. 나무꾼은 어벙한 표정으로 눈만 연신 깜박이고 있었다.

검사는 온화한 미소로 나무꾼을 보며 말했다.

"효도하시려면 재판에 제대로 응하셔야겠군요. 계속 진행하겠습니다."

그리고는 죄목을 나열하며 인정하느냐고 물었다. 나무꾼의 머리는 또다시 빠르게 굴러갔다.

'내가 선녀의 옷을 가지고 있기는 했지만, 목욕하는 장면을 훔쳐보고 위로 올라가지 못하게 날개옷을 숨겼다는 건 증명할 수 없잖아?'

나무꾼은 죄를 인정하지 않는다고 했다. 검사는 두 번을 더 물었고, 그는 두 번 다 아니라고 대답했다.

또다시 두레박이 쿵 하고 떨어졌다. 이번에는 사슴이 타고 있었다. 사슴은 이 사건의 증인이라고 할 수 있었다. 나무꾼은 못 볼 걸 본 사람처럼 안색이 하얗게 질렸다. 하지만 일말의 희망은 놓지 않았다. 그 방법은 사슴 본인이 알려준 것이었기 때문이다. 이를 솔직하게 이야기하면 자신도 책임을 피할 수 없을 터였다. 검사는 사슴에게 물었다.

"피고와는 어떤 관계입니까?"

"특별히 관계가 있는 사이는 아닙니다."

"그렇다면 이 사건과는 어떻게 연관되어 있죠?"

"아, 그게……. 제가 나무꾼에게 선녀들이 목욕하는 장소와 하늘로 올라가지 못하게 하는 방법을 알려주었습니다. 죄송합니다."

사슴은 나무꾼의 예상과는 다르게 곧이곧대로 자백했다. 그러면서 주변의 눈치를 보았다. 사슴을 바라보는 눈빛들이 심상치 않았기 때문이다. 특히 변호사, 선녀의 둘째 언니는 사슴의 얼굴을 뚫어지게 노려보고 있었다. 마치 '그 장소를 알려준 게 네놈이라는 거지?'라고 묻고 있는 듯했다. 겁에 질린 사슴은 자신이 목숨을 위협받는 상황에 놓여 있었으며, 그 순간 무언가 큰 비밀을 내놓지 않으면 나무꾼이 구해주지 않을 것 같았다고 구구절절 변명을 늘어놓기 시작했다. 눈살이 찌푸려질 만큼 장황한 자기변호였지만 그래도 그 덕분에 나무꾼의 죄를 입증할 수 있었다.

"그럼, 저는 용서해 주시는 거죠? 이제 그만 가봐도 될까요……?"

말을 마친 사슴이 기대에 찬 눈빛으로 조심스레 물었고, 자리에 있던 모두는 어색한 눈웃음으로 답을 대신했다. 사슴의 죄에 대해서는 나중에 따로 묻는 게 나을 것 같았다. 사슴은 왠지 모를 해방감을 만끽하며 두레박을 타고 내려갔다.

재판은 나무꾼의 뜻대로 되는 게 하나도 없었다. 이대로 가다가는 정말 입도 뻥긋 못 하고 감옥살이를 할 판이었다. 나무꾼은 마지막 카드를 꺼내 보이기로 했다. 어른답게, 진지하게, 감정에 호소해서 설득하고자 입을 꾹 다문 채로 천천히 무릎을 꿇었다. 그리고는 마치 배우라도 된 듯 몰입하기 시작했다.

"존경하는 재판장님. 아니, 장인어른이라고 불러도 될지요. 따님이 사라진 동안 얼마나 마음고생이 많으셨습니까. 사랑하는 딸이 어디에 있는지, 살아는 있는지 알 수 없어 편히 식사도 제대로 하지 못하셨을 것으로 압니다. 그런데 어렵게 돌아온 딸이 얼굴도 모르는 남자와 이미 가정을 꾸렸다는 말을 들으셨으니, 그 허망과 분노를 제가 어찌 감히 헤아릴 수 있겠습니까. 사실 저는 여기에 오기 전까지 장인어른의 그 마음을 이해해 볼 생각을 미처 못 했습니다. 하지만 이제야 제 죄를 알 것 같습니다. 사랑하는 딸을 허락 없이 데려간 죄, 그게 저의 가장 큰 죄입니다. 뉘우치고 또 뉘우치며 살겠습니다. 부디 선처를 바랍니다."

나무꾼은 열연을 마치고는 그윽하고 아련한 눈빛으로 판사를 바라보며 대답을 기다렸다.

'이 정도면 마음이 흔들렸겠지? 내가 생각해도 괜찮았어.'

잠깐의 적막이 지나고, 판사가 어이가 없다는 듯 말문을 뗐다.

"피고인, 사과를 어디다 하는 겁니까. 사과는 피해자인 김선녀 씨에게 해야지요. 피고인은 아직도 자신이 무슨 죄를 지었는지 자각을 못하고 있는 것 같군요. 재판 슬슬 마무리합시다."

판사는 말이 안 통한다는 듯 고개를 저었다. 마지막 전략마저 실패로 돌아가자 나무꾼은 드디어 모든 것을 포기한 듯 고개를 떨구었다. 그러나 곧 태도를 바꾸어 팔짱을 끼고 판사를 쏘아보기 시작했다.

'그래, 벌 받으면 되지 뭐. 몇 년 살다 나오면 되는 거잖아?'

판사는 책상을 두드려 어수선한 분위기를 바로잡고 말을 이어갔다.

"자, 판결을 내리겠습니다. 피고인은 선녀들이 목욕하는 장소에 몰래 침입해 목욕 장면을 훔쳐보았습니다. 이는 성폭력 특례법 제12조에 해당하며, 1년의 징역을 선고받을 수 있습니다. 다음으로, 피고인은 김선녀의 날개옷을 훔치고 돌려주지 않았습니다. 이는 형법 제329조에 해당하는 절도죄입니다. 그러므로 최대 6년의 징역을 선고받을 수 있습니다. 또한 날개옷을 돌려주지 않음으로써 김선녀가 집으로 돌아가지 못하게 만들었습니다. 이는 형법 제276조에 해당하는 감금죄로, 최대 5년의 징역을 받을 수 있습니다."

그러나 나무꾼은 여전히 여유로웠다. '최대'라는 것은 그 이하도 가능하다는 말이었고, 인간 세계에서의 재판을 생각해 보면 저 숫자의 총합이 그대로 결과로 이어질 일은 없었다. 혹시 징역이 아닌 벌금으로 대체될 수도 있지 않을까. 어머니에게 돈을 좀 빌려야겠군. 나무꾼은 속으로 이런 생각을 하고 있었다.

"하지만 이는 인간 세계에서의 형량이지요. 게다가 제대로 적용되지 않는 경우도 많은 것으로 알고 있습니다. 검사, 요즘도 인간 세계의 처벌은 솜방망이인가요?"

"네, 여전히 후합니다. 사건 사고는 많은데 법안이 개정되지 않아서 제대로 처벌받는 경우가 많지 않다고 합니다."

"여전히 그렇다는 거죠……."

판사는 나무꾼을 바라봤다.

"피고인, 올해 나이가 어떻게 됩니까?"

"네? 나이요? 서른두 살입니다. 아니, 만 서른 살이요."

판사가 갑자기 나이를 묻자 나무꾼은 당황했다.

"이제 이곳에서의 기준으로 판결을 선고하겠습니다. 피고인은 어리석은 행동으로 피해자 김선녀의 삶에 큰 피해를 주었습니다. 그러므로 각각의 죄를 최대로 적용한다면 12년 형을 선고받게 됩니다. 하지만 천상 세계에서는 나이 죄가 적용됩니다. 풀어서 설명하자면, '그 나이 먹고도 그렇게 살았니?'라고 생각하면 됩니다. 피고인, 이해됐죠?"

나무꾼은 전혀 이해하지 못했다는 표정으로 주위를 둘러봤지만 아무도 그에게 눈길을 주지 않았다.

"그러므로 피고인 나무꾼에게 360년 형을 선고합니다."

땅땅땅. 묵직하지만 경쾌한 소리가 재판장에 울려 퍼졌다. 재판이 끝났음을 알리는 소리였다. 자신의 예상과는 다른 결과에 고래고래 소리를 지르며 반박하는 나무꾼을 뒤로한 채 선녀는 그제서야 두 팔을 쭉 뻗고는 안도의 한숨을 내쉬었다. 그리고는 재판 장면을 촬영 중이던 카메라 앞으로 다가갔다. 이번 재판 장면을 촬영하기 위해 선녀가 의뢰하여 인간 세계에서 올라온 촬영팀이었다.

"나무꾼이 앞으로 어떻게 될지 궁금하실 겁니다. 천상 세계는 인간 세계와 같지 않죠. 360년 동안 감옥에서 편히 살도록 두진 않습니다. 국민 혈세로 두 발 쭉 뻗고 자면서 또 남이 해준 밥을 먹고 살 텐데요. 일생 자기 자신밖에 모르던 사람이니, 이제는 남을 위해 무언가를 해야 하지 않을까요? 자세히 말씀드리지는 못하지만, 천상 세계에는 해야 할 일들이 너무 많습니다. 도움의 손길이 필요한 곳도 있고, 미제 사건도 인간 세계만큼이나 많지요. 죄인들은 다양한 사회적 필요에 응답해야 할 겁니다. 그리고 그 모든 과정을 지켜보며 인간이 교화되는지를 살피는 거죠. 최종 결정은 그 이후에 이루어집니다. 임하는 태도에 따라 형이 늘어날 수도, 줄어들 수도 있겠지요. 인간이 교화될 수 있냐고 믿느냐고요? 글쎄요, 그건 잘 모르겠습니다만……."

"여보세요? 아, 여보! 끝났어요."

그때 화면에 재판장을 빠져나가며 통화를 하는 판사의 모습이 잡혔다.

"아, 아빠! 나 촬영 중이잖아!"

선녀의 투정은 들은 체도 않고 판사는 애정 어린 목소리로 통화를

REC

이어갔다.

"미역국 끓여놨는데, 못 봤어요? 아아, 어제 내가 다 먹었구나! 하하, 가서 또 끓여줄게요. 지금 달려가요!"

"판사님은 누구랑 저렇게 통화하시는 건가요?"

당황한 카메라맨이 선녀에게 물었다.

"아아, 김 판사님이에요. 우리 집 대장, 김 판사. 우리 엄마요!"

통화를 마친 판사의 핸드폰에 '내 사랑 김 판사'라고 저장된 이름이 뜬다. 그렇다. 선녀의 어머니도 명성이 자자한 유능한 판사다. 아버지도, 어머니도 김 판사. 업계에서는 딸들이 부모님을 닮아 능력이 출중하다며 그들을 '김 판사네 딸들'이라고도 부른다고 한다.

꽃을 피웠던 계절은

한별

원천 서사 《작은 아씨들》 줄거리

1868년 미국의 소설가 루이자 메이 올컷이 발표한 장편소설이다. 전쟁에 나간 아버지를 그리워하는 네 명의 자매가 단점과 성격 결함을 극복하고 독립된 인격체로 성장해 나가는 내용을 담고 있다.

청교도 정신을 중시하는 마치 씨는 전 재산을 기부하고 전쟁터로 떠나고, 마치 부인은 그런 남편의 뜻을 이어 딸들을 키운다. 자매들은 잔잔하고 재치 있는 일상 속에서 허영심, 부끄러움 등 자신의 단점을 발견하고 극복해 나간다. 비록 그 과정에서 여러 시련을 마주하게 되지만, 이를 극복하는 과정에서 서로의 소중함과 우애를 깨닫는다.

원천 서사 〈바리데기〉 줄거리

왕이 왕비를 맞이하는 과정에서 그해에 혼인하면 공주만 일곱을 낳는다는 예언이 전해진다. 왕은 그 예언을 대수롭지 않게 여겨 예정대로 왕비를 맞이하지만, 여섯 공주를 낳은 이후 얻은 아이가 또 공주라는 사실에 분노해 일곱 번째 공주를 버리게 된다.

버림받은 공주는 '바리데기'라는 이름으로 바리공덕 할아비와 할미에 의해 길러진다. 바리데기가 15세가 되던 해, 왕과 왕비가 병에 걸린다. 왕과 왕비가 살기 위해서는 바리데기를 찾아 약을 구해오게 해야 했는데, 바리데기는 이 이야기를 듣고는 약을 구하러 신선 세계로 떠난다.

바리데기는 무상신을 만나 그의 요구대로 나무하기 3년, 물 긷기 3년, 불 때기 3년을 해주고 일곱 아들을 낳아준다. 그리고 불사약과 꽃을 가지고 돌아와 왕과 왕비를 살린다. 이후 바리데기는 만신의 왕이 된다.

〈꽃을 피웠던 계절은〉 작품 의도

《작은 아씨들》은 서양의 소설이지만 국내에서도 연극, 뮤지컬 등으로 각색될 만큼 친숙하고 유명한 소설이다. 이에 소설 속의 네 자매를 한국 사회로 소환하고, 한국의 독자들이 이해하기 쉽도록 친숙한 이름과 상황들로 변모시켰다. 작품 속 네 자매는 큰 사건과 악의적인 성격 없이도 다채롭고 평화로운 일상을 살아내며, 이런 이야기를 통해 독자들이 편안함을 느끼도록 유도했다.

네 자매가 화합하는 과정에서는 '꽃밭 가꾸기'라는 공동의 목표를 세우게 했는데, 여기에 한국 무속 설화인 〈바리데기〉를 엮었다. 바리데기가 무상신의 꽃밭에서 얻은 약으로 부모를 살린 것처럼 자매들의 염원이 담긴 꽃밭이 결국 가족들을 모이게 하는 장치로 여겨지도록 설계했다. 원작으로 사용된 두 작품이 모두 가족의 소중함을 이야기하는 만큼 두 작품이 어우러질 수 있다고 생각했다.

각 장의 분리를 계절로 표현했으며, 네 자매는 각 계절의 주인공이 되어 이야기를 진행한다. 계절별로 시점이 달라지기에 소설의 흐름을 느낄 수 있게 자매들이 꽃밭을 가꾼다는 큰 줄기의 이야기가 존재한다. 주변 인물들이 많이 등장했던 《작은 아씨들》과 달리 〈꽃을 피웠던 계절은〉에서는 외부 인물의 개입을 최소화하고 개인의 고민과 자매 간의 연대를 더욱이 긴밀히 지켜볼 수 있도록 하는 데 초점을 맞췄다.

꽃을 피웠던 계절은

겨울

오늘은 네 자매에게 유독 지루한 날이었다.

"그래도 한 해를 마무리하는 날인데. 지루해……."

"어쩔 수 없지. 우린 특별한 전통이 없는걸."

현아가 투덜대자 현숙이 달랬다. 넷은 한 방에 모여 각자 해야 할 일을 하고 있었다. 첫째 현숙은 회사에서 미처 못 한 잔업을 하는 중이었고, 둘째 현수는 공모전 준비에 온 정성을 쏟고 있었다. 셋째 현지는 옷장을 정리하느라 분주했고, 막내 현아는 수학 문제를 풀며 끙끙대고 있었다. 현아가 다시 칭얼거리기 시작했다.

"언니, 나 이거 못 풀겠어. 수학 진짜 꼭 해야 할까?"

"바보. 너 대학은 어떻게 가려고 그러냐."

하지만 현아를 핀잔하는 현수 역시 미간을 한껏 찡그리고 있기는 마찬가지였다. 노트를 벅벅 그어대며 글을 쓰고 지우기를 반복하던 현수가 마침내 책상 위로 쓰러지자 같은 책상을 쓰고 있던 현숙이 얼굴을 찌푸렸다.

"정신 사납잖아! 우리는 책상을 같이 쓰고 있다고."

"난 종강했는데 왜 또 고통받고 있지?"

"언니가 선택했잖아. 그래도 난 현수 언니 글 쓰는 거 보면 부럽더라. 난 읽는 건 몰라도 도저히 쓰는 건 못하겠어."

옷장을 정리하던 현지가 말하며 이불 속에 다리를 파묻었다. 네 자매의 일상은 늘 이런 식이었다. 고등학교를 졸업하고 곧장 작은 회사에 입사한 현숙과 대학 졸업을 앞둔 현수, 고등학교 졸업 후 어머니 대신 집안일을 하는 현지와 대학 입시를 준비하는 현아는 방이 세 개 있는 작은 집에서 살고 있었다. 그마저도 방 두 개는 연결돼 있어 자매들은 한 방을 같이 쓰는 것이나 마찬가지였다.

그래도 네 자매는 자신들이 부족함 없이 자랐다고 느꼈다. 자매들 모두 새것에 그다지 욕심이 없었고, 각자 관심 있는 분야가 조금씩 겹쳤기에 물건을 공유하는 일이 잦았다. 예를 들어 현수와 현지는 책을 좋아하여 각자 산 책을 하나의 책장에 꽂아두고 공유했다. 대신 옷에는 관심이 없어 현숙이 입던, 혹은 사두고 입지 않던 옷을 주로 입었다. 현숙과 현수는 비교적 고가의 제품이 필요한 경우 스스로 돈을 모아 샀고, 현지는 본인이 고가의 제품을 고르는 것을 좋아하지 않아 언니들이 쓰던 물건을 받아 쓰는 것을 선호했다. 현아의 경우에는 아버지인 정환과 현숙이 의논해 꼭 필요한 물건들은 새로 사줬지만, 자매 모두가 물건을 험하게 쓰지 않아 대부분 언니들의 물건을 사용했다.

어머니인 가을은 종군기자로 파견돼 집을 떠나 있었고, 정환은 작은 식당을 운영하고 있었다. 특별한 경우가 아니면 가을은 월급 대부분을 생활비로 부쳤고, 정환의 식당 역시 소소하게 입소문이 나 적자 걱정은 없었기에 넉넉하진 않아도 알뜰살뜰 살면 그렇게까지 부족하지는 않은 집안이었다.

시계를 보고 노트를 덮은 현수가 옷을 챙기며 말했다.

"시간 다 됐다. 알바 갔다 올게."

"올 때 아이스크림 사 와."

"맨날 감기 걸리면서 무슨 아이스크림이야. 너, 나 올 때까지 꼼짝 말고 그 문제집 다 풀어놔. 검사한다."

"아, 언니. 이냉치냉 몰라? 그리고 나 진짜 이거 모르겠어. 그냥 수학 포기하면 안 돼?"

"이현아, 찡찡거리지 마. 수학 포기하고 무슨 대학 가려고."

"아휴, 다들 조용히 좀 해. 나 일하는 거 안 보여?"

"언니, 나 아이스크림 진짜 너무 먹고 싶어. 그거 먹으면 이 문제들 다 풀 수 있을 것 같아. 제발!"

"정말, 못 말려."

칭얼대는 막내가 그래도 마냥 귀여운지, 현숙은 미소를 띠며 돈을 꺼내 현수에게 내밀었다.

"현지도 먹을 거야?"

"난 됐어. 잘 다녀와 언니."

고개를 젓는 현지를 보고 현수가 집을 나섰다. 집에는 다시 적막이 찾아왔다. 현아는 계속해서 문제집을 붙잡고 끙끙댔고 현지는 조용히 잠이 들었다.

집을 나와 걷던 현수의 핸드폰이 울렸다. 상준이었다. 상준은 현수와 초등학교부터 대학교까지 같은 학교를 다닌 친구로, 자매들의 옆집에 살았다. 이번 겨울에는 미국으로 여행을 갔다.

〔야, 뭐하냐.〕

〔여긴 별로 안 춥다.〕

짧은 메시지와 함께 첨부된 사진에는 할리우드 간판 앞에서 웃고 있는 상준의 모습이 담겨 있었다. 사진을 물끄러미 바라보던 현수는 간단히 안부를 묻고는 핸드폰을 다시 주머니에 집어넣었다. 미국이라. 현수도 미국 여행에 로망을 가지고 있었다. 비행기를 타보고 싶은 작은 소망은 둘째 치더라도 더 넓은 세상으로 나아가는 건 현수가 늘 꿈꾸는 삶의 모습이었다. 그렇지만 아직 현수에게 미국 여행은 사치로 여겨졌다.

〔너도 알바비 모아서 한번 와.〕

〔아니다. 다음에 같이 오자!〕

상준의 메시지에 현수는 피식 웃었다. 그럴 수 없는 이유는 간단했다. 현수가 버는 돈은 일정 부분 생활비로 들어갔다. 게다가 학비는 장학금으로 해결한다 쳐도 학기 중에 사용하는 용돈은 직접 벌어서 써야 했다. 굳이 계산을 해보지 않아도 미국 여행은 생각하기 어려웠다. 물론 아등바등 돈을 모은다면 빠듯하게 갈 수야 있을 것이다. 하지만 가족들에게도 미안했고, 자신도 여행지에서까지 돈 걱정을 하고 싶지는 않았다.

부모님과 현숙은 대학을 졸업할 때까지 학비와 용돈을 지원하겠다고 제안했지만, 일찍이 독립하고 싶었던 현수는 혼자 힘으로 대학에 다니겠노라 선언했다. 자매 중 대학에 진학한 사람이 자신뿐이라 홀로 집안에 부담을 준다는 죄책감에서 벗어나고 싶었던 게 그 이유였다.

악착같이 공부해서 장학금을 받는 현수를 보며 동기들은 독하다고 혀를 내둘렀지만, 현수는 전공 공부가 늘 즐거웠다. 그래서 공부에 열중하다 보니 전공과 관련된 여러 공모전에서 상을 타는 일도 종종 있었다. 현수는 얼른 졸업 후 취직해 현숙의 짐을 덜고 싶다는 마음이 컸다. 대학을 졸업하기까지는 아직 2학기가 남았다. 거기다 취업 준비까지 함께 하려면 개인적인 욕심은 조금 뒤로 미뤄두어야 했다.

물론 가족들은 현수의 이런 생각을 좋아하지 않았다. 현숙은 집안을 위해 돈을 보태는 건 본인이 할 테니 하고 싶은 일은 다 해보라고 했고, 정환 역시 지금이라도 얼마든지 지원하겠다며 무리하지 말라고 당부했다. 그러나 그 말을 곧이곧대로 듣기엔 현수는 너무 어릴 때부터 가정 상황에 대해 잘 알았다. 현수 혼자라면 몰라도, 내년부터 현아가 대학에 다닌다면 지금보다 부담이 커질 게 당연했다. 그걸 모른 체할 수는 없었다.

현수는 아르바이트를 좋아하는 편이었다. 대학에 합격하자마자 시작한 편의점 아르바이트는 돈도 벌면서 사람들의 다양한 생활상을 관찰하는 재미가 있었다. 현수는 어머니처럼 기자가 되고 싶다는 꿈을 가지고 있었기에, 이 경험이 분명 도움이 되리라 생각했다. 편의점에 도착한 현수는 앞 근무자와 교대하고 물건을 채워 넣은 뒤 잠시 앉았다. 그리고는 수첩을 꺼내 이번 공모전에 넣을 기사를 생각하며 이것저것 끄적이기 시작했다.

학업과 병행하지 않고 오롯이 공모전에만 심혈을 기울일 수 있는 방학은 현수에게 뜻깊은 시간이었다. 아르바이트가 끝나면 집에서 공모전에 낼 기사를 점검하고, 현아의 공부를 봐주고, 다음 학기 시간표를 짜야 한다. 머릿속으로 계획을 정리하던 현수는 손님이 들어서자 '어서 오세요'라는 인사와 함께 일어났다.

겨울의 끝자락인 2월의 어느 날, 현수는 학교에 갔다. 방학이 끝나지 않았는데 벌써 학교에 간 건 다름 아닌 심지연 교수의 호출 때문이었다. 심 교수는 학과 장학금 및 진로 상담을 통해 현수의 가정 형편과 개인사를 어느 정도 알고 있었기 때문에, 현수에게 경험이 될 만한 공모전이나 기업의 기자단 활동 등의 정보를 전해주곤 했다. 현수도 이에 부응하여 주어진 기회를 착실히 잡았고, 심적으로도 심 교수에게 많이 의지했다. 그렇기에 심 교수와의 면담은 특별하다 할만한 일은 아니었다. 하지만 미리 이유를 알려주지 않고 급하게 부르는 경우는 처음이라 현수는 조금 긴장한 채 연구실로 들어섰다.

"교수님, 안녕하세요."

"어서 와. 춥지? 커피랑 녹차가 있는데, 어떤 게 좋니?"

"녹차로 하겠습니다. 감사합니다."

현수는 심 교수가 건네는 녹차를 받아들며 자리에 앉았다. 서로 짧게 근황을 묻고 난 뒤 곧 심 교수가 본론을 꺼냈다.

"현수야. 미국에서 공부하고 싶은 생각 없니?"

"네? 갑자기 미국이요?"

"우리 학교와 교류하는 대학 중에 꽤 괜찮은 커리큘럼을 가진 학교가 있어. 사실 그동안은 교류가 썩 활발하진 않았는데, 이번에 좀 확

대하자는 의견이 나왔거든. 우리 학과에서 한 명 보낼 건데, 현수 네가 딱 생각나더라. 성적도 좋고, 관심도 많고. 좋은 경험이 될 거야. 아무래도 저널리즘 이론은 미국에서부터 들어온 게 많으니까. 졸업하고 가서 복수 학위 프로그램을 이수하면 우리 학교와 그 학교 두 개의 학위를 취득할 수 있어. 만약 가보고 괜찮으면 박사 과정을 생각해 봐도 좋고. 기자 생활을 할 때는 당연하고, 혹시 다른 직업을 가지더라도 도움이 될 거야."

"어, 잠깐만요 교수님. 일단 전 어학 점수도 없고, 유학은 정말 생각해 본 적이 없어서요. 게다가 집안 사정상 미국 유학비 대기가 어려워요."

"학비는 학교에서 전액 부담할 거야. 외부 장학금 찾아보면 생활비도 일정 부분 지원받을 수 있을 거고. 현수야, 네 상황 모르는 거 아니야. 다만 이번 기회는 네가 꼭 잡았으면 좋겠다. 네가 누구보다 열심히 하는 거 아니까 더 지원해 주고 싶은 거야. 학과장님이랑 의논했을 때도 네 이름이 제일 먼저 나왔어."

"하지만, 교수님."

"지금 당장 결정하라는 건 아니야. 다음 주까지 고민하고 답을 주렴. 늘 수석을 놓치지 않았던 너라면 어학 점수는 금방 딸 거고, 올해 졸업하고 내년에 가면 시기도 나쁘지 않아. 현수야, 잘 생각해야 해. 무엇보다 네 인생이 가장 우선이란다."

학교에서 나와 집으로 향하던 현수는 눈에 보이는 카페에 들어가 따뜻한 카페모카를 시켰다. 평소 단 것을 그다지 즐기지 않는 현수지만, 지금 당장 달콤한 것을 먹지 않으면 진정할 수 없을 것 같았다.

유학이라니! 이게 꿈은 아닐까? 감히 생각해 본 적도 없었다. 교수님의 말대로 이건 놓쳐서는 안 될 기회다. 학비와 생활비 지원을 받을 수 있다면 더더욱 고민할 필요가 없다. 정말로 홀로 설 수 있는 기회가 온 셈이다. 그제야 조금씩 실감이 나기 시작했다. 현수는 늘 하던 대로 가지고 다니던 수첩과 펜을 꺼내 계획을 적어보기 시작했다.

다만 현수는 집안 형편에 대한 걱정을 놓을 수가 없었다. 본인의 생활비와 학비는 해결이 된다 치더라도, 졸업한 후 생활비를 보태지 않아도 괜찮을까? 혹시 어머니께 무슨 일이라도 나면 어떡하지? 걱정이 꼬리에 꼬리를 물자 날 듯이 들떴던 기분은 금세 가라앉았다. 현수는 들고 있던 펜을 내려놓으며 한숨을 쉬었다. 밖에는 어느새 어둠이 깔리고 있었다.

카페를 나와 집으로 터덜터덜 걷던 현수는 저 앞에서 익숙한 실루엣을 발견했다. 정환이었다. 정환의 가게와 가까운 카페에 들어갔던 탓에 퇴근하던 정환과 마주친 것이다.

"아버지!"

"오, 현수구나!"

"일찍 퇴근하시네요. 같이 가요! 현지랑 현아가 좋아하겠어요. 물론 제가 제일 좋고요."

"역시 아빠를 가장 좋아하는 건 우리 현수지. 근데 현수야, 무슨 고민 있니? 얼굴빛이 어두워. 엄마 걱정 때문인 건가?"

"아니요, 어머니야 늘 걱정되지만……. 오늘은 그것 때문은 아니고요. 실은 오늘 교수님께 유학 제의를 받았어요. 교수님이 학교에서 학비를 지원해 주신다고 했고, 외부 장학금을 받으면 생활비도 어느 정도 해결할 수 있을 거라고 하셨어요. 미국에서 저널리즘으로 유명한 학교래요."

"정말? 이야 우리 딸, 역시 최고네! 엄마가 들으면 자랑스러워하실 거야. 당연히 아빠도 그렇고. 어릴 때 비뚤비뚤 글을 써서 자랑하던 게 엊그제 같은데 말이야. 근데 왜 그렇게 울상이야? 가고 싶지 않아서 그래? 아빠가 보기엔 아주 좋은 기회 같은데."

"좋은 기회죠. 물론 잡고 싶죠. 그런데, 그래도 될까요?"

"왜? 안 될 이유가 있니?"

"제가 가면 언니가 더 힘들지 않을까요? 저야 너무 좋지만, 언니는 우리를 위해 포기한 게 많잖아요. 저만 이렇게 기회를 다 잡아도 되나 싶어요. 언니한테 너무 미안해요."

"…… 현수야. 그렇게 생각하고 있었다니, 아빠가 마음이 너무 아프네. 나는 너희 중 그 누구도 가족을 위해 희생하지 않았으면 했어. 네 인생은 가족의 것이 아니라 너 자신의 것이야. 그 사실을 잊지 않았으면 좋겠구나. 나와 네 엄마가 우리의 인생을 위해 너희에게 너무 큰 책임을 떠넘기지 않았나 싶어 후회스럽기도 하고. 물론 우리 집의 경제적 상황을 알게 한 내 책임이 가장 크지만. 네가 그런 것에 구애받지 않길 바라고 있어."

현수는 먹먹해지는 마음을 붙잡고 정환의 말을 가만히 듣고 있었다. 숨 쉬는 소리에조차 떨림이 새어 나올까 봐 입을 열기 어려웠다.

"현숙이가 대학을 가지 않고 취직한 것에 대해 깊게 얘기하진 않았지만, 감히 말하건대 그게 너희 때문은 아닐 거야. 난 현숙이도 언젠가 자신의 삶을 온전히 살아갈 수 있도록 지지하고 응원할 거란다. 이 시간이 지나갔을 때 후회하지 않길 바라. 그러니 너는 온전히 너만을 위한 선택을 했으면 좋겠어. 경제적 문제는 내가 해결하마. 적어도 너희가 대학을 졸업할 때까지는 내가 책임질 수 있어. 그래야만 하고. 현지, 현아도 걱정할 필요 없어. 네가 최우선이야. 엄마의 재능을 제일 많이 물려받은 네가 할 수 있는 모든 공부를 한다면, 우리 모두는 네가 가족을 위해 기회를 포기한 것보다 행복할 거야."

"감사해요, 아버지. 잘 생각해 볼게요."

간신히 대답한 현수는 얼른 고개를 숙인 채 터지려는 눈물을 꾹 참았다. 정환은 그런 현수의 등을 두드려주다가 짐짓 신난 목소리로 말했다.

"아까 내가 일찍 퇴근하면 누가 가장 신날 거라 했었지? 치킨을 사 가면 더 멋진 저녁이 되지 않을까?"

"완벽한 생각이에요, 아버지."

치킨집으로 향하는 부녀의 뒷모습은 누구보다 즐거워 보였다. 공모전과 파견 나간 어머니 얘기를 주고받으며 두 사람은 밝게 웃었다. 눈이 녹고 있었다.

치킨을 맛있게 먹고, 나른해진 밤이었다. 한 방에 모인 네 자매는 늦은 밤에도 제 일에 열심이었다. 현숙은 가계부를 정리하며 월급과 생활비를 계산하고 있었고, 현지는 요즘 읽기 시작한 소설책에 몰두하고 있었다. 국어 지문을 푸는 현아를 봐주는 것은 현수의 몫이었다.

"그러니까 〈바리데기〉는 기아, 구약, 희생의 과정을 거치는 효행 설화라는 거야. 여기서 중요한 건, 〈바리데기〉는 무속에 의해 구전되었다는 거지. 이게 뭘 의미하냐면……."

"불쌍해."

"뭐?"

"바리데기도 나처럼 막내딸이었을 뿐인데, 부모한테 버림받고 희생해야 하는 삶이었다니. 괜히 동질감 들어서 슬퍼. 무상신과 결혼해서 약수를 얻을 때까지 그 희생을 바리데기는 어떻게 감당한 걸까?"

"이건 설화잖아, 현아야. 지금의 시선에서만 볼 수는 없어. 이건 그 당시 군중의 효심을 강조하기 위한 장치이기도 했으니까. 다만 뿌리 깊게 내려온 남존여비 사상이 어떤 방식으로 고착됐는지 알 수 있는 거지. 그리고 바리데기는 힘든 만큼 많은 조력자가 있었으니까, 그래도 나름 괜찮지 않았을까? 무엇보다, 너와는 완전히 상황이 다르지. 넌 희생의 의무가 없으니까."

"정말?"

"그럼, 당연하지. 너는 하고 싶은 거 다 해. 우리 중 그 누구도 너한테 희생을 강요하지 않아."

"오, 언니 좀 감동인데? 근데 만약에 엄마 아빠가 다쳐서 약을 구하러 멀리 다녀와야 한다면, 나도 바리데기처럼 떠나긴 했을 거 같아. 그런 면에서도 약간 공감하고 있는 거 같고. 살살이꽃이나 뼈살이꽃 같은 거 없는 것처럼 보여도…… 아니야, 없으면 만들면 되지. 난 우리 엄마 아빠가 아프면 어떻게든 고칠 방법을 찾을 거야."

"언니한테나 좀 잘해, 임마. 어머니랑 아버지는 언니들이 잘 지킬 거니까, 넌 언니들한테 기대도 돼. 그런 의미에서 내일 숙제는 좀 늘

려볼까?"

"아, 언니!"

현수의 웃음소리와 현아의 볼멘소리가 방을 가득 채우고, 옆에서 듣던 현지와 현숙의 웃음도 더해지면서 네 자매의 행복한 순간이 밤 공기에 섞여 퍼져나갔다.

봄

"편지 왔습니다."

어느 한가로운 오후, 우체부가 찾아왔다. 집에 있던 현지가 얼른 나가 편지를 받았다. 우체부가 직접 전해주는 편지는 단 하나뿐이었다. 저 멀리 아프가니스탄으로 파견된 자매의 어머니, 가을이 보내는 국제우편이다. 가끔 이메일로도 소식을 전하지만 워낙 인터넷이 불안정한 곳에 있는 탓에 가을은 종종 자매에게 편지를 부치곤 했다. 여러 손을 거쳐 겨우 전달되는 편지지만, 그나마 직접 쓴 편지가 이렇게 무사히 전달됐다는 건 지금 가을이 있는 곳이 어느 정도는 안전하다는 의미기에 현지는 마음이 놓였다. 가을의 편지는 다 같이 열어보기로 약속했던 터라, 현지는 봉투만 만지작거리다가 가만히 거실 식탁 위에 올려놓고 집을 나섰다.

산책은 현지의 취미였다. 현지는 어렸을 때부터 몸이 약했다. 꾸준히 운동을 해야 한다는 의사의 말에 이런저런 체육 관련 학원에 가보기도 했으나, 워낙 내성적인 탓에 학원 친구들과 잘 어울리지 못했다. 그러다 겨우 정착한 것이 산책이었다. 가을의 손을 잡고 동네 여기저기를 천천히 걷는 그 시간은 오롯이 현지에게만 허락된 시간이었다. 가을이 파견을 나가기 전까지도 항상 같이 산책을 하던 현지는 그 이후로는 혼자서 동네를 돌아다니며 외로움과 불안함을 견디고 있었다.

한참을 걷던 현지는 집에 돌아와 제 몫의 집안일을 하기 시작했다. 가을이 떠난 시점부터 정환과 자매들은 집안일을 나눠서 했다. 집안일은 자매들의 일과에 맞춰 나뉘었는데, 집에 오래 있는 현지가 청소를 담당하고 아침, 저녁 설거지는 현숙이, 빨래는 현수와 현아가 같이 했다. 각자 집안일을 하면서 나온 쓰레기는 분리수거를 해두었고, 정환이 정해진 요일에 가져다 버렸다. 이렇게 체계적인 분담은 하루아침에 이뤄지진 않았지만, 여러 갈등을 거치며 정착한 자매들의 규칙이었다.

"자, 읽는다."

엄숙한 목소리로 조심스레 봉투를 뜯은 현수가 목을 가다듬고 가을의 편지를 읽기 시작했다.

사랑하는 나의 아이들에게

모두 잘 지내는지 모르겠구나. 나는 안전하게 지낸단다. 혹여나 내가 쓰는 기사로 나를 걱정하고 있을까 봐 괜찮다는 이야기를 먼저 전한다. 여긴 여전히 암흑 속의 전쟁터지만, 한 줄기 빛을 찾아 떠나온 나의 여정이 헛되지는 않다고 믿고 있단다.

엄마의 자리가 비어 혹시 너희가 쓸쓸함을 느끼진 않을까 늘 미안하단다. 특히나 한창 엄마 품이 필요할 나이인 현지와 현아가 엄마를 원망하지는 않을까 걱정돼. 현숙이에게는 너무 큰 짐을 지운 것 같고……. 우리 현수는 내가 없어도 늘 씩씩하겠지? 내 욕심 때문에, 내 꿈을 이루기 위해 너희에게 희생을 강요한 걸 생각하면 늘 가슴 한편이 저며온단다. 그래도 엄마는 여기서 엄마의 일을 하는 게 너희에게 하나의 희망이자 꿈이 될 거라 믿는다. 앞으로 너희가 가정을 이뤘을 때도 너희는 누군가의 아내, 누군가의 엄마이기 이전에 꿈을 품은 한 사람이라는 걸 알려주고 싶거든. 엄마는 너희가 각자 원하는 대로 살아갔으면 좋겠어. 엄마, 아빠가, 사회가 시키는 대로가 아니라 너희가 원하는 바를 가치로 삼고 살아가는 것. 난 그걸 바라며 항상 기도하고 있단다.

올해 현지가 졸업했고, 어느덧 현아가 고등학교 3학년이구나. 세월이 참 빨라. 엄마가 돌아갈 때까지 아빠 말씀 잘 듣고, 서로 보듬어주며 잘 지내길 바란다. 현숙이가 엄마를 대신하고 있으니 다들 언니 많이 도와주고, 현숙이는 혹여 힘든 일이 있다면 혼자 앓지 말고 현수나 아빠하고 함께 상의해서 해결하도록 하렴. 너희에게 돌아갈 그날이 멀지 않았기를, 건강하게 웃으며 다시 만날 수 있기를 바라며 이만 줄인다. 모두 사랑한다.

- 아프가니스탄에서, 엄마가

현수가 편지를 다 읽은 뒤에도 한참 동안 거실은 조용했다. 눈물이 가득 고인 채로 현아가 먼저 입을 뗐다.

"엄마 보고 싶어."

울먹이는 현아의 등을 현지가 차분히 토닥였다.

"그래도 난 우리 엄마 자랑스러워. 우리에게 미안하다고 하셨지만,

난 엄마가 하고 싶은 일을 하시는 게 좋아. 돌아오시면 그때 실컷 안아달라고 하자."

"현지 말이 맞아. 돌아오셨을 때 더 자랑스러운 딸이 되어있을 수 있게 노력해야지."

현지의 말에 맞장구를 친 현수가 잠시 머뭇거리다 입을 열었다.

"나 할 말 있어."

자매들의 시선이 현수에게 모였다.

"뭔데?"

"나 사실, 학교에서 유학 제안받았어."

"뭐라고?"

현수의 말에 모두 깜짝 놀랐다. 현수가 멋쩍게 웃었다.

"학교에서 성적이 우수한 학생을 지원해 준대. 올해 준비해서 내년에 가면 어떻겠냐고 교수님이 물어보시더라고. 학비랑 생활비도 지원받을 수 있대."

"우와, 역시 언니는 대단해!"

"너무 잘됐다, 현수야! 너 외국 나가보고 싶어 했잖아!"

"언니 가면, 언니 자리는 내 거야!"

자매들 모두가 자기 일처럼 기뻐하는 가운데, 현수가 다시 말을 이었다.

"사실 나, 유학을 가는 게 맞을까 고민하고 있어. 물론 지원을 받을 수 있다지만, 어머니도 안 계신데 나마저 없으면……. 여러 가지로 힘들어질 것 같아서 안 갈까도 싶어."

"그걸 왜 안 가?"

현수의 말에 현숙이 단호하게 대답했다.

"나도 마찬가지지만, 너도 가족을 위해 네가 하고 싶은 일을 포기할 필요 없어. 어머니 편지에도 써 있잖아. 우리는 우리가 원하는 삶을 살아가면 되는 거야. 나는 지금 삶에 만족해. 대학을 가지 않고 취업한 건 내가 맏딸이라서가 아니야. 대학에 가서 공부할 만큼 학업에 크게 관심이 없어서 그랬던 거야. 그러니까, 네가 원한다면 걱정 말고 가. 가서 원하는 만큼 공부해. 우리 모두 그걸 원해."

현숙의 말에 현수가 시큰하게 웃자, 현숙을 앞세워 모두가 현수를 안았다. 그렇게 한참을 안고 웃던 가운데 현지가 말했다.

"언니, 우리 꽃밭을 만들면 어때?"

"꽃밭?"

"현수 언니가 유학 가게 되면 뭔가 아쉬울 것 같아서, 추억을 남기면 좋겠어. 동물을 키우기엔 부담스러우니까, 우리 꽃 심자. 그리고 잘 키워보자. 이제껏 우리 힘을 다 합쳐서 뭔가 해본 적은 없잖아."

"난 찬성! 지루한 수험 생활에 낙이 될 것 같아!"

"나도 찬성! 꽃 피는 걸 보고 갈 수 있었으면 좋겠는데."

"좋아, 그럼 다들 어떤 꽃을 심고 싶은지 생각해 보자!"

다들 꽃밭을 만들 생각에 들떠서 왁자지껄 이야기했다. 달이 점점 떠오르는 밤이었다.

현지는 그날 밤, 애써 외면했던 고민이 다시 마음 위로 떠오르는 것을 느꼈다.

현지가 대학을 가지 않은 이유는 단순했다. 하고 싶은 일이 없었기 때문이다. 학교에서는 늘 무언가 '하고 싶은 일'을 찾으라고 했고, 주변의 친구들도 하나둘씩 원하는 학교와 학과를 찾았다. 하지만 현지는 어느 쪽으로도 마음이 가지 않았다. 무언가 특별한 재능이나 흥미가 있었더라면 어땠을까. 고등학교 졸업 후 바로 취업한 현숙이나 매일 머리를 감싸 쥐고 끙끙대는 현수, 원하는 대학을 정하고 공부하는 현아. 다들 제 나름대로의 고충으로 힘들어했지만, 현지는 목표가 있는 다른 자매들이 마냥 부러웠다.

애매한 사람. 그게 바로 현지가 스스로를 바라보는 시선이었다. 글을 읽는 건 좋아했지만 글을 쓰기는 벅차다고 생각했고, 쉬엄쉬엄 걸으며 자연을 관찰하는 건 좋았지만 과학 시간은 너무 지루했다. 때때로 현수는 자신의 글 욕심이 너무 과하다며 한숨을 내쉬곤 했다. 현지는 그 욕심이란 게 궁금했다. 나는 무엇에 빠져 살 수 있을까. 현아의 문제집에 나왔던 바리공주가 생각났다. 바리공주는 가족을 위해 자신의 삶을 희생했다. 그게 무작정 옳은 것만은 아니라고 생각하지만, 어쨌건 그 일로 인해 가족이 행복해지지 않았는가. 무슨 일이 생겼을 때 나는 그렇게 가족에게 도움이 될 수 있을까. 현지는 그 질문에 자신 있게 대답할 수 없었다.

"언니."

"응?"

"언니는 왜 대학에 안 갔어?"

현지는 분주히 잘 준비를 하던 현숙을 보며 툭 내뱉었다. 현수는 도서관에서 밤을 새운다며 나갔고, 현아도 거실에서 다 못 한 공부를 마무리하는 중이었다. 방 안에 둘만 있는 상황에서 갑작스러운 질문에 현숙이 현지를 바라보자, 현지는 괜스레 얼굴이 붉어져 횡설수설 말을 이었다.

"아니, 언니 공부 그래도 좀 했잖아. 근데 왜……."

"나 공부 못 했는데?"

"어?"

"나 사실 공부 못했어. 현수만큼은 물론이고, 반에서 거의 중하위였어."

"어? 현수 언니가 분명……."

당황하는 현지에게 현숙이 웃으며 말했다.

"그거야 현수가 너희 공부 시키려고 한 말이고. 난 좋은 대학 갈 머리가 아니었어. 그리고 난 별로 대학 안 가고 싶었어."

"왜? 다들 가고 싶어 하잖아."

현지의 말에 현숙이 잠시 생각하다 대답했다.

"글쎄, 안 가봐도 알 것 같았나 봐. 대학 가면 좋다고 말하는 게 다들 뭐 꾸미고, 연애하고 이런 것들이었거든. 대학 간 선배들이 말하는 게 다 노는 것뿐이었어. 난 이미 그때도 학교에서 많이 놀았고, 그만큼 재미 본 게 충분하다고 생각했나 봐. 게다가 고등학교랑은 다르게 대학은 나중에도 많이 가니까, 혹시라도 후회되면 그때 가려고 했지."

"현수 언니 보면서 안 부러웠어? 언니는 진짜 열심히 공부하잖아."

"말했잖아. 나 공부 별로 안 좋아했다니까? 현수야 본인이 원하는 일이니까 열정 넘치는 거고, 난 그 정도로 못해. 살다가 하고 싶은 일이 생기면, 그때는 또 어떨지 모르지만."

"하고 싶은 일은 찾았어?"

"아니, 아직 못 찾았어. 나 이제 스물여섯이야. 시간 충분해."

"그래도 돼?"

"왜 안 돼? 난 아직 뭔가 제대로 해보지도 않았는데. 정 못 찾으면 지금처럼 그냥 사는 거야. 직장 다니면서 돈 벌고, 그걸로 맛있는 거 사 먹고. 그럼 되는 거지. 세상 누구나 다 우리 어머니처럼, 혹은 뭐 엄청난 기업인처럼 사는 건 아냐. 아버지처럼 가족들이랑 함께하는 게 최고면 그렇게 사는 거고, 그렇게 살다가 정말 해보고 싶은 일이 생기면 도전해 보는 거지."

"나도 그럴 수 있을까? 괜히 조급하고 불안해. 현수 언니도, 현아도, 친구들도 원하는 일을 찾아서 노력하는데, 나만 가만히 멈춰 있는 느낌이야. 내 시간은 멈춰 있는데 세상은 계속 돌아가잖아. 계속 이렇게 살아도 되는 걸까?"

"멈춰 있는 게 뭐 나쁜 건가. 그냥 준비하고 있는 거지, 언젠가 올 너의 시간을. 누구나 같은 속도로 뛸 수는 없잖아. 준비가 될 때까지 우리가 옆에 있을 테니까 너무 걱정하지 마. 그냥 너를 받아들여."

풀썩 누워 눈을 감으며 현숙이 말했다.

"따라해 봐. 모든 게 다 괜찮을 거야."

"모든 게 다 괜찮을 거야."

"됐어. 이제 자자. 현아는 알아서 들어올 테니 방해하지 말고. 우린 내일을 맞을 준비를 해야지."

불을 끄며 현지는 다시 되뇌었다. '모든 게 다 괜찮을 거야.' 어쩐지 오늘은 마음 편히 잘 수 있을 것만 같았다.

"자자, 시작하자고!"

꽃무늬 추리닝을 입고 밀짚모자를 쓴 현수가 신나게 외쳤다. 오늘은 집 마당을 정리하는 날이다. 자그마한 단독주택 마당은 정원이라 부르기에는 초라했지만, 나무가 네 그루나 있고 한쪽에는 상추와 방울토마토를 심은 텃밭까지 있는 자매들의 놀이터였다.

"해가 지기 전에 마무리해야 하니까 서두르자. 오늘은 저기 한쪽에 잡초를 뽑고 꽃씨를 심을 거야. 밭은 현수가 고르고, 현지는 잡초를 정리해줘. 현아는 마당에 떨어진 잎 쓸어주고, 나는 돌을 골라서 쌓을게. 꽃씨는 다 같이 뿌릴 거야. 다들 준비됐어?"

"응, 언니. 여기 물도 준비해 놨어."

"역시 현지야. 꾸물거리지 말고, 현수 너는 덤벙대다가 다치지 말고!"

"내가 애야?"

짧게 투덜댔지만, 활동적인 것을 좋아하는 현수는 곧 열심히 밭을 골랐다. 그러는 사이 현지가 토마토와 상추 사이에 난 잡초를 뽑았고, 현숙이 돌을 골라 밭 테두리에 쌓았다. 현아는 마당을 열심히 쓸기 시작했다. 한쪽에는 자매들이 준비한 국화, 코스모스, 메리골드, 로즈마리 씨앗이 가지런히 놓여 있었다.

자매들이 각각 꽃을 고른 데는 다 이유가 있었다. 현수가 자매들 중 가장 먼저 심을 꽃을 정했는데, 가장 무난하다는 이유로 국화를 골랐다. 현지는 코스모스였다. 산책을 하면서 늘 보던 꽃 중 하나였기 때문이다. 가장 화려한 메리골드는 현아의 선택이었다. 자고로 꽃은 예뻐야 한다는 게 이유였다. 마지막으로 로즈마리는 현숙의 것이었다.

차나 향신료로 쓸 수 있어 여러모로 유익하다고 생각했기 때문이다.

"이제 심자."

땀과 흙으로 범벅이 된 현수가 말하자 자매들은 각자의 씨앗을 가져와 심기 시작했다. 씨앗은 달라도 조심스레 땅을 파고 씨를 뿌리는 표정은 모두 경건했다. 자매들은 계절이 시작되는 봄에 올해의 모든 소망을 담듯 토닥토닥 땅을 두드렸다.

"꽃이 필 때쯤엔 엄마도 오셨으면 좋겠다."

"그럴 거야. 다행히 건강히 지내신다는 소식이 왔으니까."

낮게 읊조리는 현아의 말에 현수가 위로하듯 답했다. 해가 기울기 시작했다. 자매들은 잠시 말없이 자신들이 만든 꽃밭을 바라보았다. 현지는 꽃밭에 다가가 흙 위를 조심스레 쓰다듬었다. 꽃이 피어났을 때, 그때는 모두가 지금보다 더 행복해져 있길 기도하면서.

"어, 이 꽃밭……."

"왜, 뭐?"

"무상신의 꽃밭이야!"

"뭐라고?"

"현수 언니! 〈바리데기〉 기억나? 무상신의 동산에 귀한 꽃들이 있었잖아. 살살이꽃, 뼈살이꽃, 숨살이꽃! 그 꽃들처럼 이 꽃밭의 꽃들도 활짝 피면, 우리 가족에게도 행복한 일만, 좋은 일만 일어나지 않을까?"

현아의 말을 들은 자매들이 미소를 띠었다.

"역시 우리 막내, 대단한 상상력이네! 이제 우리 걱정 안 해도 되겠어."

"그러게, 현아 말대로만 된다면 너무 좋지. 그만큼 열심히 돌봐야 하는 이유가 생긴 거네. 그럼, 모두 게으름 피우지 않기로 약속하자!"

"좋아!"

모두의 소망을 담은 꽃밭은 아직 흙으로 덮여 있었지만, 자매들의 머릿속에서는 이미 찬란히 빛나는 무상신의 동산과 같은 모습이었다. 희망과 소원은 커다란 양분이 되어 행운을 싹 틔우려 하고 있었다.

여름

주말, 한낮의 여름. 자매들은 평화로운 시간을 보내고 있었다. 여름휴가를 맞아 집에서 쉬고 있는 현숙은 눈을 감고 마루 위에 가만히 누워 있었고, 현수는 얼음통을 붙잡고 책을 읽는 중이었다. 그때 꽃밭에 물을 주러 나갔던 현지와 현아가 요란하게 집으로 들어왔다. 우당탕 소리가 들렸지만, 그보다 더 큰 건 둘의 목소리였다.

"언니, 언니!"

"싹이 났어!"

"정말?"

호들갑스러운 동생들의 말에 현수가 던지듯 책을 내려놓고 뛰어나갔다. 둘의 말대로, 무거운 흙을 비집고 나온 어린 초록이 군데군데 눈에 띄었다. 환호를 지르는 동생들을 뒤늦게 따라 나온 현숙도 환하게 웃었다. 그동안 자매들은 정말 열심히 꽃밭을 가꿨다. 현지는 물론이고, 무슨 일이든 금세 싫증을 내는 현아도 자신의 구역을 꼼꼼히 살폈다. 무관심해 보이던 현수마저도 은근슬쩍 물 주는 날을 달력에 표시해 두었다. 꾸준한 자매들의 노력이 작지만 큰 성과를 낸 것이다.

"너무 신기해. 꽃 피면 뭐부터 할까?"

"사진부터 찍어야지! 꽃다발도 만들어 볼까?"

"에이, 나는 꽃 꺾기 싫어. 떨어진 꽃잎 있으면 그걸로 책갈피 만들래."

왁자지껄 자신들의 소망을 이야기하는 자매들의 표정은 밝았다. 따사로운 여름의 햇살 속 네 자매의 웃음은 새로 태어난 초록만큼이나 싱그러웠다.

"기분이다! 오늘은 언니가 쏜다!"

"와! 짠순이가 무슨 일이래?"

"이현아, 너 지금 언니한테 짠순이라고?"

"아냐, 현수 언니야말로 대인배지. 그럼 언니, 난 빙수!"

언제나처럼 현수와 현아가 투닥거렸지만, 기분 좋은 소식 때문인지 둘의 실랑이는 평소보다 가볍게 끝났다. 각자 뭘 먹고 싶은지 재잘재잘 떠들며 네 자매는 다시 집으로 들어갔다. 꽃밭은 점점 푸르게 물드는 중이었다.

설레는 새싹의 소식이 무색하게, 자매들의 집에 옅은 그늘이 드리워졌다. 그 시작은 현숙에게 걸려온 한 통의 전화였다.

"여보세요."

〔혹시 이정환 씨 보호자 되시나요?〕

"네, 제가 딸인데요. 무슨 일이시죠?"

〔여기 미리내병원 응급실인데요, 지금 이정환 씨 쓰러지셔서 이쪽

으로 이송되셨거든요. 지금 와주실 수 있으신가요?〕

"쓰러지셨다고요?"

시간은 아직 현숙이 퇴근하기 전인 다섯 시 반. 현숙은 떨리는 손을 붙잡고 통화를 이어나갔다.

"많이 다치셨나요? 어디가 안 좋으신 거죠?"

〔정확한 건 검사 결과가 나와봐야 알 것 같아요. 지금 바로 오실 수 있나요?〕

"제가 갈 수는 없고, 제 동생 바로 보낼게요. 미리내병원 응급실이라고 하셨죠?"

〔네, 지금 환자분이 의식이 없으셔서 얼른 와주셔야 합니다.〕

전화를 끊자마자 현숙은 현수에게 전화를 걸었다. 그 시간이 현숙에게는 마치 억겁처럼 느껴졌다. 현수는 신호음이 열 번 넘게 울리고 나서야 겨우 전화를 받았다. 현숙에게 상황 설명을 들은 현수는 침착한 목소리로 대답했다.

"언니, 진정해. 나 지금 학교 도서관인데, 여기서 병원까지 택시 타면 10분이야. 내가 바로 가서 상황 보고 전화할 테니까 너무 걱정하지 마."

"아버지, 큰 병일까? 어떡하지 현수야?"

"지금 이렇게 걱정해 봤자 달라지는 거 없어. 내가 얼른 가볼게. 언니는 퇴근하자마자 병원으로 와."

"애들은? 현지랑 현아는 어떡해?"

"일단 얘기하지 마. 현아는 학교에서 늦게 올 거고, 현지한테는 밥 혼자 잘 챙겨 먹으라고 전화할게. 지금 언니가 전화하면 애들 다 눈치

챌 거야. 아직 아버지 상태 어떤지 확실하지 않으니까, 애들한테는 티 내지 말자."

현수의 차분한 목소리를 들으니 현숙은 그제야 진정이 좀 되는 것 같았다. 당장 내일 중요한 회의가 있어 일찍 퇴근하겠다고 말하지도 못하고 책상에 앉아 있었지만, 일은 도통 손에 잡히지 않았다. 그 사이 병원에 도착한 현수는 검사 결과를 기다리는 중이라고 전했다.

현숙은 퇴근하자마자 병원으로 달려갔다. 응급실에 도착하자 멋쩍게 웃고 있는 정환과 걱정을 한가득 담은 얼굴을 한 현수가 현숙을 맞았다.

"별일 아니야."

"뭐래? 큰 병이야?"

"일단 부정맥이나 뇌 쪽 질환은 아니래. 몸에 확실한 이상이 없는 걸 보면 단순히 과로로 인한 실신일 수 있대. 더운 날씨 때문에 체력 소모가 크면 그럴 수 있다나 봐. 충분히 쉬면 괜찮을 거래."

"거봐, 내가 뭐랬어. 쉬면 낫는다니까."

"그래도 하루 입원해요, 아버지. 의사도 그랬잖아요."

"됐어. 응급실 비용도 만만찮은데, 뭘 입원까지 해? 그냥 하루 쉬면 나아."

정환의 말에 현숙이 결국 큰소리를 냈다.

"정말 이러실 거예요? 저한테는 돈 걱정 말고 하고 싶은 일 다 하라고 하시더니! 지금 쓰러져서 응급실 오신 분이 돈 걱정할 때냐고요. 제가 얼마나 걱정했는데요. 현수도 놀라서 뛰쳐나왔고요. 아버지가 건강하셔야 어머니 오실 때까지 우리가 버티죠. 자꾸 이러시면 저 퇴

사할 거예요. 아버지가 이러신데 제가 뭘 해요. 오늘 입원하시고, 검사 다 받고 이상 없다고 하면 그때 퇴원해요."

"너는 참, 괜찮다는데. 내 몸은 내가 제일 잘 알아."

"언니 말대로 해요, 아버지. 오늘 하루 입원하시고, 확실하게 검진 받고 퇴원해요."

"알았다. 그럼 현지랑 현아한테는 말하지 말거라. 애들 괜히 걱정할 거야."

"알겠어요. 접수하고 올게요."

현수가 자리를 뜨자 현숙은 가만히 정환의 손을 잡았다.

"아버지, 저 진짜 놀랐어요. 지금 어머니도 안 계신데, 아버지까지 아프시면 안 돼요. 아셨죠? 몸 살피면서 일하시기로 저랑 약속해요. 네?"

"알겠다, 너도 몸 잘 살펴라. 이것 참……. 갑자기 앞이 안 보이고 어지럽더니, 깨어나니 응급실이더구나."

현숙은 맏딸임에도 아버지의 건강을 제대로 챙기지 못했다는 생각에 슬그머니 고개를 돌려버렸다. 현숙의 마음을 아는지, 정환은 그저 현숙의 머리를 쓰다듬으며 웃을 뿐이었다.

정환이 입원실로 옮겨지고, 멍하니 복도에 앉아 있는 현숙에게 현수가 다가와 물을 내밀었다.

"언니는 이제 그만 집에 가 봐. 여긴 내가 있을게."

"괜찮겠어? 너 내일 수업은 어쩌고."

"나 내일 수업 없어. 아르바이트는 대타 친구 불렀고. 내일 하루 정도는 완전히 비니까, 언니는 집에 들어가서 애들이나 잘 봐줘. 너무 늦게까지 우리 셋 다 안 들어가면 애들이 걱정할 거야."

현숙은 현수를 물끄러미 바라보다 말을 꺼냈다.

"현수야. 네가 있어서 얼마나 다행인지 몰라. 사실 아까 응급실에서 온 전화 받을 때, 눈앞이 새하얘졌어. 아버지한테 무슨 일이라도 있으면 어떡하지? 어머니한테 알려야 하나? 너무 걱정됐어. 지금 당장 내가 너희들을 모두 돌볼 수 있을까 싶었는데, 네가 그렇게 말해주니까 너무 의지가 되더라."

"언니 동생이 좀 듬직하지?"

"정말. 네 목소리 들으니까 그제야 좀 안심이 되더라. 어떻게 그렇게 침착할 수 있는 거야?"

현숙의 말에 현수가 장난스레 어깨를 들썩이며 대답했다.

"글쎄, 내가 언니 사랑을 제일 많이 받아서 그런가?"

"뭐?"

"언니가 늘 걱정해 줬잖아. 나 어릴 때, 학교 운동장에서 같은 반 남자애랑 치고받고 싸웠던 거 기억나? 그때 언니가 저 멀리서부터 달려와서는 나부터 살피고, 나 다쳤다고 그 애 형이랑 싸웠잖아. 언니보다 그 애 형이 머리 하나는 더 컸었는데, 주눅도 들지 않고 나보다 더 화내면서 막 따졌었지. 그걸 보니까 어느샌가 화는 사라지고 그냥 언니랑 그 상황만 보이더라. 그때 알았지. 아, 앞으로도 나한테 무슨 일이 있으면 언니가 제일 크게 화내주고 싸워주겠구나. 그런 생각이 딱 들더라고. 오늘도 마찬가지였어. 언니가 누구보다 걱정하고 있을 걸 아니까, 나는 진정하고 상황을 봐야겠구나 싶더라."

"그랬었나? 난 기억 안 나는데……."

"언니 그때 진짜 멋있었어. 결국 그 애가 나한테 사과하게 만들었잖아. 언니는 항상 최선을 다해서 우리를 지켜주니까. 이번에 아버지도 언니가 걱정하는 거 보고 뭔가 깨달으셨을 거야. 몸도 더 잘 챙기실 거고."

"어휴, 그거야 모를 일이지. 일단 아버지 영양제부터 사야겠어."

"언니 것도 사. 언니도 이제 영양제 챙길 나이잖아?"

"뭐라고?"

현수의 장난스러운 말에 현숙은 피식 웃었다.

집으로 가는 버스 안에서 현숙은 현수의 말을 떠올렸다. 현숙은 어릴 때부터 동생들이 어디선가 무시당하는 게 너무 싫었다. 그래서 누군가 동생들에게 시비를 걸면 반드시 사과를 받아내야 직성이 풀렸다. 현숙은 그게 그냥 자신이 불같은 성격이라 그런 것이라고만 생각했었다. 그런데 현수는 그걸 '사랑'으로 받아들였다고 말했다. 그 말이 쑥스러우면서도 한편으로는 뿌듯하고 보람찼다.

첫째로 살아간다는 건 쉽지 않았다. 부모님의 서툰 육아도 이해해야 했고, 동생들도 열심히 챙겨야 했다. 학창 시절에는 동생들의 좋은 본보기가 되어야 한다는 생각에 심한 부담감도 들었다. 그 부담만큼 성적이 잘 나오지 않을 땐 남몰래 스트레스를 받으며 자괴감에 빠지기도 했다.

그런 현숙이 모든 자괴감을 내려놓았던 건 가을이 종군기자 파견을 나가던 시점이었다. 그래, 엄마도 자신의 인생을 살아나가는데 나도 그러지 말란 법이 어딨어. 나도 내 인생을 살아야지.

현숙에게는 동생들과 즐겁게 얘기하고, 가끔 싸우고, 다시 서로 함께하는 그 일상이 가장 좋은 삶이었다. 왜 다들 무언가 대단한 것을 이루어야만 유의미한 삶이라고 여기는 걸까. 세상을 바꾸는 선택, 역사에 길이 남을 작품……. 그런 특별한 업적보다 그저 소소하게, 무탈하게 살아가는 삶이 제일인 것 같은데. 더구나 이번처럼 가족 누군가에게 무슨 일이 생기면 덜컥 가슴이 내려앉는 게 세상 사람들이 생각하는 것처럼 만만한 일인 것 같지도 않았다. 대학에 가지 않는다는 선택이 잘못된 게 아니고, 대기업에서 엄청난 성과를 거두지 않는다 해서 부끄러운 사람이 되는 게 아닌데. 현숙은 가끔 자신이 '비정상'처럼 느껴졌다.

문득 저번 봄, 현지의 물음이 떠올랐다. 동생들은 생각보다 현숙이 자신들을 위해 희생한다고 느끼는 경향이 강했다. 그럴 때마다 '내가 꿈꾸는 삶이 너무 심심한가?' 하는 걱정 아닌 걱정이 다시 들었다. 그러나 누가 뭐라 해도 이 삶은 현숙이 스스로 선택한 삶이었다. 그 사실을 동생들에게 말할 때마다 현숙은 자부심을 느꼈다.

현아가 말하던 바리데기 이야기가 생각났다. 부모에게 버려졌음에도 부모를 살린 딸이었던가. 막내가 홀로 그 짐을 지어야 했던 그 이야기가 현숙은 안타깝게 느껴졌다. 나라면 절대 내 동생을 그렇게 두지 않았을 텐데. 첫째의 책임감을 떠나, 동생을 사랑하는 마음만으로도 그랬을 터다. 그 왕의 첫째 공주는 어떤 심정이었을까. 부모님의 결정에 반하여 막냇동생을 살리려는 노력을 해보지는 않았을까. 현숙은 이야기 속에 드러나지 않는 첫째 공주의 마음이 궁금해졌다.

세상 아무도 몰라주더라도 괜찮다. 내 동생들만 알아주면 그걸로 됐다. 그런 생각에 현숙은 버스 창가에 가만히 머리를 기댔다. 그리고는 내 삶을 알아주는 동생들을 앞으로 더 열심히 사랑해야겠다고 생각했다. 가을이 오면, 자랑할 게 하나 더 늘었다. 내가 동생들을 이렇게나 사랑했노라고 꼭 말해야지.

여름밤이 조용히 깊어갔다.

가을

수능이 얼마 남지 않은 10월의 중순. 현아는 속이 울렁거리는 듯한 느낌을 받았다. 잘 해낼 수 있을까? 오히려 올해 초보다 지금 더 자신이 없었다. 그동안 모의고사도 잘 봤고 성실히 그림도 그려왔는데, 괜스레 수능을 망칠 것만 같은 불안감이 엄습했다. 그냥 얼른 모든 게 끝났으면 했다.

학교의 분위기는 어수선했다. 수시 모집에 합격해 대학이 확정된 아이들도 있었지만, 떨어진 아이들도 많았다. 그중 일부는 중심을 못 잡고 교실 전체의 분위기를 흐리기도 했다. 현아가 지원한 학교들은 수능 날부터 발표가 시작되기 때문에 그때까지는 공부에 열중해야 했는데, 그 분위기 때문에 좀처럼 집중이 되질 않았다. 그러다 결국 자율 학습 시간에 말다툼이 벌어졌다. 이미 입시가 끝난 아이들과 수능에 사활을 걸고 있는 아이들 사이에서의 갈등이 원인이었다. 예민해져 있던 현아도 그 말다툼에 휩싸이게 됐고, 결국 울면서 집에 돌아왔다.

"왜 그래, 현아야. 무슨 일이야?"

"왜? 현아 무슨 일이야?"

"현아야, 왜 울어? 무슨 일 있어?"

때마침 집에 있던 자매들이 현아가 울며 들어오자 놀라 물었다. 언니들을 보자 눈물샘이 터진 현아는 엉엉 울며 자초지종을 말했다. 현수는 화가 나 길길이 날뛰었고, 현지는 현아를 안아주며 다독였다. 현숙 역시 현아의 손을 잡고 잘못한 것 없다고 말하며 대꾸할 가치도 없다고 달랬다. 언니들이 한참을 위로하자 현아는 그제야 울음을 멈추고 마음을 다잡았다.

넉넉하지 않은 형편에서 자매들이 하고 싶은 일을 해나갈 수 있는 원동력은 서로에게 있었다. 각자 재능도 꿈도 달랐지만, 서로를 위하는 마음만큼은 시간이 지날수록 더 진한 색과 향기를 더해갔다. 그 마음을 증명하듯, 네 자매가 정성껏 가꾼 꽃들도 가을을 맞아 천천히 피어나며 화사한 만개를 준비하고 있었다.

떨리는 수능 날, 현숙은 아침 일찍 일어나 정성스레 현아의 도시락을 쌌다. 현지는 직접 만들어둔 초콜릿을 현아에게 건넸다. 현수는 현아를 시험장까지 데려다주며 가볍고 사소한 말장난으로 긴장을 풀어주고 있었다. 시험장 앞에서 현수는 현아를 안아주며 작게 귓속말을 했다.

"끝나고 집에 오면 아주아주 큰 선물이 기다리고 있을 거야."

"뭔데?"

"오면 알려줄게. 집으로 바로 와. 아, 그리고 수능, 못 봐도 괜찮아. 최선을 다하기만 하면 돼."

"에이, 시작도 안 했는데?"

현아는 언니들의 마음을 한 아름 받아들고 시험장에 입장했다. 긴장이 되면 현지가 만들어준 초콜릿을 먹었고, 쉬는 시간에는 현수가 알려준 대로 차분하게 요약 노트를 살폈다. 현숙이 싸준 도시락에는 현아가 좋아하는 반찬만 가득했다.

편안한 마음으로 시험을 마친 현아는 누구보다 가벼운 발걸음으로 교실을 나섰다. 홀가분했다. 시험 결과를 떠나, 최선을 다했다고 자신 있게 말할 수 있었다. 얼른 집으로 돌아가 언니들을 보고 싶었다.

교문을 나서자 수많은 사람들 사이에서 활짝 웃으며 손을 흔드는 정환이 보였다.

"현아야!"

"아빠!"

"우리 막내가 드디어 수능을 보다니, 이제 정말 다 컸네."

"아니야, 나 아직 안 컸어!"

현아의 어리광에 정환이 너털웃음을 터뜨렸다.

"근데 아빠! 현수 언니가 시험 끝나면 선물 있다고 했는데, 뭐야?"

"집에 가면 알 수 있어. 아빠도 아직 안 가르쳐 줄 거야."

정환과 함께 집에 돌아가는 내내 현아는 선물이 뭘까 상상했다. 아무리 생각해 봐도 예상이 되지 않았다. 그러나 문을 여는 순간, 현아는 선물의 정체가 무엇인지 단박에 알 수 있었다.

"엄마!"

현아는 환호성을 지르며 꽃밭에 앉아 있는 뒷모습을 향해 달렸다. 오랜 시간 떨어져 있었는데도 머리는 별로 길지 않았고, 조금 야윈 모습이었다. 하지만 현아는 아무래도 좋았다. 뛰어가 와락 엄마를 안았다. 몇 번이나 엄마를 만나는 상상을 하면서 그때는 어른스러운 모습으로 맞아야겠다고 다짐했지만, 결국 보고 싶은 엄마를 만난 막내딸의 모습을 숨길 수 없었다. 가을은 웃으며 뒤돌아 다시 현아를 꼭 안았다.

"우리 막내, 잘 지냈어?"

"진짜 엄마야? 언제 온 거야?"

"언니가 말 안 했어? 엄마 오늘 도착한다고 미리 얘기했는데."

"서프라이즈! 어때, 이현아. 선물 마음에 들어?"

장난스러운 웃음을 지으며 나온 현수를 돌아볼 새도 없이 현아는 다시 가을의 품으로 파고들었다. 정환과 자매들은 그 모습을 흐뭇하게 지켜봤다. 꽃은 활짝 피었고, 하늘에는 그 언젠가 가족 모두가 함께 지켜봤던 노을이 지고 있었다. 그날, 서울의 한 단독주택에는 밤새도록 불이 꺼지지 않았고, 웃음소리가 끊이지 않았다.깊은 밤, 오랜만에 술을 마신 가족들은 모두 잠들었다. 오직 시험을 치른 현아만이 수험표를 들고 비장하게 컴퓨터 앞에 앉아 있었다. 수험표 뒤에는 빼곡하게 적어온 답안이 있었다. 과연 결과가 어떻게 나왔을까. 혹시라도 실수를 했다면? 마지막으로 고친 답이 틀렸다면? 일 년 더 공부를 할 수 있을까? 이런저런 걱정에 현아는 차마 채점을 할 수 없었다. 그때, 현아는 어깨를 살며시 쓰다듬는 손길을 느꼈다.

"엄마!"

"왜 아직 안 자고?"

"엄마는? 오늘 오셨는데, 피곤하지 않으세요?"

"엄마 걱정도 할 줄 알고. 어느새 이렇게 컸을까?"

현아는 가을의 품에 얼굴을 묻었다.

“나 아직 안 켰어. 아직 너무 어려워.”

“하하, 우리 딸이 뭐가 그렇게 어려울까?”

“도저히 채점을 못 하겠어. 시험 결과가 안 좋으면 어떡해?”

“음, 최선을 다했니?”

“응, 그런 것 같은데……. 하지만 최선을 다하면 뭐해. 결과가 안 좋으면 말짱 도루묵인걸.”

“현아야, 엄마 봐.”

어둑한 집안에서 현아와 가을의 눈동자가 맞물렸다. 단단한 눈에 서로의 모습이 일렁거렸다.

“사람의 삶을 파괴하는 전쟁터에서는 아무것도 단언할 수 없어. 내가 아무리 진실을 전해도, 글을 써서 설득을 하려 해도 크게 달라지는 건 없었어. 그 순간에는 엄마도 속상했지. 내가 하는 일이 가치가 없다고 생각했으니까. 그런데 현아야. 엄마가 남긴 그 글에는 전쟁의 참혹상이 담겨 있어. 훗날 누군가는 그 글을 보고 전쟁을 멈추고자 노력할지도 몰라. 아니, 어쩌면 지금도 그런 고민을 하는 사람이 있을 수 있겠지. 그 희망으로 엄마는 기사를 썼어. 지금 당장 어떤 결과가 나에게 만족감을 주지 않더라도, 너무 힘들어할 필요 없어. 설령 오늘 네가 수능을 망쳤다 해도 그건 네게 양분이 되어줄 거야.”

“하지만 대입에 실패하면, 다른 사람들보다 출발선이 늦춰지면 뭐든 더 어려워지잖아.”

“그 어려움에 도전하는 기회를 얻게 되겠지. 일 년 더 공부하고 더 치열하게 살아볼 세상이 너에게 펼쳐지겠지. 그리고 그 시간을 살아내면서 너도 몰랐던 네 모습을 알게 될 거야. 그걸로 충분하지 않니? 대학에 합격한다는 평범한 성공 기준에 맞춰야만 네 인생이 빛나는 건 아니란다."

"정말?"

"정말!"

"…… 역시 꽃밭을 만들길 잘했어. 우리 집에 행복만 가득한 것 같아. 다 꽃밭 덕분이야."

"꽃밭? 마당에 있는 거?"

"응. 사실 꽃 심자는 건 현지 언니 아이디어였는데, 내가 바리데기 꽃밭이라고 이름 붙였어. 엄마도 바리데기 이야기 알지? 바리데기가 부모님을 살릴 약초를 가져온 게 무상신의 동산이었잖아. 나도 우리 가족을 위해서라면 바리데기처럼 떠날 수 있어. 근데 생각해 보면, 내가 떠나는 것보다 우리 가족 모두가 힘을 합쳐서 이겨내는 게 더 좋은 거 아니겠어? 그래서 내가 바리데기 꽃밭이라고 이름 붙였어. 우리에게 무슨 문제가 있으면 그 꽃밭이 우리를 낫게 해줄 거야. 꽃밭이 우리를 지켜주는 거야!"

"예쁘다고만 생각했는데, 그런 큰 뜻이 있었구나. 너무 멋있는걸?"

"그렇지?"

살아보니 그런 게 있었다. 가족이라는 울타리가 세상 모든 것으로부터 지켜주고 있다는 든든한 기분. 네 자매의 가장 큰 자산은 서로였다. 힘들면 기대어 서로 온기를 북돋아 줄 수 있는 사이가 그 무엇보다 소중하다는 걸 네 자매는 잘 알고 있었다. 때로는 다투기도 하고,

늘 좋은 말만 오가는 건 아니었지만 그래도 네 자매는 서로가 없는 삶을 상상할 수 없었다. 꽃밭에 가득한 자매들의 꽃은 만개했다. 우연하게도 모든 꽃이 가을에 피었지만, 가을만이 기억에 남는 한 해는 아니었다. 또 꽃이 피어나는 유일한 해도 아니었다. 모두가 새로 시작될 날을 기다리고 있었다. 그 해, 모두가 자신만의 꽃을 마음에 품었다. 그리고 그 꽃은 영원히 존재할 사랑이었다.

삼신 소녀

유혜승

원천 서사 〈삼승할망본풀이〉 줄거리

동해 용궁 아버지와 서해 용궁 어머니 사이에서 태어난 동해 용궁 따님 아기는 성정이 흉포하여 어머니의 젖가슴을 뜯기도 하고, 아버지의 턱수염을 뽑기도 했다. 열다섯까지도 그 성정이 바뀌지 않으니, 참다못한 동해 용궁 아버지가 자신의 딸을 갖다 버리라는 명령을 내린다. 동해 용궁 따님 아기를 석함에 넣고 버리기 전, 서해 용궁 어머니는 이승에 아직 아기를 점지하는 삼승할망의 자리가 비어 있으니 삼승할망이 되라고 하면서 인간들이 임신하는 법을 알려준다. 이어 해산시키는 법을 알려주려고 하는데, 그 순간 동해 용궁 아버지가 빨리 갖다 버리라며 성화를 돋운다. 어쩔 수 없이 동해 용궁 따님 아기는 해산시키는 법을 배우지 못하고 이승으로 올라온다.

동해 용궁 따님 아기가 든 석함을 연 것은 임박사였다. 그는 동해 용궁 따님 아기에게 아기를 갖고 싶다며 소원을 빌었고, 동해 용궁 따님 아기는 이를 들어주었다. 그러나 열두 달이 지나도 해산할 기미가 안 보여 부인이 죽기 직전이었다. 결국 동해 용궁 따님 아기는 겨드랑이로 해산시키려다가 부인과 아기 둘 다 죽게 하고 말았다. 한순간에 부인과 아기를 잃은 임박사는 분통하여 옥황상제에게 새로운 삼신을 내려달라고 하소연한다. 이에 옥황상제는 새로운 삼신으로 명진국 따님 아기를 지명한다. 명진국 따님 아기는 옥황상제에게 모든 것을 배워 이승으로 내려왔다. 동해 용궁 따님 아기는 자신이 점지한 아이들을 명진국 따님 아기가 해산하는 것을 보자 자신이 점지한 아이를 다른 이가 훔쳐 가는 듯하여 길길이 날뛰며 명진국 따님 아기의 머리를 뜯으며 노발대발한다.

결국 옥황상제가 둘 중 한 명을 삼승할망으로 정하기 위해 내기를 진행한다. 꽃씨를 심어 둘 중 더 많은 꽃을 피우는 쪽이 삼신이 되는 것이었다. 시간이 흐르고 결과를 확인하니 명진국 따님 아기의 꽃은 번성했고, 동해 용왕 따님 아기의 꽃은 번성하지 못했다. 결국 명진국 따님 아기가 삼승할망이 되었고, 동해 용왕 따님 아기는 저승할망이 되었다. 이에 저승할망이 화가 나 이승에서 아이가 태어나면 100일 안에 병에 걸리게 할 것이라고 말하자, 삼승할망은 그를 달래며 인간이 잉태할 때마다 제물을 바치겠다고 한다. 저승할망은 이를 받아들이고, 그렇게 그 둘은 마지막 잔을 나누고 작별한다.

〈삼신 소녀〉 작품 의도

동해 용왕 따님 아기는 과연 악인이었을까? 만약 부모가 버리지 않고 끝까지 사랑하며 교육했으면 달라지지 않았을까? 동해 용왕 따님 아기는 나에게 흉악한 성정의 악한 신이 아닌, 도움이 필요했던 그저 어린 신으로 다가왔다. 이러한 시각으로 원천 서사를 안티 히어로가 될 수밖에 없었던 상처받은 아이의 이야기, 현대적 판타지로 새롭게 그려냈다.

지금 이 순간에도 수많은 동해 용왕 따님 아기가 탄생하고 있을 것이다. 사랑받고 싶어 하는 그 동해 용왕 따님 아기들을 떠올리며 글을 썼다. 상처받은 아이들은 잘 알지 못해 잘못할 수 있다. 독자들의 시선을 아이의 잘못 그 자체에서 잘못을 저지르게 된 배경으로 옮기고, 주변에 동해 용왕 따님 아기가 있는지 살펴보길 바라며 글을 썼다.

삼신 소녀

어디선가 어린아이의 울음 소리가 들려왔다. 소리는 절벽 아래쪽에서 나는 듯했다. 아이의 흐느낌이 커질수록 주변의 안개도 따라 짙어졌다. 어찌 된 일인지 주변에 사람이라고는 하나도 보이지 않았다. 나는 조심스럽게 절벽 쪽으로 발걸음을 옮겼다. 다가갈수록 선명하게 들려오는 가냘픈 목소리.

"살려주세요! 여기 사람 있어요!"

확실하다. 절벽 아래에 어린아이가 있다. 나는 허둥지둥 절벽을 향해 달렸다. 엎드려 아래를 바라보니 여섯 살쯤으로 보이는 아이가 절벽에 힘겹게 매달려 있었다. 듬성듬성 튀어나온 나뭇가지를 잡고 바위틈에 간신히 발을 올려 살 수 있었던 것 같았다. 나는 황급히 아이에게 손을 뻗었다. 그러나 생각보다 거리가 너무 멀었다. 조금만 더 손을 뻗으면 닿을 것 같았지만, 그러면 나까지 추락할 수도 있었다. 차라리 구조를 요청하는 편이 나을 듯했다.

잠깐만 기다려, 라고 말하며 나는 재빨리 핸드폰을 꺼냈다. 통신 불가 표시가 떠 있는 것이 보였다. 젠장, 그럼 어른들, 어른들에게 도와달라고 하자. 그러나 주위에는 기분 나쁜 안개만 가득할 뿐, 어른은 코빼기도 보이지 않았다. 왜 항상 이럴 때 어른은 없을까. 그 순간 엎친 데 덮친 격으로 툭, 이마에 빗방울까지 떨어지기 시작했다.

…… 별수 없다. 산을 내려가자. 내가 도와줄 수 있는 방법이 없다. 일개 중학생이 여기서 뭘 더 어떻게 하겠어. 애초에 저런 곳에 아이가 떨어질 때까지 지켜보지 않은 어른의 잘못이다. 내가 지금 할 수 있는 최선은 최대한 산을 빨리 내려가 구조 요청을 하는 것이다. 처음 보는 아이를 위해 내 목숨까지 희생할 수는 없지.

그때, 내가 자신을 두고 갈 것을 눈치챘는지 절벽에 매달린 아이가 서럽게 울기 시작했다.

"내가 아빠 말을 안 들어서 그래. 아빠가 가만히 있으라고 했는데……."

그러게, 가만히 있지. 왜 말을 안 들어서.

"내가 밑에 내려가서 어른들 데리고 올게! 그때까지 잘 잡고 있어!"

금방 올 거라는 말을 하지 않은 것은 내 일말의 양심이자, 호의다. 거짓으로 안겨주는 위로란, 희망 고문에 불과하니까. 나는 아이의 반대 방향으로 걸음을 떼었다.

"아빠가 가만히 있으면 올 거라고 했는데. 아빠……."

갑자기 불안한 생각이 머리를 스쳐 지나갔다. 설마, 일부러 아이를 두고 갔나? 절벽의 아이를 구해주고 아이의 아빠를 찾으면 그 사람은 악어의 눈물을 흘릴까, 아니면 안도의 눈물을 흘릴까? 아이는 정말 보호자에게 사랑받았을까?

나는 다시 절벽을 향해 돌아섰다. 불안과 호기심은 결과를 재지 않고 그저 나를 행동하게끔 했다. 다시 필사적으로 아이에게 팔을 내밀었다. 조금만 더, 조금만 더. 너도 궁금하잖아?

드디어 아이의 차디찬 손가락이 내 손끝에 닿았고, 그 손을 감싸기 위해 몸을 더 바깥쪽으로 내밀었다. 그 순간, 몸이 앞으로 왈칵 기울며 시선이 심하게 흔들렸다.

아, 이렇게 죽는 건가. 아버지가 항상 내게 사사로운 것에 신경 쓰지 말라고 했는데. 아버지는 이런 일이 벌어질 줄 아셨던 걸까? 말 잘 들을걸. 내가 죽으면 아버지는, 어머니는 슬퍼하실까?

"구주영!"

모든 걸 내려놓으려는 그때, 날카로운 목소리가 들렸다. 질끈 감았던 눈을 떠보니 누군가 내 왼손을 잡고 중력에 의해 땅으로 끌어당겨지는 나를 들어올리려 하고 있었다.

"야! 너 왜 혼자 이렇게 위험한 데 있는 거야. 손 꽉 잡아!"

절벽의 경계선 너머로 보이는 얼굴. '이주영'이다. 나와 이름이 같아서 여러 가지로 비교되었던 아이였다. 학기가 시작되고 중간고사를 보기 전, 애매한 시기에 전학 온 이주영은 호화로운 단독주택에 사는 부자로 소문난 나, 구주영과는 달리 반지하에 사는 가난한 아이로 소문이 났다. 게다가 주변에 친구가 많은 나와 반대로 이주영은 친구가 없었다. 이러한 대비에 아이들은 우리를 '공주와 거지'라고 불렀다. 그저 이름 하나 같다는 이유만으로 우리는 서로의 비교 대상이 되었다. 검은 머리에 단정한 단발머리, 허약해 보이는 이미지에 한몫하는 창백한 피부, 아버지를 닮아 날카로운 눈매를 가진 나. 빛을 받으면 갈색으로 보이는 곱슬머리에 햇빛 아래서 운동을 많이 하는지 생기 있는 구릿빛 피부, 누구나 좋아할 듯한 백구의 눈을 가진 이주영. 정말 이름 외에는 공통점이라고는 없었다. 그래서 아이들의 입방아에 오르내리기 좋은 소재였겠지. 수많은 사람의 혀 위에 오르내린 탓인지, 우리는 같은 반이었음에도 정작 서로 말 한번 섞어본 적이 없었다. 그런 그 아이가 지금 절벽 끝에서 내 손을 잡고 있다.

이주영은 나를 끌어올리려고 안간힘을 썼으나, 역부족이었다. 나도 무언가 잡고 올라가고 싶었지만, 아무것도 보이지 않았다. 아이는 어떻게 된 걸까? 결국 구하지 못한 건가? 잠시 다른 생각에 빠진 찰나에도 점점 손에 힘이 빠져나갔다. 둘 다 너무 오래 서로를 붙잡고 있었다. 체념한 나와는 달리 이주영은 울먹거리는 눈으로 나를 끝까지 놓지 않으려 발버둥을 쳤다. 그러나 맞잡은 손은 점점 미끄러지고 있었다.

“아악, 안돼!”

이주영은 포기할 수 없다는 듯 몸을 더 내밀기 시작했다. 양손으로 내 손을 잡으려는 생각인 듯했다. 친하지도 않은 이를 이렇게나 필사적으로 살리려는 이유는 뻔하다. 내가 죽었을 때 느낄 죄책감 때문이겠지. 마음이 유약한 사람은 자신과 관련된 어떤 일이 조금만 잘못되어도 기어이 자신의 책임으로 돌려 발목에 죄책감이라는 추를 매달곤 한다. 그러니 이기적인 사람들이 빠르게 뛰어갈 때 추를 단 그들의 걸음은 느려져 도태되고 마는 것이다. 아버지는 늘 죄책감이란 발목을 붙잡는 쓸모없는 감정일 뿐이며, 자비로움은 미래의 장애물을 만들 뿐이라고 말씀하셨다. 자신의 삶이 성공 가도를 달릴 수 있었던 이유는 밟아야 할 때 확실히 밟았기 때문이라고. 그러면서 내 어깨에 손을 올리고 사랑스러운 조언을 해주셨다.

"너를 위해 이기적이고, 무자비한 사람이 되어야 한다."

이주영은 기어코 나를 잡으려는 듯 몸을 슬금슬금 밖으로 빼내고 있었다. 그래봤자 둘이 같이 떨어지면 떨어졌지, 나를 끌어올릴 힘이 남아 있을 리가 없었다. 게다가 절벽 끝은 내리는 비로 인해 점점 부서지고 있었다. 점점 더 많은 돌 부스러기가 머리 위로 떨어졌다. 이 상황에서는 둘 다 죽기보다 하나라도 살아서 상대방의 죽음을, 나의 죽음을 알리는 것이 더 중요했다. 그래야 빈 몸이라도 부모님께 전달될 테니까. 그럼 알 수 있을 것이다. 평생 내 뒤를 따라다녔던 의문.

"그냥 놔! 죽을 때 네 탓 안 할 테니까. 계속 이러다가는 둘 다 떨어질 거야. 의미 없는 짓 하지 말고 그냥 놓으라고!"

그럼에도 이주영은 포기하지 않았다. 기어코 제 몸을 지탱하던 오른팔을 꺼내어 내 왼팔을 잡았다.

"어떻게 그래! 너 포기하지 말고, 내 손 꼭 잡…… 으아악!"

예상은 틀리지 않았다. 우리는 결국 함께 추락했다.

얼마나 지났을까. 비는 그쳤고, 안개는 그대로 자욱했다. 눈앞에 보이는 것은 젖은 나뭇잎들, 그리고 넘실거리는 비와 숲 냄새. 몸에 힘이 다 빠져 중력이 두 배가 된 것 같았지만, 간신히 몸을 일으켜 세웠다. 주위를 둘러보니 함께 떨어졌던 이주영도, 구하지 못한 아이도 없었다. 그때, 뜬금없이 한 낡은 사당이 눈에 띄었다. 한눈에 봐도 의심스러운 모양새였다. 하지만 가을인 데다 젖은 바닥에 한참을 누워 있어서 몸 상태가 말이 아니었던 나는 일단 사당에 들어가기로 마음먹었다. 누군가가 나를 찾으러 온다면 어딘가 들어가 있는 편이 더 나을 것이다.

부서질 것 같은 몸을 이끌고 들어간 사당은 사람이 드나든 지 오래된 듯 먼지와 거미줄이 가득했다. 게다가 피부가 아닌 뼛속부터, 마음속부터 서늘함이 느껴지는 곳이었다. 한쪽 벽에는 큰 천이 씌워져 있었다. 나는 담요를 대신해 체온을 유지할 요량으로 천을 잡아당겼다. 그러자 2m쯤 되어 보이는 큰 그림이 모습을 드러냈다. 오른손에는 아기의 손을, 왼손에는 아기의 해골을 들고 있는 한 어린아이였다. 그런데 그림 속 인물의 얼굴이 어딘가 익숙했다. 아까 절벽에 매달려 있던 아이의 이목구비와 닮은 듯했다. 그때는 정신이 없어 제대로 얼굴을 보지는 못했지만, 분명 같은 존재 같다는 알 수 없는 확신이 들었다. 갑자기 대충 흘려들었던 담임 선생님의 말이 떠올랐다.

"여기 동네 어르신이 말씀하시길, 삼신을 모시는 사당이 있다고 하더라. 근데 그 사당이 착한 사람들한테만 보인다고 하데? 뭐, 우리 반은 내 속 썩이는 것만 봐도 보일 리 없겠지만, 혹시라도 사당 본 사람들은 꼭 소원 빌어봐라. 또 모르잖아?"

세상에 신이 있을 것이라고 믿은 적은 없다. 그럼에도 혹시 있다면, 내가 오늘 겪은 일이 신이 내린 시련이라면, 이 시련을 통과해서 내게 소원을 빌 기회가 온 것이라면? 말도 안 되는 생각이라는 건 잘 알고 있었다. 하지만 이 기이한 상황을 설명할 방법 또한 없었다. 썩은 동아줄이라도 잡아보자는 심정으로 눈을 살며시 감았다. 그러고는 가만히 생각했다. 내가 원하는 것은……. 나는 어린 시절 유치원에서 생일

케이크를 받았을 때 이후로 맞잡아보지 않았던 두 손을, 신이 없다고 확신하면서도 염치없이 조심스레 포개었다.

다시 눈을 떴을 때 보이는 것은 하산길이었다. 멀리 산을 내려오고 있는 담임 선생님과 같은 반 아이들이 보였다. 나를 발견한, 아니 우리를 발견한 담임 선생님이 외쳤다.

"너희 언제 우리보다 앞질러 갔어! 다 같이 다녀야 한다고 했지!"

내 옆에는 아직 눈을 뜨지 않은 채 두 손을 모으고 있는 이주영이 있었다.

"우리, 아까 같이 떨어졌던 거 맞지?"

아직도 실감이 나지 않았다. 이 상황을 뭐라고 설명해야 할까, 이해할 수 있는 선에서 단어를 고르려는데 입이 도무지 떨어지질 않았다.

"우리 아무래도 히어로가 되었나 봐!"

나는 어이가 없어 이주영을 쳐다보았다.

"아, 히어로……. 그래, 그딴 황당한 말을 아무렇지도 않게 내뱉는 게 네가 이번에 얻은 능력이니?"

날카롭게 쏘아붙이는 내 말에도 굴하지 않고 이주영은 눈을 반짝반짝 빛내며 대답했다.

"아니 주영아, 들어봐. 분명 절벽에서 떨어졌는데 난데없이 신비로운 공간이 우리 앞에 나타났고, 소원을 빌었더니 하산길이다? 이 이야기 좀 진부하긴 한데, 만화 주인공들이 능력을 부여받을 때 진행되는 스토리잖아! 나한테 이런 일이 생기다니."

"말도 안 되는 소리 하지 마. 그냥 헛것을 본 걸 거야. 산에 환각을 유발하는 무언가가 있었을 수도 있잖아. 독버섯이라든지."

"그렇지만 널 잡았던 손의 감촉도, 절벽에서 떨어졌을 때 아찔한 그 느낌도 아직 생생한걸."

이주영의 말대로 나 역시도 죽을 뻔했던 그 순간의 감각이 아직까지 생생하게 남아 있었다. 무언가 반박할 말을 찾으려 하고 있을 때, 뒤에서 누군가의 기척이 느껴졌다. 깜짝 놀라 뒤돌아보니 담임 선생님이었다. 우리가 지시를 듣지 않고 앞서 나갔다고 생각한 선생님이 잔소리를 하러 오신 것이다.

그때 갑자기 바람이 불어와 오른쪽 눈에 무언가가 들어갔다. 반사적으로 오른쪽 눈을 감고 선생님을 바라보는데, 순간 어떤 장면이 머릿속을 헤집고 들어와 깜깜해진 눈앞에 자동 재생되었다. 그 장면은 내가 알지도 보지도 못했던 과거 선생님의 모습이었다.

20대 초중반으로 보이는 선생님이 어떤 학생을 몰래 찍은 듯한 사진을 단체 채팅방에 올리고 얼굴과 몸매를 평가하고 있었다. 채팅방 내용을 보아하니 대학 동기들이 모인 채팅방인 듯했다. 채팅방에 속한 사람들도 그 사진을 함께 보며 음담패설을 늘어놓고 있었다. 천박한 대화를 하며 시시덕거리는 선생님의 음침한 얼굴이 소름 끼쳤다. 탁한 눈동자는 채팅방에 올릴 다음 사진을 훑고 있었고, 눈꼬리는 짐승이 힘없는 먹잇감을 궁지에 몰아넣었을 때와 같은 희열을 느끼는 듯 휘어져 마치 비열한 악마 같았다. 더는 보기가 역겨워 두 눈을 꽉 감았지만, 장면 재생은 멈추지 않았다. 그러다 반대로 두 눈을 모두 떴더니 그제야 서서히 안개처럼 사라졌다. 남아 있는 음흉한 잔상 너머로 다시 눈앞의 선생님이 보이는데, 우리를 걱정하는 그 눈빛이 징그럽게 느껴졌다.

"어쭈, 이것들이 내 말을 듣고 있긴 한 거야? 다음부터 그러지 마. 알았지?"

방금까지 본 혐오스러운 모습이 떠올라 말도 섞기가 싫어서 대답하지 않으려는데, 갑자기 이주영이 생글생글 웃으며 어이없는 말을 했다.

"네, 선생님! 선생님은 역시 좋은 분이세요!"

"뭐야, 그렇게 아부해도 소용없어. 벌로 학교 가서 교실 청소야!"

선생님은 다시 학생들을 통솔하기 위해 자리를 떴다. 이주영의 눈에는 아까 그 끔찍한 선생님의 과거가 보이지 않은 걸까. 어떻게 그따위 역겨운 짓을 한 사람에게 '좋은 사람'이라는 얼토당토않은 말을 할 수가 있을까.

"이주영, 너 혹시 아까……."

"와, 역시! 너도 무언가 봤구나! 나도 봤어. 할아버지가 된 선생님이 불우한 학생들을 위해 큰돈을 기부하시더라고!"

"무슨 소리를 하는 거야. 나는 선생님이 젊을 때 여학생들 불법 촬영하고 채팅방에서 돌려 보는 꼴을 봤단 말이야."

"뭐라고?"

잠시 정적이 흘렀다.

"대체 이게 뭔 일이냐……."

방금 전 겪은 일에 대해 이주영과 차분히 이야기를 하며 서로의 능력에 대해 생각해 보는데, 갑자기 헛웃음이 나왔다. 초능력 따위 단 한 번도 믿은 적이 없던 내가, 지금 내 능력이 어쩌고 네 능력이 어쩌고 하며 추리를 하는 꼴이라니.

"내 생각에 너는 오른쪽 눈으로 상대방의 미래 선행을 보고, 나는 왼쪽 눈으로 상대방의 과거 악행을 보는 것 같아."

내 결론은 그러했다. SF 영화나 웹툰에 나올법한 능력이 내게 생겼다는 것이 믿기 힘들었다. 하지만 이런 능력이 생겼다고 해서 내 삶이 달라지지는 않을 것이다. 나는 이 능력을 타인을 위해 쓰고 싶지 않았다. 아니, 정확히는 이 능력의 필요성조차 느끼지 못했다. 원하지 않았다. 이런 건 없는 게 속 편하다.

"생각보다는 우리 능력이 좀 시시하긴 한데, 그래도 네 능력이 있으니까 미리 범죄를 예방할 수 있겠다!"

"난 아무것도 안 할 거야. 너랑 날 하나로 묶지 마."

"뭐? 신이 우리한테 이 능력을 준 이유가 있을 거라니까!"

이주영은 나를 쉽게 놓아줄 것 같지 않았다. 마치 아무리 밟아도 다시 일어나는 잡초 같은 기세였다. 그때 마침 타이밍 좋게 같이 다니던 무리가 나에게 다가왔다. 이 아이들은 내 돈과 자랑거리가 필요해서 친한 척하고 있을 뿐이지만, 그다지 상관없었다. 나 역시도 나를 왕따로 보거나 업신여기는 등 귀찮은 주변의 시선을 피하고자 이 무리를 이용하고 있으니까. 친구라기보다는 서로가 필요에 의한 수단이 되어주는 비즈니스적 관계다. 이 아이들은 이런 상황에서 벗어나는 데도 꽤 유용하다.

"난 친구들이 기다려서 가볼게."

"뭐? 야! 좀만 더 내 말 들어봐! 야!"

학교로 돌아오는 버스에서 내내 생각했다.

'삼신이랬나. 근데 왜 한 손에는 해골을 들고 있었지?'

삼신에 대해 검색해 보던 중 해골을 들고 있는 것과 관련돼 보이는 신을 찾았다.

저승할망이자 구삼승할망. 저승할망은 현재 모두가 알고 있는 삼승할망, 즉 삼신 이전에 있었던 신이다. 고약한 성질 때문에 부모에게 버려지고, 해산하는 법을 배우지 못해 인간들에게 버려지고, 명진국 공주와의 대결에서도 져 이승이 아닌 저승에서 죽은 아이들의 영혼을 다스리는 신이 되었다. '할망'이라는 뜻은 할머니가 아닌 '신'과 같은 초월적 존재를 높여 부르는 존칭이라고 한다. 그래서 그림 속 모습이 할머니가 아니었던 것 같다. 그렇다면 이주영과 내가 각자 다른 능력을 부여받은 게 나는 저승할망에게 소원을 빌었고, 이주영은 삼승할망에게 소원을 빌어서인가? 그래 봤자 둘 다 쓸모없는 능력인 것 같긴 하지만. 이 능력으로는 내 소원이 이루어질 것 같지가 않았다.

학교에 도착한 후 김 기사님이 올 때까지 교문 앞에서 기다렸다. 직장인들이 한창 퇴근할 시간에 학교에 도착했더니 차가 막혀 늦는 것 같았다. 도로만 하염없이 바라보며 기다리고 있는데, 건너편 골목에서 어떤 남자가 낯익은 누군가를 끌고 가는 모습이 보였다. 그 순간, 컴퓨터 화면에 사진을 띄운 듯 곧바로 머릿속에 한 사람이 떠올랐다. 이주영! 이주영이다. 평소에는 이 정도로 거리가 있으면 얼굴을 분간할 수 없어 누군지 알아차리기가 어려웠을 텐데, 웬일인지 선명하게 눈에 들어왔다. 목소리도 또렷하게 들렸다.

"이거 놔! 놓으라고! 누가 저 좀 도와주세요!"

저 멀리 다가오는 김 기사님의 차가 보였지만 나는 곧장 길을 건너 골목으로 향했다. 기회였다. 물론 호기심도 있었고 걱정도 됐지만, 그보다 앞서 이주영의 약점을 쥐거나 내게 빚을 지게 한다면 더는 히어로니 능력이니 헛소리를 못 하게 입을 막을 수 있으리라는 계산적인 마음이 더 컸다. 길을 건너는 사이 이주영은 남자에게 골목 깊숙한 곳까지 끌려갔다.

'이주영, 저 남자랑 대체 어떤 관계일까? 흠, 슬쩍 볼까?'

두 사람은 아무도 오지 않을 것 같은 막다른 길목에 다다라서야 실랑이를 멈추고 뭔가 이야기를 하기 시작했다. 나는 그 틈을 타 어색하게 오른쪽 눈을 감고 왼쪽 눈으로 남자를 바라보았다. 그러자 남자의 악행이 기분 나쁘게 내 머릿속을 헤집으며 눈앞에 펼쳐졌다.

남자는 술에 취한 듯 갈지자로 걸으며 누군가에게 다가갔다. 남자의 시선 끝에는 다섯 살쯤 되어 보이는 아이가 두려움에 떨며 서 있었다. 남자는 쭈그려 앉아 아이의 머리를 툭툭 건드렸는데, 그럴 때마다 아이의 머리는 시계추처럼 힘없이 왔다 갔다 했다. 그 모습을 보고 있으니 내 심장도 같이 흔들리는 듯했다. 온몸에 열이 끓어오르고 눈에 용암이 흐르는 것 같아 참기가 힘들었다. 분노와 두려움에 온 신경이 곤두섰다. 남자의 손짓, 발짓에 집중하기 위해 숨을 멈추었다. 단지 지켜보고만 있는 것뿐인데도 마치 학대를 받는 당사자가 된 것 같이 아이의 감정이 그대로 내게 밀려왔다. 이렇게 한 공간에서 타인의 고통을 온전히 느껴보는 것은 처음이었다. 더는 이 불쾌한 감정을 견딜 수 없었다.

나는 두 눈을 뜨고 그 남자에게 달려가 옆구리를 힘껏 발로 찼다. 예기치 못한 공격에 남자는 바닥에 내팽개쳐졌다. 이주영은 놀란 듯 입을 다물지 못한 채 나와 그 남자를 번갈아 바라보고 있었다. 남자는 고통스러워하며 일어나더니 고함을 지르며 오른손으로 내 뺨을 때리려 했다. 나는 반사적으로 왼손을 들어 남자의 손목을 잡고 꽉 쥐었다. 평소에 운동도 하지 않는 내가 남자의 두꺼운 손목을 한 손으로 잡고 버티고 있다는 것이 믿기지 않았다. 남자가 팔에 힘을 더 주어서인지, 점점 왼팔이 경직되다가 힘줄이 울렁거리는 것 같은 감각이 느껴졌다. 그때, 믿을 수 없는 일이 일어났다. 내 손에서…….

"으아아아악!"

내 손에서 칠흑같이 검은 무언가가 흘러나와 남자의 손목에 문신처럼 새겨지면서 그 부분을 갉아먹기 시작했다. 남자의 살갗은 마치 썩어들어가는 것처럼 보였다. 그 범위는 마치 파도가 치듯이 순식간에 넓어졌다. 검은 파도가 그의 피부 위를 휘몰아칠수록 그는 팔을 비틀어가며 고통스러워했다. 그러나 내 손에서 벗어나지는 못했다. 그는 고통에 잠식되어 점점 비명도 지르지 못하는 지경까지 이르렀다.

"그러게, 착하게 살았어야지. 건드리지 말았어야지. 가만히 있었어야지."

말 한마디, 한마디를 내뱉고 다시 숨을 들이쉴 때마다 목 뒤로 넘어오는 은근한 우월감과 희열. 나는 멈출 수가 없었다.

"그만! 그만 놔줘!"

그때 이주영이 내 팔을 잡고 끌어당겼다. 이주영의 등 뒤에는 누군

가 버린 전신 거울이 있었다. 거기에는 내가 아닌, 힘에 취해 정의 구현을 넘어 타인의 고통을 즐기는 광인의 모습이 비쳤다. 나는 놀란 나머지 남자의 팔을 던져버렸다. 그러자 검은 파도는 다시 내 왼손으로 돌아왔고, 만신창이가 된 그의 팔에는 파도의 흔적만이 남았다. 병원에 가봤자 절단밖에는 답이 없을 것으로 보였다. 남자는 끔찍한 고통에도 팔을 부여잡으며 내게 짐승처럼 돌진해왔다. 남자를 놓은 후 갑자기 힘이 빠져 아무것도 못 하고 멍하니 그가 달려오는 것을 바라만 보고 있는데, 이주영이 순식간에 다가와 남자의 인중에 주먹을 날렸다. 정확히 급소를 맞은 남자는 그만 기절해 버리고 말았다. 이주영은 내 손을 잡으며 남자를 향해 바락바락 소리를 질렀다.

"다, 다시는 여기 나타날 생각 하지 마! 그, 그때는 이 정도로 끝나지 않을 거야!"

진이 다 빠진 나도 주저앉고 싶었으나, 이주영이 자리를 벗어나기 위해 내 손을 잡고 뛰는 바람에 후들거리는 다리로 간신히 따라 뛰기 시작했다.

이주영의 손에 이끌려 정신없이 뛰는 동안에도 검은 파도가 아직도 내 왼손에서 울렁거리는 것 같아 속이 좋지 않았다. 언젠가 이 검은 파도가 날 삼키지 않을까 하는 두려움과 사람을 죽인 건 아닐까 하는 불안함은 결국 나를 주저앉히고 말았다. 뛰다가 넘어진 나를 다시 일으켜 세우려다가 내 무릎에서 피가 나는 것을 보고 이주영도 숨을 몰아쉬며 옆에 앉았다. 어차피 그 사람은 기절해 있고, 이미 미로 같은 골목을 많이 지나와 우리를 잡을 수도 없을 것이었다. 우리는 한참을 아무 말 없이 거친 숨만 가다듬었다.

먼저 정적을 깬 것은 이주영이었다.

"그 새끼, 내 생물학적 부모야. 망할 새끼. 출소하자마자 여기로 바로 왔나 보네."

"안 물어봤어."

"너 그거 설정이야? 사람을 도와줬다가 밀어냈다가, 착했다가 못됐다가. 하긴 뭐, 요즘 그런 히어로도 인기 많으니까. 그렇게 설정 잡겠다면야 말리지는 않을게. 그래도 난 착한 히어로가 될 거라고. 내가 더 인기 많다고 부러워하지 마라."

"그거 안 한다니까."

"과연 그럴까?"

날 다 안다는 듯이 어깨를 툭 치며 말하는 것이 도통 마음에 들지 않았다. 얘는 대체 뭘 믿고 머릿속이 온통 꽃밭인 걸까. 게다가 건방지고, 철딱서니도 없고. 내게 히어로란 겉으로 보기에는 모두에게 사랑받는 존재지만, 실상은 무급 공무원과 다를 바 없었다. 게다가 뭐 하나 잘못하면 배 터지도록 욕을 먹고, 무엇보다 자신에게 제일 소중한 존재보다 다수를 우선시해야 하는, 하나도 좋을 게 없는 번거로운 직책일 뿐이었다.

"아무튼, 고마워. 아까 보니까 우리 신체 능력도 강화된 것 같던데, 사람 무의식이 얼마나 무서운지 그 새끼 앞에 서니까 나도 모르게 당연히 내가 약할 거라고, 이길 수 없을 거라고 생각해 버렸어. 손을 뿌리치질 못하겠더라고. 겨우 주먹질 한 방으로 기절시킬 수 있었으면서. 그나저나, 너 내 어린 시절을 본 거지?"

"…… 많이는 안 봤어."

나는 위로가 될 리 없는 말을 멍청하게 뱉어버렸다.

"지금도 그 사람이랑 같이 사는 거야?"

"아니, 지금은 양부모님이랑 같이 살아. 좋은 분들이셔. 어렸을 때 학대당하는 날 발견하시고 구조까지 해주셨어. 다섯 살 때 구조되었으니까, 벌써 엄마 아빠랑 산 지 10년이 됐네. 그래서 사실 어렸을 때 기억이 잘 안 나."

덤덤한 듯 말하고 있지만, 이주영의 손은 미세하게 떨리고 있었다. 목소리도, 숨소리도, 입꼬리도.

"내가 너무 빨리 달렸나 보네. 이거 무릎 다 까져서 어떡하냐. 그 새끼는 어차피 기절했는데, 내가 또 나도 모르게 도망쳐 버렸네."

이주영은 넘어지면서 찢어진 내 바지를 보다가 거의 떨어지려고 하는 천 쪼가리를 떼어내려고 오른손을 상처 부위에 가져다 댔다. 그 순간, 이주영의 오른손에서 따뜻한 빛이 나면서 녹은 금과 같이 반짝반짝한 액체가 흘러나와 내 무릎에 흡수되었다. 눈이 부셔 잠시 눈을 감았다 떠보니, 또다시 믿지 못할 일이 벌어졌다. 순식간에 무릎의 상처가 멀쩡해진 것이다. 찢어지고 피가 묻은 바지만이 내가 다쳤었다는 것을 증명하고 있었다.

"와! 나는 힐러인가 봐! 미쳤다!"

이주영이 호들갑을 떨며 난리를 쳤다.

"잠깐, 우리 지금 거의 미다스의 손을 가진 거잖아! 그럼 장갑을 끼고 다녀야 하는 건가? 특히 너는 사람을…… 음, 사람을 아프게 할 수도 있으니까."

"그건 아닐 거야. 아까 버스에서 몇 번이고 애들이랑 손 부딪쳤어.

과자 집을 때나, 핸드폰 빌려줄 때나. 뭔가 조건이 있을 것 같은데. 그 사람의 과거를 봐야 능력이 통한다거나."

"오, 역시 너 머리 꽤 쓰는구나? 전교 1등도 했었다면서? 그럼 지금까지 과거를 본 사람 누구누구 있어?"

"아까 그 남자랑 담임."

"담임한테 그럼 시험…… 그래도 시험 삼아 살을 썩게 하는 건 좀 너무하지?"

"썩기 전에 손을 떼면 돼. 아까 그 사람 팔을 그렇게 만들기 전에 무언가 울렁거리는 듯한 기운을 느꼈어. 그 느낌이 날 때 바로 손을 떼면 아마 괜찮을 거야. 너는 다른 사람들한테 시험해 봐. 그리고 서로 정보를 공유하자."

"좋아! 정리하자면, 너는 과거의 악행을 볼 수 있는 왼쪽 눈과 사람의 살을 썩게 만들 수 있는 왼손을 갖고 있고, 나는 미래의 선행을 볼 수 있는 오른쪽 눈과 사람을 낫게 하는 오른손을 갖고 있네. 신체 능력도 조금씩 향상된 것 같고. 우리 둘이 합체하면 완전 범접 불가겠는데? 역시 우리는 한 팀으로 히어로가 되어야겠다!"

그놈의 히어로, 히어로!

"난 안 한다고! 아니, 대체 왜 그렇게 히어로가 되고 싶은 건데? 솔직히 우리가 이런 능력 있는 거 알면 국정원이 실험실로 납치해서 해부든 실험이든 하려고 들지, 그냥 새로운 히어로 탄생이오 하면서 지켜볼 것 같냐?"

"몰래 해야지! 원래 처음엔 다들 복면 쓰고 해!"

"그래, 네 말대로 몰래 히어로 노릇 한다고 치자. 평생 그러고 살 수 있을 것 같아? 돈은 어떻게 벌고, 부모님한테는 무슨 일 한다고 말할 건데? 돈도 안 되는 호구 짓 한다고 할래? 게다가 우리 때문에 가족이 위험에 처하면 어떡할 거야? 우리가 그 개고생을 한들 알아주는 사람 하나 있을 것 같아?"

"도움받은 사람들이 기억하겠지. 내가 지금 네게 도움받은 오늘을 잊지 않겠다고 생각하는 것처럼. 우리가 나서면 위험에 처한 수많은 아이들을 구해낼 수 있어. 그리고 아직 도움을 받지 못한 아이들도 우리가 오길 기다리면서 희망을 가질 수 있을 거야. 그리고 가족들은…… 일단 정체를 들키지만 않으면 위험하지 않을 거야."

이주영의 목소리는 갈수록 작아졌다.

"예상은 했지만, 너 생각보다 더 대책 없구나. 그리고, 아이? 왜 계속 아이 타령이야?"

"난 아이들을 더 많이 구해주고 싶어. 물론 어른들도 위험에 처할 수 있을 거고, 눈앞에서 그런 모습을 보면 힘닿는 데까지 도와줄 수는 있겠지. 하지만 안전하게 사랑받으며 자라야 할 어린아이들이 내게는 더 우선이야. 애초에 우리는 아이들을 구하기 위해 존재하는 것 같고."

"그건 또 무슨 말이야?"

"너도 알고 있겠지만, 우리가 소원을 빈 건 삼승할망이잖아. 아이들을 보호하는 삼승할망. 난 삼승할망이 세상의 아이들을 전부 돌보기엔 손이 부족해서 우리에게 이런 능력을 준 게 아닐까 생각해."

"그딴 거 난 모르겠고, 아무튼 싫어. 나한테 도움 되는 일도 아니고, 공부하는 데 방해만 될 거야. 곧 시험 기간이라고."

"와, 지금 판타지가 현실이 된 마당에 책이 눈에 들어오냐? 혹시 스파이더맨 따라 하는 거야? 정의도 성적도 놓칠 수 없는 학생 히어로?"

쉴 새 없이 쫑알대는 이주영의 입은 도무지 멈출 기미가 보이지 않았다. 안 그래도 오늘 너무 많은 일을 겪어서 피곤한데, 조용히 집에나 들어가고 싶었다.

"네 어린 시절을 구하려고 날 이용하지 마, 이주영. 너 지금 정의로운 히어로가 되고 싶은 게 아니라, 그냥 과거의 너를 구하고 싶은 거잖아. 이기적이면서 착한 척하지 좀 마."

이주영은 내 말에 놀라 그제야 입을 다물었다. 그러게 순순히 물러났으면 이런 말까지는 안 했을 텐데.

"아무튼, 각자 능력의 조건이 뭔지 알아보고 공유하자. 그럼 이제 우리 관계는 끝이야. 난 그 뒤에 이 능력을 없애는 방법을 찾을 거니까. 아, 여기저기 능력 티 내고 다니지 말아라. 죽는다."

풀이 죽은 이주영이 더는 답하지 않자, 드디어 끝났다 싶어 뒤돌아 걸었다. 그때 이주영이 내 뒤통수에 대고 외쳤다.

"마음 바뀌면 말해라! 파트너!"

집에 들어가기 전, 나는 왼쪽 눈에 안대를 꼈다. 아직 부모님의 판도라의 상자는 열어보고 싶지 않았다. 보고 싶지 않은 것들이 들어 있을까 봐 두려웠다.

"구주영, 많이 늦었구나."

현관에 들어서자 아버지의 차가운 음성이 나를 반겼다. 낮고 차분했지만, 폭풍전야와 같은 긴장감을 불러일으키는 목소리였다. 안경

너머로 보이는 날카롭고 매서운 눈은 분노로 차올라 나를 꿰뚫듯이 노려보고 있었다. 온몸에 소름이 돋았다.

싸늘한 현관의 분위기와는 달리 거실에서는 왁자지껄한 소리가 들렸다. 어머니가 와인을 마시며 TV를 보고 계신 듯했다. 아버지의 등 뒤로 보이는 어머니의 그림자는 나를 쳐다보지도 않은 채 오직 화면만 응시하고 있었다.

"죄송해요. 오다가 일이 좀 생겨서……."

"지금 변명하는 거냐? 내가 누누이 말하지 않았나? 벌써 잊은 건가?"

"아니요. 변명하지 말라고, 우리 집안에 자비는 없다고 하셨어요."

"그래. 우리 집안뿐만 아니라, 세상에 자비 따위는 없다. 너도 타인에게든 너 자신에게든 자비가 없어야 성공할 수 있어. 몇 번이나 말한 것 같은데, 내가 널 잘못 가르치고 있는 거냐? 네가 잘 되길 바라서 하는 조언인데, 정작 네가 들어먹질 않으니 말이다."

"아니에요, 아버지. 제가 잘못했습니다."

"네가 너무 늦어 과외 선생은 그냥 가버렸다. 너의 잘못으로 여러 사람이 귀한 시간을 버렸다. 잘못했으면 뭘 해야 하지?"

나는 익숙하게 거실 벽면에 걸려 있는 채찍을 가져와 아버지께 드렸다. 그리고는 소매를 걷어 항상 체벌을 받는 팔 안쪽을 내밀었다. 곧 TV에서 흘러나오는 웃음소리와 함께 찢어지게 날카로운 채찍 소리가 섞였다. 어머니는 채찍 소리가 커질수록 TV 음량을 높였다. 아버지의 땀방울이 떨어질 때마다 내 팔에서는 핏방울이 떨어졌고 어머니의 술잔에서는 맺힌 이슬방울이 떨어졌다.

모든 방울이 다 떨어지고 TV를 보던 어머니마저 방으로 들어가 온 집 안이 고요해졌을 때, 비로소 체벌은 끝났다. 아버지는 약을 가져와 내게 발라주며 말씀하셨다.

"다 너 잘되라고 이러는 거다. 내일도 긴팔 입고 가고."

"알아요, 아버지. 감사합니다."

아버지는 약을 다 발라주고는 곧 서재로 들어갔다. 서재라고 부르지만, 그곳에는 책 대신 여러 대의 컴퓨터와 모니터들이 가득했다. 아버지가 무슨 일을 하시는지 항상 궁금했지만, 서재는 아버지를 제외한 가족 누구도 출입할 수 없는 곳이었다. 그저 많은 양의 데이터를 여러 사람이 공유할 수 있게 웹하드를 제공하는 IT 기업 사장이시니 컴퓨터가 많이 필요하겠구나, 라고만 생각할 수밖에 없었다.

텅 빈 거실에서 나는 탁자 위에 놓인 붕대로 상처 치료를 마무리했다. 아버지는 끝까지 내 안대에 대해서는 묻지 않았다.

그날 밤, 나는 꿈을 꾸었다. 나는 끝이 보이지 않는 어두운 공간에 덩그러니 있었다. 갑자기 어디선가 어린아이의 웃음소리가 들렸다. 소리가 들린 쪽으로 조심스럽게 걷다 보니 놀이터에서 놀고 있는 한 어린 남자아이가 눈에 들어왔다. 처음 보는 아이였다. 여섯 살쯤으로 보이는 아이는 신나게 놀다가, 갑자기 어딘가를 가만히 응시했다. 그러다가 그곳을 향해 걸어갔다. 불안한 느낌이 들어 아이를 따라가려 했지만, 어느새 사라지고 없었다. 나는 아이를 찾기 위해 사방팔방을 뛰어다녔다. 그러나 아무리 뛰어도 다시 놀이터로 돌아올 뿐 아이는 찾을 수 없었다.

꿈자리가 뒤숭숭한 바람에 이미 컨디션이 바닥을 친 상태인데, 교실에 들어서자마자 들이대는 이주영 때문에 짜증이 올라왔다. 왠지 오늘 하루도 쉽게 넘어가지 않을 것 같은 불길한 예감이 들었다.

"오늘 선생님께 시험해 보기로 한 거 잊지 않았지?"

"알아. 친한 척 좀 하지 마. 내가 알아서 할 거야."

"생각해 봤는데, 선생님 손금 봐드린다고 하면서 만져보는 건 어때?"

유치하긴 했지만, 내가 생각한 방법보다는 자연스러웠다. 원래 내 계획은 선생님 손에 뭐가 묻었다며 갑자기 덥석 잡는 것이었기 때문이다. 선생님이 뭘 오해하든 말든 나랑은 상관없다고 생각했기 때문에 괜찮을 것 같았다. 하지만 손금이라면 애초에 오해를 살 일도 없으니까.

"구주영이 내 손금을 봐준다고? 나랑 말도 잘 안 하더니?"

평소에는 말도 잘 안 하던 학생이 교무실까지 찾아가 대뜸 손금을 봐준다? 다시 생각해 보니, 원래 내 계획이 더 나았던 것 같다.

"어디 한번 봐봐. 선생님 올해 장가갈 수 있는지, 없는지. 하하!"

정말 이번 일만 아니었으면 죽을 때까지 말 섞을 일 없는 타입의 사람이다. 게다가 막상 다시 그 검은 파도를 꺼낼 생각을 하니 긴장이 됐다. 나는 식은땀이 나는 걸 느끼면서 선생님의 손을 왼손으로 슬쩍 잡았다. 그때, 무언가 스멀스멀 올라오는 것 같은 느낌을 받았다.

"에취!"

검은 파도는 나올 기미가 없었다. 대신 대차게 재채기를 해버렸다. 아버지에게 체벌을 받은 팔 안쪽이 아파 빠르게 팔을 들어 올리지 못한 탓에 그대로 선생님의 손에 대고 재채기를 한 것이다. 이주영이 눈치 없이 교무실이 떠나가라 웃어댔다. 그 바람에 우리는 그대로 교무실에서 쫓겨나고 말았다.

"너 때문에 쫓겨났잖아!"

"웃긴 걸 어떡해!"

옥상에 도착하자마자 구박하는 내 말에 이주영이 찔끔 나온 눈물을 닦으며 대답했다. 그러면서 아직도 웃긴지 실실거리면서 말을 이었다.

"그나저나, 과거를 본 사람이어도 능력이 발동되지 않았네. 그럼 대체 언제 발동되는 거지?"

"아마 공격하고 싶다고 생각해야 발동되는 것 같아. 아까는 화가 나기보다는 능력을 조절할 생각에 긴장감이 더 컸으니까."

"그럼 과거를 보지 않아도 네가 공격하고 싶으면 발동되는 걸까?"

"난 딱히 다른 사람을 공격하고 싶은 마음이 없으니까, 그 부분은 실험해 볼 필요도 없어."

"하지만……."

잠시 고민하던 이주영은 자신의 실험 결과를 공유했다.

"나는 미래를 본 사람들에게만 능력이 통했어. 미래를 보고, 상처를 치료해 주고 싶다는 마음이 든 사람들에게만. 근데 어른들 한정. 아이들은 그런 조건 없이 모두 치료가 됐어. 근데 넌 어제 버스에서 친구들한테는 능력이 사용되지 않았다고 했으니까, 나랑 반대로 아이들이라면 아무리 악행을 저질렀어도 능력이 통하지 않을 것 같은데? 대신 과거를 보고, 공격하고 싶다는 마음이 든 어른들 대상으로는 능력이 통하고. 아무래도 삼승할망은 아이들을 보호해야 하니까."

"정말 거지 같은 근거지만, 일리가 있네. 근데 너, 사람들한테 그렇게 능력 막 쓰고 다닌 거야?"

쏘아붙이는 내 말에 이주영이 눈을 피하며 대답했다.

"아, 아니야. 아는 사람들한테만 했어."

"솔직하게 불어."

"어, 음…… 그래도 마스크 쓰고 다녔어!"

"누구누구 치료해 준 거야?"

"놀이터에서 놀다가 다친 아이들이랑, 동네 노인분들이랑, 우리 엄마? 엄마는 잘 때 몰래 치료해 줘서 모를 거야. 마스크 쓰고 다녀서 다른 사람들도 다 모를걸?"

"…… 진짜 그냥 과거 보지도 않았는데 사람 죽일 수 있나, 한번 실험해 봐? 너 이리 와!"

이주영은 강화된 다리로 재빠르게 나를 피해 교실로 도망가 버렸다.

"저걸 진짜!"

김 기사님이 갑자기 병가를 내는 바람에 학교에서 집까지 걸어가게 되었다. 이주영은 내 뒤를 졸졸 쫓아오며 쉴새 없이 떠들어대고 있었다. 나는 이 성가신 스토커를 어떻게든 떼어내려고 빠르게 걷기 시작했다. 그때, 맞은편에서 뛰어오던 유치원생과 부딪치고 말았다. 엉덩방아를 찧을 뻔한 아이를 이주영이 재빨리 잡았다.

"야, 구주영! 앞에 똑바로 보면서 가야지!"

"너 때문에 그런 거 아니야!"

우리가 티격태격하는 동안, 정작 넘어질 뻔한 아이는 멀뚱멀뚱 우리를 바라보고 있었다. 아무리 생각해도 쌍방 과실이지만 그래도 아이니까 내가 먼저 사과해야겠다는 생각이 들어 아이를 돌아보는데, 그 뒤에서 한 남자가 나타났다.

"성운아! 어디 있었어, 한참 찾았잖아."

아이를 찾아 얼마나 헤맸는지 남자의 얼굴은 땀으로 흠뻑 젖어 있었다. 결혼식장이라도 가는지 머리에 왁스를 발라 세팅하고, 옷도 빳빳하게 다려진 정장을 입고 있었다. 하지만 나는 남자를 본 순간 흠칫하는 아이의 모습을 분명히 보았다. 아이는 남자의 눈을 보지 않고 나와 이주영을 바라보았다. 이주영도 수상함을 느꼈는지 남자에게 아이와 무슨 관계냐고 물었다. 남자는 삼촌이라고 대답했다. 아이에게 맞냐고 물으니, 아이도 천천히 고개를 끄덕였다. 그래도 우리가 의심의 눈초리를 거두지 않자 남자는 우리에게 명함을 건네며 걱정해 주어서 고맙다고 인사를 건넸다. 명함에는 '검사 이상훈'이라고 쓰여 있었다. 명함에 있는 번호로 전화를 걸었더니 남자의 핸드폰이 울렸다. 남자는 왠지 모르게 의기양양한 듯한 태도로 자신의 핸드폰을 흔들며 전화까지 받아 확인을 시켜주었다.

"이렇게까지 아이에게 관심 가져주셔서 감사해요. 학생들 같은 사람들 덕분에 아동 범죄가 줄어드는 거죠. 이 녀석이 제가 장난을 좀 쳤다고 삐쳐서 이런 거예요."

"아, 예……."

"그럼, 이만 가보겠습니다."

거듭 감사 인사를 하며 성운과 상훈이 유유히 자리를 떠났다. 그때 나는 남자의 모습에서 묘한 기시감을 느꼈다.

'내가 저 검사를 어디서 봤지? 신문? 뉴스?'

나는 이주영을 돌아보며 말했다.

"저 사람 진짜 검사 맞나? 저 사람 번호 저장해봐. 채팅앱 프로필에 뭐라고 뜨나 보게."

이주영은 고분고분 내 말에 따랐다. 프로필을 확인해 보니, 검찰청 앞에서 찍은 사진이 메인으로 설정되어 있었다.

'보통 여기까지 조작하지는 않으니까, 맞겠지.'

"맞네, 그 검사. 야, 그나저나 너 아직도 마음 안 바뀠냐? 마스크 멋지게 만들어준다니까?"

의심이 풀리자마자 또 헛소리를 시작하는 이주영을 보고 나는 한숨을 푹 내쉬었다.

"내일부터는 차 타고 다닐 거니까, 내가 오늘까지만 참아준다."

"아, 그러지 말고. 아, 맞다! 잠깐 그거 이리 줘봐."

이주영이 순식간에 내 핸드폰을 뺏어가더니 자신의 핸드폰 번호를 저장했다. '삼신 소녀 2주영'

"어때? 우리 이름이야!"

터무니없이 유치한 작명 실력에 어이가 없었다. 원래도 싫었지만, 이주영과 무언가를 같이 하기가 더더욱 싫어졌다. 나는 이주영을 가볍게 무시하고 다시 걷기 시작했다. 그나저나, 아무리 생각해도 기시감이 드는 사람이었다.

그날 밤, 또다시 불쾌한 꿈을 꾸었다. 어두컴컴한 공간에서 아이가 흐느끼는 소리가 들렸다. 나는 또 소리의 근원지를 찾아 헤매기 시작했다. 그러다 갑자기 세탁기가 돌아가는 듯한 소리가 들리더니, 아무것도 없던 공간이 어느새 안개가 자욱한 어느 동네로 바뀌었다. 나는 길을 따라 한참을 걸었다. 어디까지 걸어가야 하는 걸까, 라는 생각이 들 무렵 나는 눈에 익은 어떤 장소에 도착했다. 아직 기억에 선명히 남아 있는 곳. 그곳은 바로 하굣길에 부딪혔던 아이, 성운을 만난 장소였다.

성운은 어제 만난 모습 그대로 거기에 있었다. 성운은 아무 말도 없이 나를 빤히 바라보았다. 그 눈빛이 민망해진 내가 무슨 얘기라도 하려고 입을 열려는 순간, 갑자기 성운의 뒤에서 자신을 삼촌이라고 말하던 상훈이 나타났다. 상훈은 무표정한 얼굴로 성운의 팔을 덥석 잡더니 그대로 뒤를 돌아 걸어가기 시작했다. 마치 끌려가는 듯한 성운의 모습에 불안감을 느낀 나는 상훈의 뒷모습을 정신없이 쫓아갔다. 그러나 아무리 열심히 달려도 도저히 거리가 좁혀지지 않았다. 기를 쓰고 뛰던 나는 결국 힘이 다해 넘어졌고, 그 순간 꿈에서 깨어났다.

땀에 범벅이 된 채로 일어난 나는 한참 동안 앉은 그대로 생각에 잠겼다. 어제의 꿈과 오늘의 꿈은 분명 연관성이 있다. 어젯밤 꿈에서 본, 놀이터에서 놀던 그 아이가 바로 성운이라는 알 수 없는 확신이 들었다.

'어제 그 꿈, 예지몽이었던 건가? 설마…….'

다음 날 등굣길, 나는 초조해 보이는 한 여성이 건넨 전단지에서 성운을 발견했다.

'아이를 찾습니다. 김성운, 6세.'

'역시, 그런 거였나. 신이 나한테 계시를 준 건가? 아씨, 그럼 이렇게 되기 전에 자기가 막았어야 하는 거 아니야?'

조회 시간에 늦을까 봐 일단 교실로 들어서는데, 얼굴이 창백해진 이주영이 전단지를 들고 나를 지나쳐 뛰쳐나갔다. 직감적으로 이주영이 무슨 생각을 하고 있는지 알 것 같았다. 나는 달려가 이주영의 손목을 낚아챘다. 이주영은 금방이라도 울음을 터뜨릴 것 같은 표정을 하고 있었다.

"어디 가려고. 수업은?"

"너도 꿈에서 봤지? 모르는 척하지 마. 걔 어제 우리가 만난 꼬마잖아. 그리고 이 전단지 봐. 성운이한테 무슨 일이 생긴 게 틀림없어. 빨리 구해주러 가야 해. 너도 같이 가자. 지금 수업이 대수야?"

"경찰이 알아서 할 거야. 가만히 있어."

"경찰이 찾는 사이에 성운이가 위험해지면 어떡해? 우리가 꿈에서 본 장면들 조합하면 경찰보다 빨리 찾을 수 있을 거야."

"찾고 나면? 그다음에는? 어떻게 찾았냐고 물으면? 차라리 찾고 싶으면 익명 신고를 해."

"근거가 우리 꿈인데 그걸로 신고해 봤자 안 믿어줄 게 뻔하잖아. 그 꿈도 아직 확실치 않고. 그리고 경찰들이 범인 근처에 갔을 때 알아채고 도망가면 어떡하려고?"

"그럼 너 알아서 해. 난 모르는 일이야."

말을 마치고 잡았던 손목을 놓으며 무심코 이주영의 얼굴을 바라본 나는 적잖이 놀랐다. 이주영은 지금까지 단 한 번도 본 적 없는 싸늘

한 표정을 하고 있었다. 백구를 닮은 순한 눈은 한껏 찌푸려져 경계하는 사냥개 같은 날카로운 눈이 되어 나를 노려보았다. 팔자 모양의 눈썹은 찌푸려 좁아진 미간 때문에 사람인 자처럼 되기 직전이었다. 혐오스럽다는 듯 나를 바라보는 이주영의 시선이 썩 유쾌하지 않았다. 이제 더 이상 이 문제로 날 귀찮게 하지 않겠지, 라고 생각하면서도 명치 한가운데에 큰 돌덩어리가 앉은 듯한 느낌이 들었다. 하지만 내게도 사정이 있었다. 이주영보다는 부모님의 눈빛이 더 두려웠고, 부모님을 실망시키지 않는 것이 내게는 더 중요했다. 각자 삶의 우선순위가 다른 것뿐이다. 그건 신도 이해해 줘야 했다.

속이 답답해 점심도 제대로 먹지 못하고 하교하려는데, 이주영의 가방이 덩그러니 책상 위에 올려져 있는 것이 눈에 띄었다. 도저히 신경이 쓰여 그냥 갈 수가 없었다. 저 가방을 치워버려야 체기가 사라질 것 같았다.

"김 기사님, 아버지께 저 조별 모임이 있어서 좀 늦게 들어간다고 전해주세요."

예상했던 대로, 이주영은 어제 성운과 헤어진 지점 근처에 있었다. 언제 또 받았는지, 전단지를 한 움큼이나 들고 지나가는 사람들에게 나눠주고 있었다.

"안녕하세요, 혹시 이렇게 생긴 아이 보셨…… 구주영? 여기는 왜 왔냐? 아직도 못 찾은 거 보니까 고소하냐?"

"꿈에서 얻은 정보로 범인 안 찾고 여기서 뭐해?"

"난…… 난 그게 개꿈인 줄 알고 기록을 안 해놨단 말이야. 기억이 나야 추리를 하든 말든 하지."

이주영은 처음에 비아냥대던 태도와 달리, 점점 기어들어 가는 목소리로 대답했다.

"너 그거 알아? 히어로도 어지간히 똑똑해야 할 수 있는 거야. 꿈 정도는 기억해야지."

"왜 오자마자 시비야? 안 도와줄 거면 꺼져."

"가방이나 받아라. 너, 이번만 도와준다. 꿈에서는 이쪽이었어."

나는 이주영에게 쉬는 시간 틈틈이 꿈을 토대로 그린 약도를 주었다. 이주영은 약도를 받자마자 표정이 풀어져서는 그럴 줄 알았다는 듯이 내 어깨를 툭 치며 말했다.

"너 이렇게 갑자기 감동 주기 있냐? 올 거면 좀 더 빨리 오지. 추워 죽겠네."

나와 이주영은 약도를 토대로 움직이기 시작했다.

"근데 그 삼촌이란 사람이 정말 범인이 맞을까? 혹시 그 사람 눈 봤어? 과거의 악행 말이야."

"오는 길에 성운이 어머니께 확인했는데, 성운이 삼촌 없대. 그리고 그 사람, 어제 내 눈을 똑바로 안 쳐다봤어. 그때 알아봤어야 했는데."

"네 잘못 아니야. 성운이를 데려간 그 새끼가 잘못이지!"

"알아, 나도."

"역시 재수 없어."

우리는 기억의 끝까지 달렸다. 이 이후부터가 문제였다. 이 뒤로 두 사람을 놓쳤었는데, 별다른 단서가 없었다. 그렇게 한참을 고민하다가 문득 한 가지가 생각났다. 세탁기 소리!

"꿈에서 분명히 세탁기 소리가 났어. 마치 공장에서 세탁기 여러 대를 돌리는 것처럼. 아마 세탁소 아래나 위층일 거야. 저기 있다."

우리는 세탁소가 있는 건물로 향했다. 3층짜리 작은 건물이었다. 세탁소 주인에게 물어보니, 2층은 세탁소 주인이 사는 집이라고 했다. 그렇다면 성운이가 있는 곳은 세탁소 아래, 반지하층일 가능성이 높았다.

"됐어, 이제 경찰에 신고하자."

그러나 이주영은 내 말이 끝나기도 전에 이미 반지하실 문을 두드리고 있었다. 나는 속으로 온갖 욕을 하며 얼른 이주영의 얼굴에 마스크를 씌웠다. 혹시라도 누군가 우리를 알아보면 골치 아픈 일이 생길 테니까.

그때 문 안쪽에서 부스럭거리는 소리가 들렸다. 그리고 곧 트레이닝복 차림의 상훈이 문을 열었다. 얼른 열린 문 사이로 확인해 보니, 성운은 보이지 않았다. 초조해지기 시작했다. 내가 수업을 듣는 동안 무슨 일이라도 생긴 게 아닐까.

"당신 누구야?"

상훈이 당황한 듯 물었다. 이주영은 문을 확 열면서 상훈의 배를 걷어차고 집 안으로 뛰어들어갔다. 이주영은 정신없이 성운을 찾기 시작했고, 나는 오른쪽 눈을 가린 채 그의 눈을 응시했다. 혹시라도 그의 과거 악행 장면에 성운이 등장할까 초조했다.

상훈은 벌써 여러 번이나 아이의 목숨을 담보로 보이스피싱을 시도했고, 이번에는 정말로 아이를 유괴한 범죄자였다. 그동안 범죄의 표적이 된 부모와 아이들은 얼마나 큰 고통을 겪고 얼마나 큰 피해를 감수해야 했을까. 도저히 용서할 수 없었다.

나는 왼손을 들어 상훈의 팔을 잡았다. 검은 파도가 순식간에 덮쳐 들었고, 상훈은 끔찍한 고통에 비명을 지르기 시작했다. 소리가 문밖으로 새어나갈까 봐 주변에 널브러져 있던 양말로 상훈의 입을 틀어막았다.

"아악! 살려주세요!"

"너 같은 새끼한테 자비는 필요 없어."

그때 이주영이 울다 지친 성운을 안고 방에서 나왔다. 이주영은 울먹거리며 말했다.

"주영아! 성운이는 무사해!"

성운은 많이 놀란 듯했지만, 이주영의 말대로 몸에 큰 이상은 없어 보였다. 그때, 상훈의 팔을 덮은 검은 파도를 본 이주영이 다급하게 소리쳤다.

"구주영! 잠깐 멈춰!"

마땅히 벌을 받아야 하는 범죄자를 응징하고 있는데, 멈추라니. 히어로니 뭐니 할 때는 언제고? 나는 어이가 없어서 잠시 손을 뗐다. 상훈은 극심한 고통에 이미 기절한 상태였다.

"왜 멈추라는 거야?"

"그 사람, 나중에 선행하려면 손은 필요하단 말이야."

"이 새끼가 어떤 선행을 하는데?"

"나중에 저 손으로 빙판길에서 넘어질 뻔한 할머니를 구해준다고."

"뭐? 그게 다야?"

"그게 다냐니. 할머니들 한번 넘어지시면 낫는 데 오래 걸린단 말이야. 자칫하면 돌아가실 수도 있다고. 재 벌주겠다고 엄한 할머니 허리 나가게 하면 안 되지. 그게 더 불공평하지 않겠어?"

"할머니 허리 하나 지키자고 앞으로 수많은 아이들과 그 가족들에게 범죄를 저지를 놈을 살려주자고? 너 지금 범죄자한테 자비를 베풀자는 거야?"

이주영과 옥신각신하는 사이, 어느새 정신을 차린 상훈이 양말을 어떻게 뱉었는지 내 발목을 붙들며 애원했다.

"다시는, 다시는 이런 짓 하지 않을게요. 제발, 제발 살려주세요!"

상훈의 얼굴은 눈물로 범벅이 되어 있었다. 하지만 난 범죄자의 말 따위는 믿지 않는다. 열이 치솟아 무어라 말하려는데, 갑자기 상훈의 얼굴로 발이 날아들었다. 이주영의 발차기를 맞은 상훈은 그대로 다시 기절했다. 이주영은 씩씩거리며 말했다.

"야, 내가 언제 자비를 베풀자고 했어? 손만 남겨놓으라고, 손만! 혀든 눈이든 어딜 썩게 하든 상관없고, 손만 남겨놓으라고. 아, 그리고 저놈 자필로 진술서 받자. 뒷말 못 하게."

갑자기 날아든 이주영의 발차기는 당황스러웠지만, 뒤이은 말에는 일리가 있었다. 이주영은 상훈을 깨워 치료해 주고 자필로 진술서를 받아냈다. 그리고 나는 다시 상훈의 혀에 검은 파도를 내보내 죽지는 않되 성대를 못 쓸 만큼의 벌을 주었다.

'이게 바로 병 주고 약 주고인가? 아, 병 주고 약 주고 다시 병을 준 건가.'

우리는 다시 기절해 쓰러진 상훈을 진술서와 함께 경찰서 앞에 두었다. 그리고는 잠든 성운을 집에 데려다주기 위해 살며시 깨웠다.

"누나들은 누구예요?"

성운이 불안한 눈빛으로 물었다. 상훈에게 벌을 주던 우리의 모습을 성운도 목격했을 것이다. 두려운 마음이 드는 것이 당연했다. 이주영은 짐짓 과장된 몸짓과 말투로 아이들이 좋아할 만한 대사를 했다.

"누나들은 어린이들을 지켜주는 멋진 히어로지! 으하하!"

성운은 자신을 무섭게 한 남자를 혼내준 우리가 무서운 사람이 아니며, 주위의 풍경이 자신의 집 근처라는 것을 알아채자 그제야 긴장을 조금 푼 듯했다. 이주영은 성운을 안심시키기 위해 더 과장된 몸개그를 해댔고, 성운은 그 모습을 보며 깔깔댔다. 그렇게 천천히 걷다 보니, 저 멀리서 성운을 애타게 찾고 있는 성운의 부모님이 보였다. 성운은 활짝 웃으며 그쪽으로 달려가려다 뒤를 돌아 우리에게 인사했다.

"슈퍼 히어로 누나들, 고마워요! 안녕!"

나는 그제야 얹힌 체기가 사라지는 것을 느꼈다. 우리는 엄마를 부르며 달려가는 성운에게 웃으며 손을 흔들어주었다.

성운의 뒷모습을 바라보던 이주영이 내 어깨를 툭 치며 말했다.

"다음부터는 애들 안 무섭게 귀여운 마스크라도 쓸까 봐."

집으로 돌아가는 길, 말없이 혼자 생각에 잠겼던 이주영이 입을 뗐다.

"구주영. 네가 그랬잖아. 과거의 날 구하려 널 이용하지 말라고. 이기적이면서 착한 척하지 말라고. 나 그때 너한테 어릴 때 기억 잘 안 난다고 했었지? 실은 아니야. 기억하고 있어. 난……."

이주영은 어린 시절을 떠올리는 듯 살짝 몸을 떨었다. 그리고는 가볍게 고개를 흔들고 말을 이어나갔다.

"난 아동 학대 피해자였어. 지금은 그 지옥 같은 곳에서 벗어나 행복하게 살고 있지만, 가끔 뉴스에서 아이들이 끔찍하게 학대당했다는 소식이 들릴 때면 정말 나만 이렇게 행복해도 되는 걸까 생각하게 돼. 지금도 과거의 나처럼 지옥 속에서 사는 아이들이 있겠지. 그리고 결국 발견되지 못하고, 끝내 사랑받지 못하고 떠나는 아이들도 있겠지. 난 살아남은 사람으로서 항상 죄책감을 느껴."

이주영의 등 뒤로 해가 지고 있었다. 주변이 붉게 물들었고, 이주영의 콧잔등도 하늘처럼 붉게 물들었다.

"그래, 나 이기적인 거 맞아. 내 죄책감 때문에 너를 끌어들이려고 했어. 히어로 흉내라도 내면서 이 죄책감 좀 덜어내고 싶었어. 그러니까 마지막으로 한 번만 더 물을게. 아니, 부탁할게. 아이들을, 나를 제발 구해줘."

평소의 나라면 생각할 가치도 없는 이야기였다. 나와 전혀 상관없는 뻔뻔한 부탁이었다. 자비 따위는 세상에 없다는 아버지의 절대적인 조언도 떠올랐다. 그런데, 왜일까. 이주영의 발목에 달렸다는 그 죄책감이라는 족쇄가 나에게까지 옮겨온 걸까. 나는 내 앞에 서 있는 저 붉게 물든 아이와 발맞춰 함께 걷고 싶은 충동이 들었다. 그렇게 하지 않으면 더 무거운 추가 내 발목에 달릴 것 같다는, 원인 모를 체기가 얹혀 사라지지 않을 것만 같다는 생각이 들었다. 무엇보다 이 아이와 함께 걷는 길의 끝에 마음속 깊이 품어왔던 궁금증의 해답이 있을 것 같았다.

"…… 나는 너 못 구해. 그건 네가 알아서 해. 난 그저 옆에서 지켜보기만 할 거야. 네가 나대다가 내 신상까지 노출될까 봐 이러는 거니까, 쓸데없는 의미 부여 같은 건 하지 말고. 그리고 시험 기간에는 초능력이니 삼승이니 잊어버리고 공부만 할 거야."

막상 대답을 하니 부끄러워져 쓸데없는 이유까지 구구절절 붙였지만, 이주영은 이미 내 마음을 알아차린 듯 활짝 웃고 있었다.

"알았어, 알았어."

"대신 조건이 있어. 첫 번째, 우리가 누구인지 아무에게도 들키지 말 것. 두 번째, 내가 이 능력을 없애는 방법을 찾는 걸 도와줄 것. 마지막으로, 시험 기간엔 진짜 방해하지 마."

"휴, 난 또 팀명 바꾸자는 이야기인 줄 알았네. 좋아! 아무리 히어로라도 각자의 삶이 있으니까."

"기왕이면 이름도 바꾸면……."

내 말이 끝나기도 전에 이주영은 못 들은 척 쌩하니 앞으로 달려갔다.

'히어로 행세'는 생각보다 더 쉽지 않았다. 아이들이 울부짖는 소리를 밤마다 듣는 건 내가 우는 일보다 더 고통스러운 일이었다. 밤에 예지몽을 꾸면 그 꿈을 바탕으로 아이들이 있는 곳을 알아내 범죄가 일어나기 전에 집으로 데려다주거나, 보호자가 올 때까지 함께 있어 주었다. 이미 아이가 학대를 당한 상태라면, 김상훈처럼 가해자에게 벌을 주고 진술서와 함께 경찰서 앞에 두었다.

그렇게 평소와 같이 아이들을 구해주고 돌아오던, 지극히 평범한 어느 날 저녁이었다.

“아, 여기 우리 집 근처인데 밥 먹고 갈래?”

그렇게 나는 얼떨결에 이주영의 집에 가게 되었다. 이주영은 부모님과 할머니, 할아버지, 여동생 두 명과 함께 살고 있었고, 형편이 그다지 좋아 보이지는 않았다. 나는 잠시 이주영이 성인이 된 후에도 일은 하지 않고 히어로 노릇이나 하면 어쩌나 하는 걱정을 하다가 곧 의식적으로 생각을 접었다. 나와는 상관없는 일이다.

“우리 딸이랑 이름도 같고, 둘이 잘 지낸다니까 아저씨가 꼭 한번 보고 싶었어. 구주영, 맞지?”

“아, 네. 안녕하세요.”

간단히 인사를 나누고 나니 곧 저녁 밥상이 차려졌다. 식탁은 모두가 앉기에는 좁아 동생들은 나중에 먹겠다며 놀러 나갔다. TV는 없었지만 가족들이 서로의 오늘을 묻고 듣느라 조용할 틈이 없었다. 대화 중에 근래에 이주영이 학교에 몇 번 결석했던 이야기도 나왔는데, 어머니가 학생의 본분에 대해 말씀하시며 가볍게 꾸중하셨을 뿐 회초리나 채찍은 누구도 들지 않았다. 아무래도 이주영의 과거 학대 트라우마가 되살아날까 봐 걱정되어 체벌하지 않는 것이 아닐까 넘겨짚었다. 할머니는 오히려 학생 때는 가끔 일탈도 해봐야 한다며 감싸주시기까지 했다.

집에서 먹는 밥에 비하면 소박했지만, 나에게 그 식사 자리는 신기한 경험이었다. 우리 집 식탁에서는 오로지 식기가 부딪치는 소리와 어머니가 틀어놓은 TV 소리만 들릴 뿐, 늘 적막이 흘렀다. 나의 일거수일투족은 김 기사님을 통해 아버지의 귀로 들어갔기 때문에 대화는 불필요했다. 젊은 시절 연예인을 꿈꿨다는 어머니는 아직도 그 꿈에서 헤어나오지 못한 듯, 식사를 하거나 술을 마시거나 잠을 자는 시간 외에는 언제나 TV만 보고 있었다. 나는 받아본 기억이 없는 따뜻한 눈빛으로, 나와 함께 있는 세상 따위는 언제든 떠나버릴 수 있다고 말하는 듯한 동경의 눈빛으로. 나는 이주영의 집과 우리 집이 마치 우리의 능력과도 같다는 생각을 했다. 이주영의 집은 흘러내리는 금처럼 밝고 따뜻했고, 우리 집은 검은 파도처럼 차갑고 어두웠다.

"부모님께서 너 수업 빠진 거 아시고도 많이 안 혼내시네? 체벌도 안 하시고."

"글쎄? 이 정도면 많이 혼난 거 아니냐? 방금 그 무지막지한 잔소리 못 들었어?"

"그게 혼난 거야?"

"그럼, 당연하지. 체벌 같은 건 원래 안 하셨어. 동생들도 그렇고."

"잘못했으면 제대로 벌을 받아야 하는 게 당연한 거 아니야? 세상 모든 일이 다 그렇잖아. 돈 못 벌면 굶어 죽고, 능력 없으면 사회에서 도태돼. 사회적 지위가 낮으면 무시당하지. 그게 이치야. 세상에 자비 같은 건 없어. 용서도 없고."

"너 혹시 어디 디스토피아에서 살다 왔어? 사회가 재단한 성공의 기준에 맞추지 못하면 다 잘못된 거야? 몸이 아파서 돈을 못 벌 수도 있고, 돈에 큰 의미를 두지 않아서 적당히만 벌 수도 있는 거지. 그건 잘못이 아니야. 그리고 사회적 지위가 높다고 해서 사람들이 모두 올려다보는 것도 아니야. 그 사람이 어떻게 살았는지를 알아야 존경하든지 말든지 하는 거지. 어차피 모두 다 같은 인간이야. 부족한 부분이 있더라도 서로 채워주면서 함께 나아가는 게 삶이라는 거잖아. 네가 생각하는 것처럼 세상은 그렇게 무자비하지 않다고."

"자비로운 세상은 공평하지 않아."

"자비로움 덕분에 세상이 공평해지는 거야. 생각해봐. 우리가 지금까지 해결한 문제들. 네가 다 썩혀버리려는 걸 내가 그 사람의 선행을 미리 보고 너를 막잖아. 그래서 너는 자비를 베풀었고, 그 자비는 결국 선행이 되어 불공평했던 부분을 공평하게 만들어놓을 하나의 계기가 될 거야. 네가 그 유괴범의 손을 썩게 했다면 그 할머니는 미래에 빙판길에서 미끄러져 허리를 다쳤겠지. 그 빙판길은 왜 거기에 있었을까? 왜 빙판이 생기는 길을 미리 정비해 주지 않았을까? 시 예산은 왜 그 동네에 먼저 투입되지 않았을까? 꼬리에 꼬리를 무는 불공평함이 너의 자비로 인해 조금이나마 공평한 결과가 될 수 있는 거라고."

"그럼 넌 너를 학대했던 생물학적 아버지에게도 자비를 베풀고 싶어?"

"오, 허를 찌르는데? 고민이야 되겠지만, 자비를 베풀어야 할 상대라면 그렇게 하겠지. 누군가에게 필요한 도움을 주는 사람이 될 예정이라면."

항상 공감하기 어려운 말로 나를 혼란스럽게 하는 이주영이지만, 이번엔 정말로 머리가 어질어질했다.

"야, 너네 집 다 왔다!"

이주영의 말도 안 되는 철학을 어떻게든 이해해 보려 애쓰는 사이, 어느새 집에 도착해 있었다. 그 순간, 나는 이주영에게 내 부모님이 얼마나 멋진 분들인지 보여주고 싶어졌다. 아니, 알고 싶었다. 어쩌면 이주영의 따뜻한 집이 부러웠는지도 몰랐다.

"너, 잠깐 들어왔다 갈래?"

"뭐? 진짜?"

"그런데, 부탁하고 싶은 게 있어."

마치 간식을 본 강아지가 신나게 꼬리를 흔드는 것처럼, 이주영은 흥분을 감추지 못하고 정신없이 고개를 끄덕였다.

"뭔데? 말만 해!"

집에 들어가기 전, 아버지에게 전화를 걸어 이주영을 데려가도 될지 허락을 구했다. 오랜만에 직접 전화를 해서 그런지 목소리가 떨렸다. 게다가 친구를 집에 데려오는 건 초등학생 때 했던 보여주기식 생일 파티 이후로 처음이어서 더더욱 긴장됐다.

"아버지, 저예요. 수행평가 준비가 길어져서 어쩔 수 없이 친구를 데려왔는데, 괜찮을까요?"

〔…… 알았다.〕

아버지의 낮은 음성은 심장 박동까지도 멈춰버릴 것처럼 늘 차갑다. 허락이 떨어지자 이주영과 함께 정원을 지나 집 안으로 들어갔다. 이주영은 신기한 듯 여기저기를 정신없이 둘러보았다.

"와, 나 이렇게 큰 집 처음 봐. 이런 집에서 살면 어떤 기분이냐?"

"어떤 기분이기는. 아무 생각 없어."

"잘난 척하기는!"

현관에서 신발을 벗고 있으니 곧 방문이 열리면서 아버지가 나왔다. 어머니는 이미 잠자리에 든 모양이었다. 아버지와 이주영의 눈이 마주친 순간 이주영의 오른쪽 눈이 반짝, 하고 빛났다.

"주영이가 친구를 데려온 게 얼마 만인지 모르겠네. 친구가 참 착해 보이네요. 우리 주영이 잘 부탁해요."

가끔 인터뷰가 있거나 외부 행사에 참석했을 때 들어봤던 영업용 목소리로 아버지가 이주영에게 인사를 건넸다.

"네, 그럼요. 친구인데 같이 잘 지내는 건 당연하죠!"

이주영이 평소처럼 넉살 좋게 실실거리며 대답했다. 아버지와 인사를 나눈 뒤에도 이주영은 집을 구경한다며 난리를 쳤고, 나는 그런 이주영을 억지로 끌고 방으로 향했다. 늘 채찍이 걸려 있던 자리에는 어느새 죽비가 걸려 있었다.

"우리 아버지, 어때?"

"너희 아버지? 점잖으시고, 미중년이시던데? 근데 무슨 일 하셔? 너희 집 부자인 건 알았는데, 이 정도일 줄이야."

"아니, 아까 부탁했던 거."

내가 무슨 말을 하고 있는지 뻔히 알면서 계속 말을 돌리는 이주영이 너무 얄미워 등짝이라도 힘껏 때리고 싶은 충동이 들었다. 짜증이 솟구쳐 이주영을 쏘아보고 있으니, 재잘대던 이주영이 나를 놀리는 게 재밌다는 듯 웃으면서 본론으로 돌아왔다.

"알았어, 알았어! 말해줄게. 아버지께서 화이트해커 관련 일을 하시나 봐? 불법 촬영물로 고통받는 사람들을 위해 영상을 지워주는 일을 하셔. 상도 받으시던데?"

나는 들릴 듯 말 듯 안도의 한숨을 내쉬었다. 혹시라도 아버지가 악인일까 봐 늘 불안했기 때문이다. 이주영의 대답을 들으니 그동안 괜한 오해를 한 것 같아 죄송한 마음이 들었다.

"우리 아버지 진짜 멋진 분이야. 자수성가하셔서 지금은 IT 업계에서 알아주는 데이터 회사를 운영하고 계시다고."

"야, 아빠 자랑하려고 불렀냐?"

"응. 이제 가라."

"와, 어쩜 이렇게 한결같이 재수 없을까? 하긴, 그게 네 매력이지."

지긋지긋하다는 표정을 짓는 이주영이 우스워 나도 모르게 미소가 지어졌다. 나와는 너무 달라 도무지 생각을 이해할 수가 없는 비즈니스 파트너. 하지만 함께 있다 보면 어느새 마음이 편해진다. 인정하기는 싫어도, 그 사실을 부정할 수는 없었다.

그러나 유쾌한 비즈니스 파트너와 함께하는 히어로 활동은 유쾌하지 않았다. 유쾌할 수가 없었다. 예지몽은 끝날 기미가 보이지 않았고, 우리는 수많은 아동 범죄 현장을 직면해야만 했다. 그중 가장 힘들었던 것은 가정 폭력에 노출된 아이들을 구하는 일이었다. 유괴를 당한 아이나 가족이 아닌 타인에게 학대를 받은 아이는 그들을 사랑하는 가족들의 품으로 돌려보내면 됐지만, 보호자에게 학대를 받는 아이들은 달랐다. 아이들에게 잔혹하게 폭력을 행사하던 그들은 아이의 전부였다. 오히려 아이들은 그들을 처벌하려는 우리를 울고 매달리며 말렸다. 그 아이들의 눈에는 우리가 악당으로 보였을 것이다.

그러나 사랑받으며 자라야 할 아이들을 그렇게 잔인하게 대한 그들을 그저 아이가 말린다는 이유로 눈감아줄 수는 없었다. 보호자는 아이를 선택했지만, 아이는 보호자를 선택해서 태어난 것이 아니다. 그들은 선택에 대한 책임을 마땅히 졌어야만 했다. 우리는 아이들에게 새로운 세상을 보여주고 싶었다. 그래서 잘못을 저지른 보호자를 벌하고, 아이들이 지금까지와는 다른 세상에서 살 수 있게끔 자발적으로 아이들을 보육원으로 보내도록 했다. 그리고는 아동 학대죄로 경찰에 신고했다. 법적 처벌 외로 우리가 그들의 살을 썩게 만든 이유는 공포심을 주기 위해서였다. 법은 우리가 받아들일 만큼 합당한 형을 그들에게 선고하지 않았고, 그러면 그들이 다시 아이를 찾아갈 가능성이 있었기 때문이다. 우리가 이러한 결정을 내리기까지는 나름의 끔찍한 시행착오가 있었다. 그 과정에서 내 정신은 점점 무너졌고, 집에서 요구하는 성적을 내지 못하게 되었으며, 팔에 붕대를 감는 날들은 더 많아졌다.

어느새 나는 피해 아동들의 감정에 깊이 빠져들게 되었고, 그들을 구하는 일을 다른 어떤 것보다 우선하게 되었다. 아이들이 가해자의 주먹에 맞을 때는 내 심장이 두들겨 맞는 것 같았고, 머리채를 잡히면 내 신경줄도 잡아 당겨지는 것 같았다. 아이들의 감정은 내 몸속으로 흘러와 증폭되었고, 그럴 때마다 아버지의 말씀이 진실임을 절감했다. 아이들을 구하지 못했을 때 느껴지는 죄책감은 고스란히 가슴에 내려앉아 내 삶을 버겁게 만들었다. 가끔은 이 일을 시작하기 전의 삶으로 간절히 돌아가고 싶기도 했다. 그러나 이제 와 히어로 일을 그만둘 수는 없었다. 나는 이미 아이들의 고통을 마주해 버렸다. 팔뚝에 가해지는 내 아픔은 그들의 아픔에 비할 바가 아니었다. 아이들이 내쉬는 안도의 한숨은 내가 겪는 모든 고통을 잊게 했다.

그러나 정말 무서운 사실은 아직 우리가 목격한 범죄는 지금도 곳곳에서 일어나고 있는 수많은 범죄 중 극히 일부라는 것이었다. 앞으로 얼마나 더 많은, 얼마나 더 잔인한 범죄를 맞닥뜨릴지 몰랐다. 게다가 내가 검은 파도의 능력을 언제까지 조절하며 사용할 수 있을지도 자신이 없었다. 지금까지는 이주영이 나를 막아주었지만, 내가 이성을 잃어버릴 정도로 끔찍한 현장을 마주한다면 과연 어떨까. 실제로 얼마 전 그러한 경험을 하기도 했다. 그동안 우리가 마주했던 것과는 다른 유형의 범죄, 아동·청소년 성 착취물을 촬영하고 배포한 놈들을 만난 것이다. 그들의 사무실에서 그 끔찍하고 잔인한 영상들을 발견했을 때, 나는 그놈들 모두를 흔적도 없이 사라지게 하고 싶다는 강한 충동에 휩싸였었다.

"하, 오늘도 기사 났네. '아동 범죄자 저격수, 그들은 과연 누구인가?'"

이주영이 핸드폰으로 기사를 보다가 한숨을 푹 쉬며 나를 돌아보았다. 이제 우리에게는 지겨운 기사 제목이었다. 히어로 활동을 시작한 지 벌써 반년이 넘어가고 있었고, 그동안 우리는 누구에게도 정체를 들키지 않았다. 하지만 그럴수록 우리를 향한 사람들의 관심은 더해가고 있었다. 위험했지만, 그렇다고 멈출 수는 없었다.

"그런데, 주영아……. 우리 정말 잘하고 있는 걸까?"

우리에게 관심이 쏠릴수록, 이주영은 전과 달리 점점 자신감을 잃어갔다. 우리가 하는 처벌은 국가의 법에 의한 것이 아닌 개인의 판단으로 내려진 것이기에, 이에 대한 사람들의 갑론을박이 끊이지 않았기 때문이다. 때로는 마음이 다칠 만큼 예리한 비난과 분노의 화살도 날아들었다. 하지만 나는 우리가 하는 일이 적어도 몸과 마음에 상처를 입은 아이들에게는 더 도움이 된다고 여겼다. 그 생각에는 여전히 변함이 없었다.

"이주영. 몇 주 전 우리가 경찰에게 넘겼던 범죄자, 기억나? 집행유예로 풀려났다더라. 이래도 어른들을 믿어보자는 말을 하는 건 아니겠지?"

"그렇지만, 우리 힘으로는 한계가 있어. 알잖아. 예지몽이 끊이질 않아. 아이들의 비명이 줄어드는 것 같지가 않아."

"이주영, 정신 차려. 그럼 이 일이 한두 달 만에 끝날 줄 알았어? 긴 싸움이 될 거라고 했잖아. 그리고 이 일을 처음 제안한 건 너야. 잊었어?"

"잊지 않았어……. 알고 있어."

"우리 목에 현상금도 걸렸고, 방송국도 우리 찾아내려고 혈안이 되어 있어. 우리 신상 털리는 거 시간 문제야. 더 조심하자. 아직 우리 얼굴 본 사람은 없어서 다행이야."

애초부터 우리 힘만으로 아동 범죄가 완전히 근절될 거라고는 생각하지 않았다. 다만 우리의 존재가 범죄자들에게 공포가 되어 범죄율을 줄이는 데 도움이 될 수 있기를 바랄 뿐이었다.

하굣길, 여느 때와 같이 뉴스를 확인하다가 이제는 놀랍지도 않은 기사를 발견했다.

"하, 저번에 잡은 청소년 성 착취 영상 대량 거래하던 김경식, 형량 왜 줄었지? 무슨 거래라도 했나? 게다가 우리가 자기 눈 썩게 했다고 고소한다는데? 어이가 없어서. 어디 한번 해보라지? 이번에는 그 주둥아리까지 못 쓰게 만들어주겠어."

"주영아. 예전에 우리가 구했던, 동갑 남자애 기억나? 인터뷰했더라……. 한번 볼래?"

그 사건은 평소에는 다정하던 어머니가 술만 마시면 돌변해서 아들을 무차별적으로 폭행했던 사건이었다. 우리는 그 어머니의 팔을 썩게 하고 경찰에 넘겼다. 그리고 아이는 보육원에 보내주었다. 그러나 새로 입양된 가정에 잘 적응하지 못한 그 아이는 가출청소년이 되어 인터뷰에서 우리 욕을 하고 있었다.

"…… 구한 아이들 다 잘 지내는지, 우리가 그것까지 일일이 확인할 수는 없어. 저 아이도 지금은 힘들겠지만 나중에는 분명 우리한테 고마워할 거야."

이주영은 내 말에 대답하지 않았다. 그런 이주영을 나는 애써 보지 않으려 했다. 어떤 생각을 하고 있을지 뻔했다.

"그나저나, 오늘도 팔목에 붕대 감고 있네, 너?"

교복 소매가 살짝 올라가 이주영의 눈에 띄었나 보다. 나는 황급히 다시 소매를 내리며 시선을 피했다.

"구주영, 너 혹시……."

"아니야. 네가 지금 생각하는 그거 아니야. 나는 내가 잘못해서 혼난 거야."

이주영은 다시 입을 다물었다. 사실 나도 한 번쯤 의심해본 적이 있었다. 우리가 목격한 아동 학대 가해자들의 상당수가 아이들의 보호자였기 때문에 어쩔 수 없이 아버지에 대한 믿음이 흔들리기도 했다. 하지만, 아니다. 아버지의 체벌은 나를 위한 것이다. 아버지의 말대로 죄책감은 앞길을 막는 감정이었고, 자비를 베풀었음에도 김경식은 우리에게 적대감을 드러냈다. 우리의 체벌 수위가 누군가에게는 심하다 여겨질 수도 있을 테지만, 나는 상처 입은 아이들에 비하면 이 정도는 아무것도 아니라고 생각했다. 그런 부모들에 비하면 내 부모님은 따뜻한 보금자리도 주고, 내 미래를 걱정해 조언도 해준다. 그들과는 다르다고 믿는다. 아니, 믿고 싶다. 그러나 아이들을 구해줄 때마다 나는 내 믿음이 자꾸만 흔들리는 걸 느꼈다.

그날 밤, 여느 때와 같이 아동 학대범을 처리하고 집으로 돌아가던 길에 이주영은 할 말이 있다며 나를 불러세웠다. 나는 직감적으로 듣고 싶지 않은 이야기가 나올 것 같다는 생각이 들었다.

"나, 이제 그만하고 공부하려고."

"뭘 그만해?"

"우리가 범죄자들을 처벌한다고 범죄율이 눈에 띄게 줄어든 것도 아니고, 막상 잡아다 주면 얼마 안 가서 풀어주잖아. 말도 안 되는 형량만 겨우 받던지. 심지어 아동 학대를 받은 아이들이 안전하게 살 수 있는 사회 시스템을 구축하려는 노력조차도 보이지 않아. 물론 내가 모르는 걸 수도 있겠지. 하지만 적어도 아직은 우리가 아이들을 아무리 구조해도 결국 아이들은 그대로 시궁창 같은 현실에 있어야만 하는 거야. 이대로면 밑 빠진 독에 물 붓는 꼴밖에 안 돼. 결국 세상을 바꾸려면 법을, 시스템을 바꿔야 하는 거였어. 나 공부해서 법대 갈 거야. 그래서 판사를 하든, 변호사를 하든, 아이들이 안전하게 살 수 있는 사회가 되게 만들 거야. 신의 힘으로는 인간들을 바꿀 수 없다는 걸 깨달았어. 이곳은 결국 인간들 세상이니까."

"판사? 판사가 된다고 바로 법을 네 맘대로 바꿀 수 있을 거 같아?"

"판사로 안 되면 국회의원을 하든지. 내 말은 인간들의 규칙으로 세상을 바꿔야 한다는 거야."

"너 무서워? 사람들이 계속 사적 복수니, 고소니 하니까 무서워서 이러는 거야?"

"그런 말이 아니잖아."

"그럼 왜 이러는 건데! 힘없는 아이들에게 범죄를 저지르는 게 어른들이고, 그런 범죄자를 풀어주는 법을 만든 것도 어른들이야! 너는 그런 어른이 되지 않는다는 보장 있어? 결국 힘을 쓰지 않으면 바뀌는 건 없을 거라고. 그냥 지금처럼 우리 둘이 바꿔나가자. 이게 제일 빠르고 효과적인 방법이야."

"주영아. 내가 전에 말했던, 자비를 베풀자는 이야기 기억나? 지금 생각해 보면 그거, 내 만용이었어. 신도 아니고, 우리가 뭐라고 피해자들을 심판해? 우리가 뭐라고 피해 당사자인 아이들의 복수를 대신 해줘? 그건 자비가 아니야. 우리가 했던 처벌도 그저 분풀이였을 뿐이야."

"그만! 그래, 하기 싫으면 그만둬. 난 혼자서라도 계속할 테니까. 난 내 방식이 틀렸다고 생각 안 해. 이렇게 해야 세상을 바꿀 수 있어. 그러니까 넌 비켜. 넌 어차피 걸림돌밖에 안 됐어."

"구주영!"

나는 이주영의 외침을 뒤로하고 몸을 돌렸다. 그때, 전화가 걸려왔다. 아버지에게서.

"구주영. 네가 아동 범죄자들 심판하고 다닌다는 그 사람이냐?"

대한민국이 발칵 뒤집혔다. 드디어 아동 범죄자 저격수의 정체가 드러난 것이다. 평범한 열여섯 살 여학생 두 명. 이름은 이주영과 구주영. 유일하게 우리 얼굴을 본 사람이자 우리가 처음으로 능력을 썼던 사람, 이주영의 친부가 인기와 현상금을 위해 우리를 신고한 것이다. 곧 본인이 가정 폭력범이었다는 사실이 밝혀져 전 국민의 비난을 받을 텐데, 자기 무덤을 판 것이다. 이주영은 공황에 빠져 기자들에게서 가족들부터 보호해야 한다며 허둥지둥 돌아가려 했다.

"이주영, 기억해. 언젠가 들킬 거라는 거 알고 있었잖아. 우리는 모르는 일이야. 묵비권 행사하라고. 어차피 확실한 증거도 없으면서 신고한 걸 거야."

이주영은 고개를 끄덕였다. 하지만 여전히 불안했는지, 나중에 다시 이야기하자는 말을 남기고 집을 향해 뛰어갔다.

이주영의 뒷모습을 물끄러미 바라보다 나도 몸을 돌려 집을 향해 걸었다. 멀리서부터 이미 대문 앞을 점령한 기자들 무리가 보였다. 나는 하는 수 없이 집 뒤쪽의 담벼락을 넘어 들어왔다. 수많은 생각들이 머리를 어지럽혔다. 가족한테는 솔직하게 다 말해도 되는 걸까? 과연 날 보호해 주실까? 사실을 들은 아버지는 뭐라고 말할까? 어머니는? 어쩌면 오늘, 지금껏 확신하지 못했던 궁금증의 답을 알 수 있는 것일까?

아버지와 어머니는 현관에서부터 나를 기다리고 있었다. 내 기억으로는, 처음으로 받아본 마중이었다. 거실로 들어와 입을 먼저 뗀 것은 아버지였다.

"네가 TV에서 말하고 있는 그 2인조 중 한 명이 맞냐?"

나는 잠시 대답을 망설였다. 아버지의 반응이 궁금하면서도 두려웠다.

"…… 네, 맞아요."

내 대답을 듣자마자 어머니는 눈에 띄게 얼굴이 창백해지더니, 와인을 잔에 따르지도 않고 벌컥벌컥 마셨다. 아버지도 당황한 듯 주춤거리며 내게서 조금씩 멀어졌다. 아버지의 눈동자에 두려움이 언뜻 비쳤다. 내가 괴물처럼 보이는 걸까? 이제 나는 버림받는 걸까?

나는 천천히 아버지, 어머니가 궁금해할 것들을 털어놓기 시작했다. 어떻게 이런 능력을 얻게 되었는지, 언제부터 히어로 활동을 시작했는지, 왜 히어로가 되기로 마음먹었는지. 다만 죄악을 보는 내 왼쪽 눈에 대해서는 왠지 말하기 껄끄러워 꺼내지 않았다.

내 말이 끝나자 잠시 침묵이 흘렀다. 그 침묵이 마치 영원처럼 느껴져 참기가 버거웠다. 조바심에 어쩔 줄을 모르고 있을 때, 귓가에 아버지의 음성이 들렸다.

"잘 됐구나."

"네?"

나는 순간 귀를 의심했다. 칭찬해 주시는 건가? 나를?

"네가 드디어 쓸모가 있구나. 아주 쓸모가 많은 능력이야. 그 능력, 당연히 이 아버지를 위해서도 써주겠지? 내가 널 위해 얼마나 큰 희생을 감수해 왔는지 너도 잘 알 테지. 은혜를 갚을 기회가 왔구나."

난생 첫 칭찬을 들은 감동은 곧 무너지고, 불안이 마음에 들어찼다. 아버지는 나의 행동을 칭찬하는 것이 아니다. 나를 걱정하고 있지도 않다. 눈빛만 봐도 알 수 있다. 수많은 범죄자에게서 보았던 탐욕스러운 눈빛. 아버지는 내 능력을 자신의 이익을 위해 사용하려 하고 있었다.

"지금 나를 협박하고 있는 사람이 있다. 김경식이라고, 너도 알 거다. 너희 2인조가 철창에 집어넣은 놈이지. 이왕 벌을 주는 거, 아예 처리를 좀 해주면 좋겠구나. 빠르면 빠를수록 좋다."

예상보다 더 빠르게 아버지는 속내를 곧장 드러냈다. 그나저나, 김경식? 오늘 감형받은 불법 성 착취물 유포죄를 저지른 놈을 말하는 건가? 그런데 그놈이 왜 아버지를 협박하지? 그런 놈이 아버지를 협박한다는 건 어떤 연결고리가 있다는 뜻 아닌가?

순식간에 차가워진 내 머리가 빠르게 돌아가기 시작했다. 대량의 성 착취물을 생산, 저장하고 유포하려면 대용량의 저장 공간과 서버가 필요하다. 아버지는 데이터 회사를 운영하고 있다. 그렇다면, 김경식이 아버지를 협박할 이유는 하나밖에 없었다. 아버지가 놈과 거래를 한 것이다. 만약 김경식이 아버지와의 거래를 세상에 밝히면 아버지의 회사는 볼 것도 없이 당장 망할 것이다.

그러나 여기까지 생각이 닿았음에도 나는 정말 간절히 아버지를 믿고 싶었다. 그러려면 확인해 보는 수밖에 없었다. 내 생각이 허무맹랑한 가정이길 바라며, 나는 살며시 오른쪽 눈을 감고 왼쪽 눈으로 아버지를 바라보았다.

아버지가 서재에서 전화를 받고 있는 모습이 보였다. 핸드폰 화면 위에는 '김경식'이라는 발신자명이 떠 있었다. 통화의 내용은 예상대로 아동·청소년 성 착취물 영상 유통을 눈감아주는 대신 거래 수익률을 분배한다는 내용이었다. 그리고 켜지는 아버지의 모니터. 끔찍한 영상들이 수도 없이 저장되어 있었다. 제기랄, 결국…….

나는 곧바로 두 눈을 뜨고 아버지의 서재로 달려갔다. 문이 잠겨 있었지만, 손잡이쯤은 맨손으로 부술 수 있었다. 뒤에서는 당황한 아버지의 목소리가 들렸다. 16년 인생 처음으로 아버지의 서재에 발을 들였다. 모니터에는 머릿속으로 봤던 그대로, 어린아이들의 고통이 정리된 폴더가 수십 개나 띄워져 있었다.

"…… 이게 뭐예요, 아버지?"

"하, 뭐긴 뭐야. 사람들의 욕망이지. 너는 이 욕망을 받아먹고 컸어. 이게 널 그동안 남 부럽지 않게 키울 수 있었던 원천이다. 그러니까 넌 날 도울 수밖에 없어. 지금껏 누려온 것들을 계속 누리고 싶다면, 그리고 널 키워준 나에게 조금이라도 감사한 마음이 있다면."

갑자기 내 몸 구석구석 흐르는 피가 마치 아이들의 고통인 것처럼 느껴졌다. 지금 입고 있는 옷, 아침에 먹은 밥, 발을 딛고 서 있는 이곳. 내 발밑에 아이들의 절규가 있었다. 사람의 어두운 욕망을 이렇게 아무렇지 않게 여기는 사람이 내 아버지라니, 갑자기 내 존재 자체가 끔찍하게 느껴졌다. 어머니는 이걸 알고 있었을까? 어머니가 이걸 보시면 충격받지 않으실까? 그런 생각을 하고 있을 때, 마침 어머니가 내게 다가왔다. 그리고 그 순간, 눈앞에 번갯불이 번쩍 일었다. 어머니가 내 뺨을 내리친 것이다.

"아버지의 서재에 들어오다니, 어디서 배워먹은 버르장머리지? 여태 아버지가 벌어온 돈으로 먹고 컸으면, 보답을 할 생각을 해야지. 고민 따위를 할 게 아니다."

"……."

오랜만에 듣는 목소리. 오랜만에 느끼는 손길. 그러나 그것은 내가 기대한 따뜻함과는 거리가 멀었다. 가슴이 텅 비어버린 느낌이었다. 어머니만큼은 날 진정으로 생각해 줄 거라고 믿었다. 날 사랑한다고 생각했다. 그저 아버지의 권위에 눌려 어쩔 수 없이 침묵을 지키는 거라고 생각했다. 숨이 가빠오기 시작했다. 이런 식으로 알고 싶진 않았는데. 이럴 줄 알았으면 그런 소원을 빌지 않았을 텐데. 내가 그토록 알고 싶었던 답은 이렇게 드러났다.

"…… 저는, 사랑받고 싶었어요. 그래서 때리시면 때리시는 대로 맞았고, 기대에 부응하기 위해 더 노력했어요. 그런데도 두 분은 한 번도 절 칭찬해 주시지 않았죠. 나를 사랑하시기는 할까? 내가 죽으면, 당신들은 후회할까? 아이들을 구하면서 몇 번이고 이런 생각을 했어요. 그런데도 모른 척했어요. 부정했어요. 그 악마 같은 인간들과 내 부모님은 달라. 절박하게, 정말 절박하게 다른 점을 찾으며 애써 부정했어요. 언젠가부터는 날 때릴 때마다 가끔 당신들도 그 인간들처럼 벌하고 싶었어. 그 뒤로 그런 생각을 속으로 천 번을, 만 번을 했어. 날 때리는 저 손부터 없애버릴까, 아니면 내 자아를 부수는 저 입부터 시작할까. 그럴 때마다 내가 날 얼마나 부정했는데. 당연히 믿고 따르고 사랑해야 할 부모를 미워하는 내가 미쳐버린 걸까 생각했었는데! 아이들을 보육원에 보내면서 부모를 미워해도 된다고 말해주면서도, 정작 그러지 못하는 날 돌아보며 위선자인 나 자신을 얼마나 혐오했었는데!"

폭주하는 나를 보며 두려움에 떨던 아버지와 어머니는 정말 괴물을 본 것처럼 뒷걸음질을 치기 시작했다. 아버지는 한 손으로 골프채를 찾았고, 어머니는 출구를 힐끔거렸다.

"이젠 괜찮아. 패륜아라고 생각해도 괜찮아. 아이들이 무조건 부모를 사랑할 수는 없다는 걸 이제야 깨달았거든."

나는 천천히 다가가 아버지의 팔목을 왼손으로 잡았다.

"이 팔로 날 그렇게 잔인하게 때렸지. 팔부터 시작하는 게 좋겠네."

"으아악! 너 감히 아버지한테! 네가 지금 이렇게 클 수 있었던 게 누구 덕분인데!"

"할 말 있으면 지금 빨리 다 해요. 얼마 못 가 기절할 테니까."

어머니는 핸드폰을 들고 기자들이 있는 밖으로 뛰었다. 집에 살인자가 있다며 정신없이 신고하는 다급한 목소리도 들렸다. 아버지는 협박에서 회유로 전략을 바꾼 듯, 내게 애원하기 시작했다.

"아악! 주영아, 내가 널 얼마나 사랑했는데! 살려줘라, 제발……."

지금은 어차피 날 막을 이주영도 없다. 나는 자비를 베풀 생각이 없었다. 애초에 부모님은 나에게 자비를 가르쳐주지 않았다. 검은 파도는 평소보다 느리게, 그러나 긴 시간 상상했던 장면보다는 빠르게 아버지의 몸에 퍼졌다.

"아버지가 말씀하셨잖아요. 이 세상에 자비 따위는 없다고."

마지막 순간에 내 말을 들었던 걸까. 아버지의 눈에서 이제껏 본 적 없던 눈물이 한 방울 흘러내렸다. 의미 모를 그 눈물방울이 미처 바닥에 떨어지기 전, 아버지의 몸은 한 줌 재로 돌아갔다. 그 잿더미를 바라보다 문득 저승할망이 떠올랐다. 자신에게 해산하는 법을 가르쳐주지 않아서 수모를 당하게 한 부모에게, 아이를 달랠 생각은 하지 않고 그저 흉포하다며 버린 부모에게, 저승할망은 복수를 했을까?

나는 천천히 밖으로 걸음을 옮겼다. 오른쪽 눈을 감자 바로 앞에 있는 어머니부터 대문 앞에 모여 있는 기자들까지, 모든 어른들의 과거 죄악이 보였다. 자식이 학대당하는 걸 방관했던 여자, 자극적인 언어로 오해를 불러일으켜 수많은 사람에게 상처를 준 기자, 어린 시절 친구를 심하게 괴롭혀 그에게 평생 지울 수 없는 트라우마를 남긴 사람, 그리고 타인의 비극을 조롱하려 몰려드는 사람들.

"죄를 지었으면 벌을 받아야지."

나는 죄악이 보이는 사람마다 검은 파도를 흘려보냈고, 그 누구도 나를 막지 못했다. 내 집이었던 곳은 사람들의 공포와 절규로 물들어 마치 생지옥을 보는 듯했다. 쓰러진 그들을 뒤로하고 시내로 나갔다. 그곳에는 더 많은 죄악이 있었다. 몇몇 사람을 붙들고 검은 파도를 흘려보내자 사람들은 비명을 질러댔고, 나를 피해 도망 다니느라 순식간에 시내가 아비규환이 되었다.

쓰면 쓸수록 힘이 강해지는 게 느껴졌고, 기분이 산뜻해졌다. 이 순간 내가 제일 강하다는 우월감. 그 우월감은 분노를 먹고 자랐고, 분노는 검은 파도가 흘러나올 때마다 더 크게 일렁였으며, 분노가 크게 일렁일 때마다 검은 파도는 더 넓고 빠르게 퍼져나갔다. 곧 일일이 손을 대지 않고도 검은 파도를 보내는 법을 자연스레 터득하게 되었고, 시간이 더 지나자 내 걸음걸음마다 검은 파도는 알아서 제 갈 길을 찾아 나아갔다. 검은 아스팔트 위가 내 파도에 덮여 완연한 어둠이 되었다. 그렇지만 이런 식으로 전 세계를 돌 수는 없었다.

'힘이 더 필요해. 처음 소원을 빌었던 산으로 가자. 그곳에서 어른들이 없는 세상에서 처음부터 다시 시작하게 해달라고, 아니 그럴 만한 힘을 달라고 빌어보자. 저승할망을 만나 보자. 저번처럼 소원을 들어줄 거야.'

내가 답을 알 수 있었던 것은 저승할망이 준 능력 덕분이다. 그는 신이니까, 내가 이런 답을 얻을 것을 알고 있었을 것이다. 결국 내가 원하는 일은 그도 원하는 일이다. 나는 그런 알 수 없는 확신이 들었다.

나는 소원을 빌었던 산을 향해 걸었다. 군경이 내 뒤를 쫓아오고 있었지만, 신체가 강화된 내 이동 속도를 따라올 수는 없었다. 오래지 않아 처음 그 절벽에 도착했다. 그때와 마찬가지로, 여전히 안개는 앞이 잘 보이지 않을 정도로 짙었다. 그때 멀리서 누군가의 숨소리가 들렸다.

"주영아!"

이주영이었다. 어디서부터 따라온 걸까. 오는 길에 경찰에게 총을 맞았는지, 온몸이 피투성이였다. 나는 피가 거꾸로 솟는 듯한 느낌을 받았다.

"어른들이 이런 거야?"

"그 사람들은 내 능력을 모르니까. 주영아, 제발 멈춰. 이런 식으로 힘으로 해결하는 건 오래가지 못할 거야. 근본적인 해결책이 아니잖아."

"그래서 근본적인 문제를 제거하려고. 어른들. 어른들을 없애자. 저승할망에게 빌어보는 거야. 저승으로 그들을 모두 데려가 달라고."

"저승할망? 너는 그럼 소원을……."

"응, 저승할망도 나처럼 부모에게 버림을 받았었어. 결국 날 이해해 줄 수 있는 건 저승할망뿐이야."

"너 그래서 지금 저 절벽을 한 번 더 뛰어내리겠다는 거야? 아무리 너라도 죽을 게 뻔하잖아! 가지 마. 나랑 같이 내려가자, 제발."

이주영이 내 팔을 잡고 절벽 반대 방향으로 끌어당겼다. 군의 헬리콥터 소리가 점점 가까워지고 있었다. 그리고 땅의 울림으로도 많은 병력이 이 산에 집중되어 있다는 것을 알 수 있었다. 우리가 옥신각신하는 사이 따라붙은 것이다.

"너나 내려가. 괜히 나로 오해받아서 총 맞지 말고."

절벽으로 가려는 나를 이주영은 끝까지 붙잡고 매달렸고, 나는 어떻게든 이주영을 떼어내려고 안간힘을 썼다.

"소대장님, 저깁니다! 저기 있습니다!"

우리를 발견했는지 한 군인이 소리를 쳤다. 곧 병력이 우리가 있는 절벽으로 집결됐다. 아무리 우리라도 총에 맞아 벌집이 된다면 살아남기 어려울 것이다.

"꼼짝 마! 움직이면 쏜다!"

"닥쳐! 명령하지 마!"

나는 마구 소리를 지르며 나에게 총을 겨누고 있는 소대장이라는 사람을 쏘아보았다. 내 감정에 따라 검은 기운이 일어나 일렁였다. 그때였다.

"탕!"

"아악!"

발포된 총알은 내 오른팔을 관통해 나보다 먼저 절벽 아래로 떨어졌다. 소름 돋는 고통과 공포가 밀려왔다.

"쏘지 마세요! 주영아, 괜찮아? 우리 자수하자. 이제 다 끝났어. 여기서 못 도망쳐. 너도 알잖아. 이 능력 없이도 같이 아이들 구할 수 있어. 내가 끝까지 옆에 있을게. 약속할게. 응? 제발……."

군인들의 고함과 군 헬기 소리가 정신없이 머릿속을 헤집었고, 이주영은 이제 거의 울부짖고 있었다. 한껏 예민해진 나는 나도 모르게 잠시 힘이 빠져 있던 이주영을 밀쳤다. 그 순간, 부지불식간에 밀쳐진 이주영이 발을 헛디뎌 절벽 끝에서 떨어져 버렸다.

"이주영!"

다행히 이주영은 절벽 끝 돌부리를 왼손으로 잡은 상태였고, 내가 손을 뻗으면 잡을 수 있는 거리였다. 그러나 오른팔은 총에 맞는 바람에 힘이 들어가지 않아 왼손으로밖에 이주영을 잡을 수 없었다. 그리고 이주영은 오른손으로만 내 손을 맞잡을 수 있었다. 우리는 서로 능력이 담긴 손을 맞잡아 본 적이 없다. 서로의 손을 잡았을 때 과연 어떤 일이 벌어질지 예측할 수 없었다. 이미 만신창이가 된 이주영은 더 버틸 여력이 없어 보였고, 군인들은 우리가 두려운지 총부리만 겨눈 채 가까이 올 생각을 하지 않았다. 왜 어른들은 우리를 이렇게 극한의 상황으로 밀어버리는 걸까.

"이주영, 나 왼손밖에 뻗을 수가 없어."

"괜찮아, 괜찮아 주영아."

갑자기 걷잡을 수 없이 눈물이 흘렀다. 나는 그럴 상황이 아니라는 걸 인지하지 못하고, 토해내듯이 이주영에게 원망을 쏟아냈다.

"나, 너무 화나. 너한테 너무 화가 나. 왜 너까지 날 이해해 주지 않는 거야? 왜 나랑 다른 방향으로 가는 거야?"

"아니야, 주영아. 누구보다 널 이해해. 다른 방향이 아니라 결국 같이 걸으려고 이러는 거야. 정말이야."

"네가 걸림돌이라는 말, 진심 아니었어. 항상 널 친구로 생각했어."

아이처럼 울며 내뱉은 내 진심에 이주영은 살짝 놀란 듯 눈을 크게 떴다. 그리고는 곧 대답 대신 빙긋 웃었다.

뒤에서 전진 명령이 들렸다. 군인들은 아주 좁은 보폭으로 한 발자국씩 위태로운 우리를 향해 다가왔다. 그들이 점점 가까워질 때마다 내 심장 소리도 점점 커져갔다. 이주영은 더는 버티지 못할 것처럼 보였다.

나는 왼손을 힘껏 내밀었고, 이주영은 오른손을 뻗었다. 절벽의 가장자리는 부서질 듯 위태로웠다. 닿을 듯 말 듯 손끝이 엇갈리던 우리는 결국 서로의 손을 잡는 데 성공했고, 절대 놓지 않겠다는 각오로 힘을 주었다.

검은 파도가 따뜻한 금빛에 덮이며 차갑고 외로웠던 마음에 온기가 돌기 시작했다. 이주영과 맞잡은 손에서부터 심장, 발끝까지 사랑이 느껴졌다. 아, 나는 이 아이에게만큼은 진심으로 사랑받고 있었구나. 거짓말이 아니었구나. 조금만, 조금만 더 빨리 이 온기가 내게 왔더라면 우리는 지금쯤 절벽이 아니라 흘러가는 하늘을 바라보며 서로의 미래를 그리고 있었을까.

맞잡은 손에서 밝은 빛이 뿜어져 나와 따뜻하게 우리를 감쌌다.

기적처럼 예지몽을 꾸지 않았던, 평화로운 어느 날이었다. 우리는 옥상에 함께 누워 높고 푸른 하늘을 보다가 할망에게 빌었던 소원이 무엇이었는지 서로 물었다. 이주영은 처음에 소원은 말하면 안 이루어진다고, 말하지 않겠다고 버티다가 스치는 바람 같은 목소리로 작게 속삭였다. 나는 못 들은 척 되물었고, 이주영은 다시 말해주지 않았다. 그러나 나는 분명히 들었다.

"나는 모두가 행복해졌으면 좋겠다고 빌었어."

그리고 나의 소원은…….

'나는 내가 사랑받고 있는지 알려달라고 빌었어.'

에필로그

"야, 구주영! 무슨 생각하는데 불러도 대답이 없어?"

이주영이 따뜻한 커피를 건네며 한마디 했다. 나는 대답 없이 받았다. 작년 겨울 일이 생각났다고 말하면 이주영이 또 그 지긋지긋한 이야기를 떠들어댈 게 분명했다.

"와, 고맙다고도 안 하는 것 봐. 너는 진짜 사람이 어쩜 이렇게 한결같냐? 그날 하루만 딱 잘해주고. 근데 아무리 생각해도 참 신기해, 그치? 작년에 그 사당에서……."

이런, 결국 시작했다.

작년 겨울, 절벽에서 손을 맞잡은 우리는 밝은 빛과 함께 떨어졌고,

다시 한번 사당을 마주했다. 이번에는 함께였다. 사당 안에는 거대한 그림이 걸려 있었다. 저승할망이었다. 여전히 한 손에는 아기의 해골을 들고 있었는데, 그때와는 달리 다른 한 손은 또래로 보이는 아이의 손을 잡고 있었다.

"삼승할망이다! 이번에는 어떤 아이랑 손을 잡고 있네. 아, 저 아이가 혹시 저승할망이야?"

저승할망과 삼승할망이 손을 잡고 있는 그림이라니. 둘이 사이가 좋았던가? 유심히 그림을 살피고 있는데, 갑자기 사방에서 두 아이의 목소리가 겹쳐 들려왔다.

〔아이들아, 못난 이들 때문에 많이 고생했구나. 인간들이 발전하면서 우리는 인간들의 세상에 직접 간섭할 수 없게 되었단다. 그래서 너희가 우리의 눈과 귀, 손과 발이 되어주길 원했으나 너희가 괴로워하니 우리 마음이 곱절로 괴롭다. 너희가 세상의 악함을 이겨낼 수 있을 만큼 마음이 단단해질 때까지 우리의 힘은 닫아두겠다. 하지만 항상 우리는 너희 곁에 있을 거란다.〕

"저기요! 잠깐만요!"

나는 그들에게 묻고 싶은 게 많았다. 하고 싶은 이야기도 많았다. 하지만 입을 채 열기도 전에 어디선가 거센 바람이 불어왔다. 눈을 질끈 감고 애타게 그들을 불렀으나, 대답은 들리지 않았다. 그리고 바람이 잔잔해질 때쯤 다시 눈을 뜬 우리는 곧 헛웃음을 지었다.

"또 여기야?"

우리는 처음 그 하산길에 서 있었다. 신들도 어지간히 창의력이 없나 보다. 같은 레퍼토리인 걸 보니.

"더럽게 일방적이네."

"그러게 말이야."

그나저나 이러고 있을 때가 아니었다. 다시 정신을 차리고 우리를 쫓는 군경들로부터 도망쳐야 했다. 나는 얼른 이주영의 손을 잡고 달리려 했다. 그런데 이주영이 꿈쩍도 하지 않았다.

"구주영, 주변 좀 봐. 다들 아무렇지도 않아. 우리를 분명 봤는데도."

이주영의 말을 듣고 보니 뭔가 이상했다. 온갖 매체에 얼굴이 다 노출되었으니 이 나라에 산다면 우리를 모르기가 더 어려울 것이다. 그런데 산을 내려가는 사람들 모두 우리를 지나쳐가기만 했다. 그때, 산을 내려가는 무리 중 한 사람이 함께 걷던 사람에게 하는 말이 들려왔다.

"어, 뭔가…… 이상하게 왜 방금까지 자고 일어난 느낌이지? 뭘 잊은 것 같기도 하고."

"어? 나도. 오늘 너무 무리했나?"

그들만 이상한 게 아니었다. 우리를 쫓던 군경들도 사라졌다. 혹시나 해서 산 위까지 올라가 보기도 하고 근처 둘레길도 살펴보았지만, 어디에서도 그들을 찾을 수 없었다.

알고 보니, 시간은 우리의 정체가 밝혀지기 전으로 돌아가 있었다. 내가 폭주해서 다치게 했던 사람들은 다시 멀쩡해져 평범한 일상을 살았다. 처음 우리를 제보했던 이주영의 친부는 아예 우리에 대한 기억을 잃은 상태였다. 그러나 단 하나, 재가 되어 사라졌던 아버지는 행방불명이 되었다. 그가 죽었는지, 정말로 잘못을 깨닫고 떠났는지,

아니면 누군가에게 보복을 당했는지 아무도 모르는 일이었다.

그렇게 모두가 우리의 정체를 잊었고, 우리는 능력을 잃었다. 지금도 아파하고 있을 수많은 아이들을 생각하면 두 할망이 원망스럽기도 했지만, 이제는 나도 힘으로만 해결되지 않는다는 걸 잘 알기에 이주영과 함께 열심히 공부하고 있다. 이주영의 집에서 따뜻한 사랑을 받으며 말이다. 아버지가 행방불명된 후 어머니는 나를 버려둔 채 어디론가 사라져버렸다. 그런 나를 보다 못한 이주영이 부모님께 내 이야기를 했고, 이주영의 부모님은 내게 선뜻 함께 살자 제안했다. 따뜻한 가족의 품이 그리웠던 나는 망설임 없이 그들의 집으로 향했다.

어느 날, 이주영과 함께 쇼핑을 갔다가 점심을 먹는 중이었다.

쨍그랑!

아이가 실수로 컵을 깨뜨렸는지 부모의 눈치를 보고 있었다. 아이의 아버지는 아이를 무섭게 노려보더니, 아무 말 없이 아이의 팔을 우악스럽게 잡고 밖으로 끌어냈다.

"잘못했어요, 아빠! 다신 안 그럴게요. 잘못했어요! 아빠, 제발!"

"조용히 안 하면 더 맞는다."

아이는 겁에 잔뜩 질린 채로 질질 끌려 나갔다.

이주영과 나는 동시에 서로를 바라보았다. 그리고는 약속이라도 한 듯 일어나 그 뒤를 따라가기 시작했다.

내 손에서 검은 무언가가 일렁이기 시작했다.

아름다운 복수

홍예림

원천 서사 〈춘향전〉 줄거리

전라도 남원에 월매라는 기생이 있었다. 월매가 기생 일을 그만두고 서울 성 참판의 둘째 부인이 되어 정성껏 기도한 끝에, 하늘나라 선녀가 품에 날아드는 꿈을 꾸고서 딸 춘향을 낳았다. 세월이 흘러 어느덧 춘향이 열여섯이 되던 해, 남원 사또의 아들 몽룡이 방자를 데리고 봄 경치 구경을 하러 광한루에 나갔다가 그네 타는 춘향을 보고 한눈에 반한다. 이후 서로에게 호감을 가지고 만나던 두 사람은 비록 혼인식을 올리지는 못했으나 부부의 인연을 맺고 꿈처럼 행복한 시간을 보낸다.

그러던 어느 날, 몽룡은 동부승지로 임명된 아버지를 따라 한양으로 가게 된다. 몽룡은 춘향에게 반드시 장원 급제하여 다시 돌아오겠다고 약속하지만 떠나가는 몽룡도, 남은 춘향도 매우 슬퍼했다.

몇 달 뒤 남원 고을에 변학도라는 새로운 사또가 부임하게 되었는데, 이 사또는 탐관오리였다. 그는 남원에서 가장 아름답다고 소문난 춘향을 보고 싶어 강제로 데려오려 하지만, 춘향은 변 사또의 요구를 매번 거절한다. 이에 매를 맞고 결국 감옥에 갇히고 만다.

한편, 한양에 간 몽룡은 밤낮으로 공부하여 과거 시험에서 장원 급제하고 전라도 암행어사로 임명된다. 거지꼴로 변장하고 전라도 땅으로 들어선 몽룡은 자신의 신분을 숨긴 채 악명이 자자한 변 사또의 생일잔치에 참석한다. 변 사또가 한창 술에 취했을 무렵, 몽룡은 암행어사 출두를 외치고 역졸들과 함께 관아로 들이닥친다. 춘향의 정절을 시험하기 위해 몽룡은 정체를 숨기고, 자신의 수청을 들면 목숨만은 살려준다며 회유한다. 하지만 춘향은 차라리 자신을 죽이라며 이를 거절한다. 그때 몽룡은 자신의 정체를 드러내고, 암행어사가 몽룡임을 확인한 춘향은 감격의 눈물을 흘린다. 이후 임금은 몽룡에게 더 큰 벼슬을 내리고 춘향에게는 정렬부인이라는 호칭을 내린다. 춘향은 몽룡의 정실부인이 되어 오래도록 함께 살았다.

〈아름다운 복수〉 작품 의도

모르는 사람이 없을 만큼 유명한 고전 〈춘향전〉을 현대적 시각으로 재해석하면서, 여성이 정절을 지키는 사랑 이야기가 아닌 주인공 춘향의 당당한 성격에 집중한 새로운 이야기로 풀어내었다. 고전에 숨겨진 틈을 발견하여 상상력을 불어넣었는데, 그 상상력의 원천은 〈춘향전〉을 읽으며 들었던 의문이었다.

'똑똑한 춘향이 몽룡을 기다리는 이유가 오직 여성의 정절 때문이었을까?', '춘향의 아버지는 정말 성 참판이 맞을까?', '몽룡의 성씨가 '성'이라는 설도 있는데, 과연 사실일까?', '〈춘향전〉은 어떻게 널리 알려질 수 있었을까?'와 같은 질문들 속에서 야망 있는 춘향과 사연 있는 몽룡, 그리고 당시 시대를 반영한 '전기수'라는 인물이 탄생할 수 있었다.

고전이 쓰인 당시 부당했던 사회적 통념을 뒤집고, 오늘날의 독자들이 불편함 없이 〈춘향전〉이라는 작품을 다시 생각해 볼 계기를 마련하는 데 의의를 두었다. 이 작품을 통해 독자들이 고전을 향한 부정적인 시선을 조금이나마 거두고, 〈춘향전〉을 좀 더 흥미롭게 여기며, 나아가 오늘의 시선으로 고전을 바라보는 재미를 느낄 수 있기를 바란다.

아름다운 복수

꾀꼬리를 닮은 목소리, 공작새의 아름다운 몸짓을 닮은 춤, 거기에 독수리의 용맹함까지 지닌 월매라는 여인이 있었다. 월매는 한창 사랑에 빠져 더없이 행복한 나날을 보내고 있었다. 어느 날, 월매는 지짓거리를 걷던 중 자신을 붙잡는 목소리를 들었다.

"관상 봐줄게, 돈 내고 가."

평소라면 거들떠보지도 않았을 텐데, 이상하게도 월매는 무언가에 홀린 듯 엽전을 꺼내 관상가에게 건넸다. 엽전을 받아 넣은 관상가는 말을 이었다.

"애를 가졌구먼. 그런데, 탯줄이 왜 그렇게 꼬였을꼬? 쯧쯧, 자네에게 너무 강한 씨가 들어왔어. 살고 싶으면 애를 죽여. 아니면 자네가 죽네. 만약 살린다면 후세에 크게 이름을 떨치긴 하겠지만……. 쉽진 않겠구먼. 지독히도 안타깝고 아름다운 팔자야."

관상가의 말이 그다지 와닿지 않은 월매는 '그럼 그렇지.' 하며 몸을 돌렸다. 그러다 문득 이상함을 느꼈다. 자신은 관상가에게 회임을 한 사실을 말하지 않았고, 아직 배도 나오지 않았기 때문이다. 놀란 월매가 어떻게 알았느냐 물으려 다시 뒤를 보았는데, 관상가는 온데간데 없고 허공에는 먼지만 떠돌았다. 팔 개월 후, 월매는 피부가 눈처럼 희고 눈썹이 진한 딸을 얻게 되었다.

아이의 아버지는 아이가 세상에 나오기 달포 전, 월매가 먹고 싶다던 산딸기를 구해오겠다며 함박눈이 쏟아지는 날 집을 나섰다. 그러나 어찌 된 일인지 그는 집으로 돌아오지 않았다. 월매는 그가 다시 오기를 기다리면서 태어난 아이에게 봄의 향기를 불러온다는 뜻을 담아 '춘향'이라는 이름을 지어주고 지극정성으로 돌봤다. 양반이 아닌, 더구나 남성도 아닌 여성은 글을 배울 필요가 없었지만, 월매는 《천자문(千字文)》과 《소학(小學)》, 《논어(論語)》를 춘향에게 가르치며 누구에게도 뒤지지 않도록 지원했다. 지극한 어머니의 정성 덕분이었을까, 열여섯이 된 춘향은 동네 어느 양반가의 자제보다도 똑똑하고 지혜롭게 성장했다. 이와 더불어 어머니의 재능을 그대로 물려받아 춤과 노래 실력이 탁월하고, 뛰어난 미색까지 겸비했다. 그러다 보니 남원에서 춘향을 모르는 이가 하나도 없었다. 춘향과 손 한번 잡아보고 싶어 아침부터 밤까지 춘향의 집 앞을 서성거리는 남정네들이 끊이지 않았으며, 양반가의 자제들마저 춘향 생각에 글공부를 하지 못할 정도였다.

춘향은 자신의 인기를 알고 있었지만, 마냥 기쁘지만은 않았다. 남성이었다면 과거를 보고 장원 급제해 가문을 일으킬 수 있었을 텐데, 고작 시시한 남성들의 꽃으로만 살아야 하는 삶이 억울했다. 그래서 춘향은 서책을 뒤져 과거에 여성이 자신의 힘으로 신분 상승에 성공한 사례가 있었는지 찾아보았다. 그러나 춘향의 기대와는 달리 역사에는 남성의 힘을 빌려 운명을 바꾼 여성들만 기록돼 있었다. 그렇다면 지금 자신이 할 수 있는 최대한의 출세란 무엇일까. 기껏해야 남원에서 제일 높은 양반의 첩 자리 정도일 것이다. 그러나 그 정도로는 도무지 성에 차지 않았다. 타고난 핏줄 때문에 양반이 될 수 없다는 건 너무 부당했다. 그래서 춘향은 핏줄 따위는 가뿐히 넘어설 수 있는 누군가를 찾아 궁에 들어가기로 했다. 후궁이 된다면 신분 상승은 물론 자신과 어머니를 버린 아버지를 찾아내 그 잘못을 따져 물을 수도 있을 것이다. 아직도 어머니는 아버지가 돌아올 거라 굳게 믿고 있지만, 춘향은 아버지가 스스로 돌아오는 일은 평생 없을 것이라 여겼다. 그럼에도 언젠가 그를 만난다면, 달라진 자신의 운명을 자랑스레 내보이며 과거의 선택을 평생 후회하게 만들어 주리라 마음먹었다. 그리고 그것은 곧 춘향을 살게 하는 원동력이 되었다.

춘향이 한창 궁에 들어갈 방안을 찾고 있을 때, 남원에 새 사또가 부임했다. 사또의 아들이 자신의 또래이며 명석한 두뇌를 가지고 있다는 소식을 접한 춘향은 그를 자신의 편으로 만들어 궁으로 향하는 징검다리 역할을 하게 해야겠다고 생각했다. 춘향은 자신의 동무이자 몸종인 향단이를 불러 사또의 아들에 대해 알아보라고 지시했다. 그의 이름은 몽룡이었고, 춘향보다 한 살 어렸다. 향단이는 달포쯤 몽룡을 관찰하고 조사한 뒤, 춘향에게 그의 취향과 취미 등 수집한 정보를 자세히 알려주었다. 춘향은 이를 바탕으로 몽룡과의 첫 만남을 단옷날로 결정했다.

단옷날이 되자, 춘향은 몽룡의 눈에 띄기 위해 곱게 단장한 뒤 그네를 타러 나갔다. 으레 양반들은 청순하고 맑은 여인을 좋아하므로, 살면서 지어본 적 없는 가장 순수한 웃음을 지으며 바람에 몸을 맡겼다. 저 멀리서 몽룡의 시선이 느껴지자 춘향은 일부러 그를 보는 듯 마는 듯 눈길을 주며 애를 태웠다. 그러다 그네가 멈추기 바로 직전에 그의 눈을 마주치고 살짝 미소를 지었다.

잠시 바람을 쐬러 마실을 나선 몽룡은 춘향의 미소를 보고 설레는 마음을 감추지 못하며 함께 나온 몸종 방자에게 물었다.

"방자야, 저 여인이 누구인지 알고 있느냐?"

"춘향이라는 여인이옵니다. 남원에서 제일가는 기생, 월매의 여식이지요."

"기생의 딸? 어디 한번 데리고 와보거라. 내 얼굴 좀 봐야겠다."

"춘향의 어머니는 기생이지만, 춘향은 기생이 아니옵니다. 특히 글솜씨가 대단하여 여자 중의 군자로 불린다고 합니다. 감찰사, 군수, 현감까지 온갖 양반들이 모두 춘향을 만나 보려 했지만, 한 번도 만난 적이 없다 하더이다."

"얼마나 대단한 여성이기에 그러는지 더욱 궁금하구나. 얼른 다녀오거라."

춘향의 예상은 정확히 맞아떨어졌다. 아니나 다를까, 그네에서 내리자마자 몽룡의 몸종이 달려오는 것이 보였다.

"아씨, 저희 도련님께서 아씨를 뵙고자 청합니다. 함께 좋은 시간을 보내시자고……."

"예의를 갖추지 않으시면 가지 않는다고 전해라."

당돌한 춘향의 말에 몽룡은 더욱 흥미가 생겼다. 그는 이내 태도를 바꿔 글동무로 청한 것이라며 다시 방자를 보냈다. 그제야 춘향은 못 이기는 척 방자를 따라나섰다. 막상 만나고 보니, 역시 별 것 없는 어린 사내였다. 일이 쉽게 풀릴 것 같다는 생각을 하며 춘향은 몽룡의 집안에서 알 수 없도록 은밀하게 매일 몽룡과 서찰을 주고받고, 날이 좋을 때면 아무도 오지 않는 깊은 숲길을 같이 걸으며 정을 쌓아갔다.

그와 시간을 같이 보낼수록 춘향은 의외로 몽룡이 자신과 참 닮았다는 생각을 했다. 매사에 호기심이 많고, 서책을 좋아한다는 것. 외로움을 느끼지만, 남들에게 약하게 보이기 싫어 티를 내지 않는 것. 너무 일찍 철이 들어버린 것. 그래서일까. 입궁을 위해 이용만 하려 했던 그에게 춘향은 동질감과 함께 조금씩 애정을 느꼈다. 어떤 때는 자신과 같은 처지가 아닌 걸 알면서도 한 살 어린 몽룡이 마치 자신의 동생처럼 느껴지기도 했다.

글공부밖에 모르는 아버지와 왠지 모르게 자신을 탐탁지 않게 여기는 어머니에게서 충분히 사랑받지 못하며 자란 몽룡도 자신만을 바라봐주고 돌봐주는 춘향에게 이미 정신적으로 큰 의지를 하고 있었다. 몽룡은 자신이 살아온 열다섯 해 동안 부모님의 사랑을 받고자 부단히 노력했으나, 항상 외로움을 느꼈다. 자신을 깍듯하게 대하지만, 어딘가 묘하게 무시하는 눈빛으로 자신을 보는 노비들을 보면서 무언가 석연치 않다고 느낀 순간도 한두 번이 아니었다. 어린 몽룡은 집안에 자신의 편이 하나도 없다고 생각했다. 그래서 눈치를 보며 일부러 사고도 쳐보고, 말씽도 부려보았다. 그러나 몽룡의 부모는 환멸감을 드러낼지언정 몽룡을 야단치지 않았다. 그래서인지 자신이 잘못했을 때는 혼을 내주고, 잘했을 때는 진심으로 칭찬해 주는 춘향이 점점 더 좋아졌다.

서로의 결핍을 채워주고 있다는 걸 느끼자 둘은 동지애와 더불어 사랑을 느꼈다. 사랑을 시작한 순간부터 그들은 서로의 신분을 의식하지 않았고, 자연스레 경어도 쓰지 않았다. 몽룡은 매일같이 춘향을 찾았고, 춘향도 기꺼이 자신의 무릎을 내어주었다. 둘은 시도 짓고, 노래도 하고, 춤도 추며 즐거운 나날을 보냈다. 그렇게 춘향은 잠시나마 자신의 목표를 잊고 제 또래들처럼 걱정 없이 잠을 잘 수 있었다.

그렇게 더없이 행복한 날들을 만끽하던 어느 날, 춘향은 어머니께 드릴 산딸기를 따다가 어떤 사내를 바라보며 서럽게 우는 어머니의 모습을 보았다. 사내는 남루한 차림에 갓을 깊게 눌러 쓰고 지나치게 주변을 살피고 있었다. 춘향은 어머니를 뒤로하고 빠르게 돌아서는 사내를 무작정 쫓기 시작했다. 자신의 어머니를 울릴 수 있는 남자는 이 세상에 단 한 명밖에 없었다.

사내가 도착한 곳은 어느 한 조용한 주막이었다. 사내는 방에 들어갔다가 곧 다시 나왔는데, 차림새가 전혀 다른 사람으로 변해 있었다. 그가 입고 있는 옷은 관리의 도포처럼 보였다. 사내는 심복으로 보이는 누군가와 함께 빠른 걸음으로 주막을 나섰다. 그를 미행하던 춘향은 주변에 보이는 익숙한 풍경에 경악을 금치 못했다. 사내가 당당하게 들어간 곳은 남원 사또의 아들, 몽룡의 집이었다. 사내가 들어가자

주인을 모시는 분주한 소리가 들렸다. 춘향은 직감했다. 이 집의 주인이 바로 그렇게 찾던 아버지라는 걸.

새 사또가 부임했을 즈음 어머니의 얼굴에 꽃이 피었던 것도, 밤에 볼일이 있다고 하며 가끔 집을 비웠던 것도 춘향은 이제야 이해가 갔다. 어렸을 적 꽤 많은 돈을 들여 성 참판의 족보에 자신을 올렸던 것도 사실은 자신을 위해서가 아니라 그 파렴치한 사내에게 피해가 갈까 그랬던 것이었을까. 이렇게나 가까이에 있었으면서 알아보지 못한 스스로가 한심했다.

그리고 곧 모든 게 원망스러워지기 시작했다. 아버지를 만나고 있다는 말을 해주지 않은 어머니도, 아직 양반이 아닌 자신의 처지도, 그리고 걸어올 수 있는 가까운 거리에 있었으면서 단 한 번도 자신을 찾아오지 않은 아버지라는 작자도. 게다가 몽룡은 자신의 배다른 동생이었다니. 춘향은 실소를 터뜨렸다. 닮았다고는 생각했지만, 피가 섞였다니. 그것도 자신이 가장 증오하는 작자의 피가 섞인 존재였다니……. 춘향은 지금 이 순간이 꿈이기를 간절히 바랐다. 어머니 이후로 처음 애정을 나눈 이였다. 이용하려던 처음의 목적과는 달리 자신도 모르게 점점 몽룡을 진심으로 대하게 됐다. 그런데 이렇게 잔인한 사실을 왜 이제야 알게 됐을까. 춘향은 다리에 힘이 풀려 그만 주저앉고 말았다. 하지만 복수를 위해서는 감정을 죽여야 한다. 사랑이 더 커지기 전에 여기서 멈춰야 한다. 믿을 수 없는 운명에 춘향은 곧 미친 듯이 웃기 시작했다.

한참을 그렇게 우는 듯 웃는 듯, 점점 무너지고 있을 무렵 갑자기 누군가 춘향을 인적이 드문 곳으로 이끌었다. 희고 가는 손을 보니 몽룡이었다. 몽룡은 아버지가 동부승지 벼슬을 하게 되어 내일 바로 한양으로 떠나게 되었다고 눈물을 흘리며 말했다. 어머니께 춘향과 같이 한양으로 가고 싶다고 고했으나, 앞으로의 벼슬길에 방해만 될 테니 쓸데없는 소리 하지 말라고 꾸중만 들었다며 주저앉았다.

그 말을 듣자 춘향은 오히려 잘됐다는 생각을 했다.

'그래, 여기서 그만하자. 너와는 상관없이 난 나의 복수를 하고 말 거야. 평생 이것만 생각하며 살았어. 내게 너보다 더 중요한 건, 바로 아버지란 작자에게 복수하는 거야.'

그러나 한편으로는 분노가 머리끝까지 차올랐다. 또 도망치는 건가. 자신이 태어났을 때처럼 또 홀연히 사라지려는 그를 다시 놓칠 수는 없었다. 어떻게 해야 할까, 어떻게 해야 그를 잡을 수 있을까. 그리고 곧 춘향은 결심했다. 아버지가 자신과 어머니를 떠나도, 자신은 절대 아버지를 떠나지 않겠다고. 어디에 있든 반드시 찾아내겠다고.

그러기 위해서는 이대로 몽룡을 놓을 수 없었다. 몽룡은 아버지에게 갈 수 있는 가장 빠른 길이었다. 그 길을 벗어나 돌아가기에는 세월이 너무 아까웠다. 그래, 복수가 먼저다. 원래 계획했던 대로 몽룡을 계속 이용하자. 몽룡에게 느낀 감정은 한순간일 것이다. 언젠가 아버지에게 자신이 아닌 다른 자식이 있다면 그 또한 무너뜨리리라 다짐했었다. 그러니 이건 정당한 일이다. 애초에 이 비극은 자신과 어머니를 버린 아버지로부터 시작된 것이었다.

'원망하려면 뻔뻔하게 너를 낳은 네 아비를 원망해. 그래도 넌 양반으로 태어났으니, 지금까지 아쉬운 것 없이 살았잖아.'

결정을 끝낸 춘향은 주저앉은 몽룡을 일으켜 솔직한 자신의 바람을 말했다. 자신은 아주 오랫동안 신분 상승을 꿈꿔왔고, 달라진 신분으로 어머니와 자신을 버린 아버지에게 복수하고 싶다고. 이걸 목적으로 몽룡에게 다가갔던 것이라고. 그러니 진정으로 자신을 위한다면 과거에 장원으로 급제하여 반드시 남원으로 돌아오라고, 자신은 부모에게 휘둘리지 않는 힘 있는 양반이 좋다고 강조했다. 그러면서 만약 그런 사람이 된다면 그때는 몽룡의 마음을 받아들이겠다 약조했다. 그리고 이를 해내지 못하면 자신은 입궁하여 신분 상승을 이룰 것이라는 말도 덧붙였다.

춘향의 말을 듣고, 몽룡은 한 번이라도 자신의 삶이 오롯이 자신의 것이라 생각해 본 적이 있는지 되돌아봤다. 아니, 애초에 그런 고민조차 하지 않았다. 그저 숨을 쉬고 있으니 살아가는 것뿐이었다. 목적 따위는 필요 없는 삶이었다. 서낭을 같이 다니는 아이들은 부모님과 가문을 위해 입신양명을 꿈꾼다는데, 몽룡의 부모는 몽룡에게 아무것도 원하지 않는 듯 보였다. 그저 아버지의 명성에 누가 되지 않게 행동거지를 조심하라 이를 뿐이었다. 타고난 머리 덕에 학문에 뜻이 없어도 낙방하지 않으니 몽룡의 삶은 더욱더 재미가 없었다. 사실 몽룡은 춘향이 신분 상승을 위해 자신에게 접근했다는 사실을 어렴풋이 눈치채고 있었다. 하지만 알면서도 춘향을 향한 마음을 멈출 수가 없었다. 의미 없다 생각했던 삶에 처음으로 연모하는 이가 생겼으니, 드디어 살아갈 이유가 생긴 것이다. 춘향을 누구보다 행복하게 해주고 싶었다. 그러나 입궁하면 평생을 궁에만 갇혀 살아야 한다는 사실을 아는 몽룡은 춘향이 궁에 들어가게 놔둘 수 없었다. 자신이 지금껏 알아온 춘향은 새장 속의 새가 아니라 훨훨 날아다니는 나비가 더 어울리는 여인이었다. 그런 그녀가 지금 자유롭기 위해서는 자신의 도움이 필요하다고 말한다. 고민할 필요도 없다. 온 힘을 다해 춘향의 신분 상승을 물심양면으로 도울 것이다. 몽룡은 이러한 자신의 마음을 춘향에게 전했다.

몽룡의 각오를 들은 춘향은 최대한 빠른 시일 내에 과거 급제를 하여 임금의 총애를 받아야 한다고 몽룡에게 당부했다. 그래야 좀 더 빨리 올라갈 수 있었다. 헤어지기 전, 좀처럼 발을 떼지 못하는 몽룡에게 춘향은 다시 한번 힘없는 철부지 양반은 싫다고 단호히 말했다. 그 말에 몽룡은 가슴이 찢어지는 듯했으나, 피가 날 정도로 두 손을 꽉 쥐고 눈물을 흘리는 춘향을 보고 곧 마음을 다잡았다. 몽룡은 반드시 과거에 급제하여 자신의 모든 것을 이용해 평생을 춘향의 곁에 있겠다고 결심했다. 어느새 춘향은 몽룡의 마음에 구원자와 같은 존재로 자리 잡고 있었다.

춘향의 당부를 명심하겠다는 서찰을 남긴 채, 몽룡은 한양으로 떠났다. 몽룡은 미친 듯이 공부에 매달렸고, 춘향이 보고 싶을 때마다 그리움을 담은 서찰을 써 춘향에게 보냈다. 답신은 자주 오지 않았지만 몽룡은 춘향이 자신을 여전히 기다리고 있다는 것을 알고 있었다. 춘향이 보낸 서찰 안에는 항상 기다림을 상징하는 달맞이꽃이 있었으니까.

과거 시험이 얼마 남지 않은 어느 날, 마지막으로 그동안 공부한 내용을 정리하던 중에 춘향에게 서찰을 전해주고 온 방자가 급하게 몽룡을 불렀다.

"도련님! 지금 춘향 아씨께서 새로 부임한 변 사또 때문에 모진 고초를 겪고 있습니다. 제가 직접 이 두 눈으로 똑똑히 보았습니다. 남원에 새로 온 사또는 정말 악독하고, 탐욕스러운 인간입니다. 아, 그리고 아씨께서 드디어 저번 서찰에 대한 답신을 주셨습니다."

몽룡아, 드디어 과거를 치르겠구나. 아마 이게 마지막 답신이 될 것 같아. 저번 서찰을 받았을 때 바로 답을 하고 싶었지만, 그러면 겨우 다잡은 네 마음이 흐트러질까 봐 그러지 못했어. 삼 년이 지났지만, 신기하게도 나는 여전히 네가 그립고 보고 싶어. 너와 나눈 서찰들을 읽다 보면 몸이 이렇게나 멀리 떨어져 있는데 마음은 그 누구보다 가까이 있는 것 같아. 아마 지금쯤이면 방자가 내 상황을 너에게 이야기했겠지? 나는 괜찮아. 저번 답신에 적었던 것처럼 일부러 여색을 밝히는 탐욕스러운 인물을 남원에 보내달라고 내가 비밀스럽게 청탁했어. 우리 이야기의 악역은 내가 섭외했으니 넌 멋지게 나타나기만 하면 돼. 그러니 힘들겠지만 넌 무슨 일이 있어도 반드시 과거에 급제해야 해. 아, 그리고 관아에 오면 꼭 내게 수청을 들라고 강요하는 척을 해줘. 우리 이야기 속의 나는 어떤 사내가 와도 정절을 지키는 지고지순한 여성으로 사람들에게 각인돼야 하거든. 그게 내가 만든 춘향이를 민중들이 응원하게 되는 원동력이 될 거야.

참, 드디어 네가 첫 서찰에서부터 부탁했던 걸 알아냈어. 달려가서 당장이라도 네게 이 사실을 알려주고 싶지만, 그러기에는 아직 우리에게 남은 일들이 많지. 모든 일이 끝나면 밤을 새워 함께 회포를 풀자.

- 기쁨과 애정을 담아, 춘향

서찰을 읽은 몽룡은 춘향에 대한 걱정과 함께 왠지 모를 불길한 예감이 들어 얼굴을 굳혔다. 당장이라도 힘들어하는 춘향에게 달려가고 싶은 마음이었다. 하지만, 과거가 먼저였다. 모든 일이 끝나고 나면 마음껏 춘향을 안고 밤새 울고 웃으며 이 모든 것들을 다시 이야기하리라 다짐했다. 몽룡은 곧 흐르는 눈물을 닦고 주먹을 꽉 쥔 채 다시 과거 준비에 몰두하기 시작했다.

장원 급제에 성공한 몽룡은 계획대로 전라도 암행어사에 임명되었다. 춘향이 방자를 통해 미리 지시한 대로 몽룡은 남루한 차림을 하고 남원에 들어섰다. 몽룡을 알아본 사람들이 수군거렸지만 몽룡은 개의치 않았다. 몽룡이 춘향의 집으로 들어가려 하자 아무것도 모르는 월매는 몽룡을 박대하며 소금을 뿌렸다. 춘향이 몇 년을 혼자 독수공방하며 기다렸는데, 어떻게 이렇게 초라한 꼴로 나타나냐며 쫓아낸 것이다. 몽룡은 묵묵히 월매의 쓴소리를 다 듣고, 향단이 안내한 허름한 방에 들어가 향단이가 알려준 춘향의 계획을 다시 되새겼다.

다음 날, 변 사또의 생일잔치가 열렸다. 잔치가 무르익자 시 짓기 경연이 열렸는데, 거지꼴을 한 몽룡이 경연에 참가해 탐관오리인 변 사또를 비판하며 그를 심판할 자가 올 것이라는 내용의 시를 지어 제출했다. 그 시에 숨겨진 뜻을 알아챈 몇몇 이들은 슬금슬금 관아를 빠져나가 도망쳤으나, 술에 잔뜩 취한 변 사또는 정신을 못 차리고 춘향을 대령하라 고래고래 소리를 지르고 있었다. 몽룡은 자리를 털고 일어나 마패를 꺼냈다.

"암행어사 출두야!"

역졸들이 요란한 함성을 지르며 관아로 달려 들어왔다. 곧이어 몽룡의 명령으로 변 사또를 비롯한 탐관오리들이 체포되었다. 몽룡은 그들을 옥에 가두도록 지시한 후 곧바로 춘향에게 향했다.

춘향이 미리 부탁한 대로 몽룡은 춘향에게 자신의 수청을 들라 명령했고, 춘향은 이를 매몰차게 거절했다. 많은 사람들이 보는 앞에서 한참 그렇게 실랑이를 벌이다 춘향이 신호를 보냈고, 마침내 몽룡은 연기를 멈추고 얼굴을 드러냈다. 오랜 인내 끝에 감격의 순간을 맞은 둘은 끌어안고 기쁨의 눈물을 흘렸다.

이 감동적인 이야기는 민중들과 전기수들의 입을 통해 조선 팔도에 널리 퍼졌고, 조정에까지 알려졌다. 이에 감동한 임금은 몽룡에게 더 큰 벼슬을 내리고, 춘향에게는 몽룡의 정실부인이 될 수 있는 특별한 은혜를 베풀었다. 춘향은 느디어 그렇게나 꿈꾸던 신분 상승의 기회를 잡은 것이다.

춘향과 몽룡이 혼례식을 올리기 위해 함께 한양에 가던 길. 춘향은 자신의 무릎을 베고 누운 몽룡의 머리칼을 쓰다듬으며 천천히 지난 이야기들을 풀어놓았다.

"네가 한양에 가고 난 다음, 달포쯤 지났을까. 방 안에 가만히 앉아 있으니까 좀이 쑤시더라고. 너도 알잖아. 나 하루도 허투루 쓴 적 없는 거. 그렇게 마냥 기다리고만 있지는 못하겠더라. 그래서 우선 네가 내게 부탁한 것부터 알아보자 마음먹었어. 네가 집안에서 왜 겉도는 건지, 그 이유에 대해서 말이야. 그걸 알아보려면 우선 한양으로 가야 했어. 어머니가 알면 반대할 것 같아서 향단이와 새벽에 몰래 떠났지.

가는 길에 혹여 도적 떼를 만날까 봐 일부러 거지처럼 변장도 하고.

한양에 들어서니 마치 별나라에 온 느낌이더라. 정말 복잡하고 사람도 많은데, 꼴이 그렇다 보니 아무도 우리에게 말을 걸지 않더라고. 지친 몸을 이끌고 겨우 근처 주막에 가서 국밥을 먹는데, 이러다 죽겠다 싶을 정도로 힘이 드니까 그냥 다시 남원으로 돌아가고 싶더라. 그런데 한편으로는 같은 한양 땅을 밟고 있을 너를 생각하니 위안이 됐어. 또 나도 네가 왜 그런 의구심을 갖게 됐는지 궁금하기도 했고.

국밥을 다 먹고 주막을 막 나서려는데, 어떤 사내가 말을 걸어왔어. 묘하게 익숙한 얼굴에 흰 두루마기와 정자관, 부채 차림이라 처음에는 선비인가 했거든. 그런데 들을수록 말을 참 잘하기는 하는데, 태도나 어투가 선비 같지가 않은 거야. 옆을 보니 향단이는 이미 그 사내의 말솜씨에 완전히 넘어갔더라고. 그는 나와 향단이에게 예쁜 장신구를 하나씩 주더니, 이야기나 하나 듣고 가라며 눈을 빛냈어.

그 사람은 사람들한테 이런저런 이야기를 들려주며 돈을 버는 이야기꾼, 전기수였어. 길목 아무 데나 털썩 앉은 그는 양반다리를 한 채 이야기를 시작했지. 얼마나 실감 나게 연기를 하던지, 해가 다 질 때까지 그 전기수의 이야기를 듣고 있었어. 선한 인물이 등장할 때는 미소가 지어지고, 악한 인물이 등장할 때는 정말 분노가 차올랐어. 꽤 오랜 시간 머물렀는데도 이야기는 끝이 나지 않았지. 아쉬워하는 우리에게 전기수는 내일 다시 오면 다음 이야기를 들을 수 있다고 했어. 우리는 뭔가에 홀리기라도 한 듯, 그 이야기가 끝날 때까지 며칠 동안이나 그의 이야기를 들었지. 나와 향단이가 듣던 그 이야기가 마침내 끝난 후, 그제야 그가 내게 물었어. 경계심이 가득한 게 한양 사람 같지는 않은데, 부모도 없이 한양에는 왜 왔는지 말이야.

그와 함께 보낸 며칠이 꽤 즐거워서 그랬을까, 아니면 한양에서 처음 만난 그가 왠지 너와 닮아 나도 모르게 의지를 해서였을까. 이유는 모르겠지만, 나는 펑펑 울면서 지금까지의 내 사정을 모두 얘기했어. 그는 마치 자기 일처럼 화를 내며 내 이야기에 공감해 줬지.

나는 나를 버린 아버지에게 꼭 복수하고 싶다고 말했어. 그는 처음에는 말렸지만, 굳은 내 의지를 보고서는 한숨을 푹 내쉬며 도와주겠다고 했지. 며칠 동안 전기수의 이야기에 푹 빠졌던 나는 너와 나, 우리 둘만의 이야기가 필요하다고 말했어. 그는 이야기에 힘이 생기려면 여러 사람들의 지지를 받아야 한다고 했어. 그때부터 그와 나는 그가 알고 있는 다양한 이야기를 토대로 새로운 이야기를 구상하기 시작했지. 어떻게 하면 사람들의 공감을 얻을 수 있을까, 어떤 시련이 극적일까 생각하면서 우리가 만난 이야기와 앞으로 일어날 이야기를 상상해 서사를 만들었어. 그러는 사이 시간은 빠르게 흘러갔고, 결국 가지고 온 돈을 다 써버렸지. 그래서 그와는 계획이 성공한 후에 꼭 다시 만나기로 약조하고 남원으로 내려왔어.

엄청나게 야단치실 거라는 예상과는 달리 어머니는 나를 보자마자 버선발로 뛰어나와 꼭 안아주시더라. 집에 돌아온 나는 전기수와 만들었던 이야기를 더 촘촘하게 다듬었어. 그리고선 우리 이야기의 악역이 되어줄 사람을 수소문 끝에 찾고, 그가 남원에 올 수 있게끔 청탁했지. 쉬운 일이었어. 날 보러 온 벼슬아치들에게 공연 몇 번만 해주면 됐거든. 이 모든 건 널 믿었기에 할 수 있는 일들이었어.

항상 긴장 속에 살던 내가 유일하게 마음을 놓을 수 있었던 시간은 너에게 보낼 답신을 쓸 때였어. 그때만큼은 현실에서 벗어나 지난날 너와 시를 짓고, 함께 손을 잡고 거닐었던 때로 돌아간 것 같았거든. 마침내 마지막 답신을 보낼 때, 지금까지의 내 고통이 네게 좋은 자극이 되길 바랐어. 다행히 계획이 성공해 지금 우리가 이렇게 같이 있을 수 있게 됐지. 몽룡아, 고마워. 넌 정말 훌륭하게 해내 줬어."

춘향의 말이 끝나고, 둘은 서로를 꼭 안아주었다. 그리고 춘향은 차마 떼어지지 않는 입을 열어 몽룡이 자신에게 부탁한 것에 대한 답을 이야기하기 시작했다.

"처음 한양에 올라왔을 때, 네가 어렸을 때 살았다던 동네에 가봤어. 비단옷을 사 입고 들어가니 다들 내가 양반인 줄 알았나 봐. 나에게 관심을 가지는 주변 양반들에게 네 어머니의 가문을 아는지 물어봤어. 그러자 자기들끼리 숙덕거리더니, 왜 그런 걸 묻느냐고 되묻더라. 향단이가 나서서 한 양반의 의뢰로 그 가문에 대해 좀 알아보고자 왔다고 말했어. 하지만 그들은 처음 보는 우리에게는 할 말이 없다 여겼는지, 점점 멀어지더라.

한참을 돌아다녀도 도통 소득이 없어서 그때는 그냥 남원으로 돌아갈 수밖에 없었어. 돌아와서는 한양에 갈 경비와 체류비를 마련하기 위해 아무도 모르게 장사를 했지. 기방에서 쓰지 않는 반지, 귀고리, 노리개, 목걸이 같은 걸 조금 다듬어서 보부상에게 팔았어. 그렇게 몇 번을 하니 비용이 마련됐고, 이번에는 어머니에게 편지를 남기고 다시 한양으로 갔어. 저번과는 다르게 비단옷이 아닌 아무 무늬도 없는 몽당치마에 짚신을 신었지. 곰곰이 생각해 보니 양반 말고도 네 어린 시절을 알 수 있는 사람이 있을 수 있겠다 싶었거든. 양반이 아닌 사람들은 모두 일하느라 분주해 보여서, 그들에게 말 붙일 기회를 보면서 정자에 앉아 잠시 쉬고 있었어. 그때 어떤 중년 여인이 조심스럽게 다가오더니, 예의 있는 말투로 저번에는 비단옷을 입고 네 어머니의 가문이 어떤지 묻지 않았었냐고 말을 걸어왔어. 나는 그렇다고 대답했고, 그는 누가 그걸 의뢰했냐 물었지. 대충 둘러댈까 했지만, 그가 뭔가를 아는 듯한 눈빛이라 솔직하게 몽룡이 네가 의뢰했다 답했어. 어차피 믿지도 않을 거라 생각하기도 했고. 자기 가문을 조사하는 양반이 어디 있겠어. 그런데, 그는 내가 한 말을 믿는 것 같았어. 진지한 표정으로 몽룡이 너에 대해 진실과 거짓을 섞어 물어오더라. 나는 그가 나를 시험하는 중이라는 걸 바로 알아차렸고, 내가 알고 있는 너에 대해 솔직하게 대답했지. 한참을 묻고 대답한 뒤에야 그 여인은 내 말을 완전히 믿었어. 나는 단도직입적으로 물었어. 네가 집안에서 느끼는 소외감이 무엇 때문인지, 너는 너를 양자로 생각하고 있는데, 이게 사실인지. 그러자 그 여인이 이제야 진실을 알릴 수 있게 되어 기쁘다며 눈물을 흘리더라. 그는 자신도 이 사실을 정확히 알게 된 지 얼마 되지 않았다며 조심스레 말을 꺼냈지. 그렇게 알게 된 속사정은 충격적이었어.

지금 네 어머니는 친어머니가 아니야. 너를 낳은 어머니는 사실 네가 지금 어머니로 알고 있는 사람의 몸종이었어. 이름은 '설'이었대. 정인이 있었고, 회임 중이었다고 해. 정인도 네 어머니와 같이 양반 신분은 아니었다고 하는데, 아마 정황상 너의 친아버지는 그분 같아."

말을 하며 몽룡과 배다른 남매가 아니라는 사실을 다시 상기한 춘향은 자신도 모르게 들뜨는 목소리를 애써 가라앉혔다. 몽룡의 입장에서는 자신의 충격적인 출생의 비밀을 알게 되는 순간이었다. 춘향은 몽룡의 등에 손을 올려 가볍게 토닥여주며 말을 이었다.

"네 친어머니가 모셨던 아가씨, 그러니까 지금 네 양어머니가 회임하지 못하는 몸이라는 걸 그쪽 가문에서 알고, 회임 중인 네 친어머니를 아무도 모르게 빼돌린 거야. 그리고는 네 양어머니는 혼인한 후, 갓 태어난 너를 자신의 아이라고 감쪽같이 모두를 속였어."

몽룡은 머리를 감싸 쥐고 엎드려서는 잠시 말이 없었다. 너무 많은 진실이 해일처럼 밀려들어 정신을 제대로 붙들기가 어려웠다. 그러다 불현듯 몸을 벌떡 일으키더니, 그럼 자신의 친어머니는 지금 어디에 있느냐고 급히 물었다. 춘향은 그런 몽룡의 손을 가만히 잡으며 말했다.

"네 친어머니는, 비밀 엄수라는 명분 때문에 네가 젖을 떼자마자 양어머니 가문에서 몰래 살해했대……."

춘향의 말을 들은 몽룡은 걷잡을 수 없는 분노와 혼란에 마구 소리를 지르며 울부짖었다. 춘향은 한양에 당도하자마자 그 여인을 다시 찾아보자며 몽룡을 달랬다. 이 모든 사실을 알려준 그 여인이 말을 마치자마자 황급히 자리를 떠나 다시 찾을 수가 없었기 때문이었다. 여인을 찾으면 몽룡의 친부모에 대한 이야기를 더 자세히 들을 수 있을지도 몰랐다.

몽룡은 충격으로 숨이 막히는 듯했다. 당장이라도 모두를 죽여버리고 싶었다. 춘향과 헤어져 한양에 올라왔을 때, 훌쩍 큰 몽룡을 보고 주변인들은 삼삼오오 모여 수군거렸다. 양반이지만 끊임없이 눈치를 보며 자란 몽룡은 그 수군거림이 자신의 출생 비밀과 관련이 있음을 눈치채고 있었다. 그러나 설사 양자로 입양된 것이라 하더라도 자신을 키워준 분들이니, 애정은 받지 못했더라도 은혜는 갚자 생각했었다.

'사람의 탈을 쓰고 어떻게 이럴 수가 있을까? 내가 지금까지 느꼈던 사무치는 외로움과 집안사람들의 박대는 내 출신이 천해서 그런 것이었나? 그럼 애초에 나를 낳아준 어머니와 내가 대체 뭐가 다르기에 나는 이렇게 살고, 그분은 그리 비참하게 죽어야 했는가?'

몽룡은 거의 정신을 놓기 일보 직전이었다. 춘향은 거센 숨을 몰아내쉬는 몽룡을 진정시키기 위해 애썼다.

"진실을 알고 나서, 당장이라도 너를 찾아가 안아주고 싶었어. 어린 네가 그 삭막한 집안에서 어떻게 버텼을지 상상도 가지 않았어. 그리고 이 사실을 네가 알게 된다면 얼마나 치가 떨릴까, 차라리 친어머니의 행방을 모르겠다고 할까 생각도 했어. 그렇지만 차마 그럴 수 없었어. 더 이상 너를 속일 수는 없으니까……. 아직 못다 한 말이 있지만, 그건 네가 좀 진정이 되면 다시 알려줄게. 우선 한숨 자자. 자고 일어나면 복잡한 마음도 조금은 가라앉을 거야."

한양에 도착하자 춘향과 몽룡의 이야기는 널리 퍼져 있었고, 둘의 혼인은 이미 세간에서 기정사실화되어 있었다. 저잣거리에는 춘향과 몽룡의 혼례를 구경하고 싶다는 이들이 줄을 섰지만, 아직 몽룡이 자신의 친아들인 줄 알고 있는 양아버지는 단식까지 하며 혼인을 반대했다. 몽룡의 어머니까지 어명이니 어쩔 수 없다며 그를 회유했지만, 그것만은 눈에 흙이 들어가도 안 된다며 강경하게 나왔다. 이 소식은 춘향과 함께 한양까지 온 월매의 귀까지 들어갔다.

화가 난 월매는 무작정 몽룡의 아버지를 찾아갔다. 월매를 막아야 할지 말아야 할지 우왕좌왕하는 노비들을 뿌리치고, 월매는 몽룡의 아버지가 있는 방의 문을 벌컥 열어젖혔다. 그리고 책을 읽고 있던 그와 눈이 마주치는 순간, 월매는 그만 털썩 주저앉고 말았다. 평생을 자기 자신보다 더 사랑한 사람이 그곳에 있었다.

그의 입신양명이 곧 자신의 입신양명이었고, 그의 기쁨이 자신의 기쁨이었다. 그런데, 사랑하는 딸 춘향의 혼인을 극구 반대하는 괘씸한 양반놈이 바로 이 사람이라니. 이럴 수는 없었다. 월매는 멍하니 주저앉아 이 모든 게 꿈이기를 간절히 바랐다.

월매를 본 그 또한 온몸이 얼어버린 듯 눈도 깜박이지 못했다. 왜 월매가, 그것도 잔뜩 화가 난 얼굴로 지금 자신 앞에 있는 건지 그도 상황 파악을 하지 못했다. 그는 이 모든 사실을 월매만은 모르게 하고 싶었다. 그러나 월매는 이미 모든 것을 알아버린 듯했다. 자신이 몽룡의 아비이기 때문에, 춘향과의 혼인을 극구 반대할 수밖에 없었던 것을.

그가 간신히 정신을 차리고 월매에게 다가가려 하자, 월매는 고개를 돌린 뒤 정신없이 방을 빠져나갔다.

몽룡은 한양에 도착한 뒤 꼬박 나흘을 앓아누웠다. 간신히 정신이 들어 바깥바람을 쐬러 밖으로 나온 몽룡은 황망히 집을 빠져나가는 월매를 보았다. 이곳은 분명 자신의 집인데, 꿈을 꾸고 있는 건가 싶어 월매가 뛰쳐나온 방향을 쳐다보니 양아버지의 방이었다. 순간 춘향에게 들은 이야기가 다시 떠오르며 증오가 끓어올랐다. 몽룡은 커다란 돌을 하나 집어 그쪽으로 천천히 다가갔다.

'양어머니에 대한 최고의 복수는 그가 그렇게나 의지하는 양아버지를 죽여버리는 것이다. 몰래 들인 양자의 손에 가장 사랑하는 사람이 맞아 죽는 잔인한 결말을 보게 하리라. 처절한 상실감과 슬픔 속에서 남은 인생을 살게 하리라. 눈에는 눈, 이에는 이다.'

몽룡은 중얼거리며 조심스레 양아버지의 방 앞에 섰다. 그런데 그때, 양아버지의 입에서 춘향의 이름이 튀어나왔다. 양아버지가 춘향을 아는 건 그리 놀랄 일이 아니었다. 그렇지만 춘향을 부르는 그의 목소리에는 왠지 모를 그리움이 가득했다.

'대체 왜 아버지가 춘향의 이름을 이렇게 애틋하게 부르는 거지? 그러고 보니, 춘향의 어머니는 왜 눈물을 흘리며 그리 급하게 이 방에서 뛰쳐나간 거지?'

몽룡은 들고 있던 돌을 떨어뜨렸다. 머릿속이 복잡했다. 그런 몽룡이 밖에 서 있는 줄도 모르고, 양아버지는 끊임없이 혼잣말을 하고 있었다.

"월아, 춘향아…… 미안하다. 미안해……."

왜 두 사람에게 사과를 하는 것인가. 몽룡은 당장이라도 뛰어들어가 묻고 싶었다. 그때, 양아버지의 입에서 왜 하필 춘향의 혼인 상대가 몽룡이냐는 탄식이 터져 나왔다. 순간 몽룡은 서늘하게 선 자신의 촉을 애써 부정했다. 아니다, 그럴 리가 없다.

남원에서 지낼 때, 춘향이 자신의 아버지에 대한 이야기를 했던 적이 있었다. 사실 자신은 성 참판의 여식이 아니라 다른 사내의 여식이라고. 그가 양반이며, 등에 큰 흉터가 있다는 것만 알고 있다고 했다. 옛날에 기방에 불이 난 적이 있었는데, 자신의 어머니인 월매를 구하다가 그 흉터가 남았다고 했다. 운명의 장난이 이렇게까지 잔혹할 수는 없다 싶으면서도, 몽룡은 양아버지의 등을 확인하지 않고서는 도저히 편히 잠자리에 들 수 없을 것 같았다.

몽룡은 잠시 물러나 양아버지가 의복을 갈아입는 순간을 기다렸다. 양어머니가 양아버지의 환복을 돕기 위해 방으로 들어가자, 몽룡은 잠시 뜸을 들이다 방문을 활짝 열어젖혔다. 예의가 아님을 알고 있었지만 지금의 몽룡에게 그런 건 중요하지 않았다.

양어머니가 깜짝 놀라며 몽룡을 나무랐고, 양아버지는 미간을 찌푸리며 황급히 옷매무새를 다듬었다. 그러나 몽룡은 분명히 보았다. 양아버지의 등에 새겨진 커다란 흉터를.

몽룡은 그대로 몸을 돌려 밖으로 나왔다. 춘향의 얼굴이 떠올랐다. 양아버지는 춘향의 친아버지이자, 복수의 대상이다. 그를 죽여버리면 춘향은 한순간에 삶의 목적을 잃게 될 것이다. 또 자신이 아버지를 죽인 자식이 되어버리면 더 이상 춘향의 곁에 있을 수도 없게 될 것이었다.

'나는 아무것도 할 수 없구나. 복수도, 무엇도…….'

몽룡은 고개를 저으며 터지는 울음을 애써 삼켰다.

한편, 몽룡의 양아버지인 탁환의 집을 도망치듯 빠져나온 월매는 어안이 벙벙했다. 오랜 세월 동안 그의 약점이 되지 않으려 얼마나 노력했던가. 이제 와 그 공든 탑을 무너뜨릴 수는 없었다. 자신과 그의 관계를 사람들이 절대 알아차리면 안 됐다. 게다가 이복남매끼리의 혼인이라니, 이 무슨 해괴한 일인가. 춘향과 몽룡의 혼인만은 무슨 일이 있어도 막아야 했다.

그때부터 월매는 몽룡에게 온갖 트집을 잡아가며 춘향에게 다시 남원으로 가자고 재촉했다. 춘향은 월매가 몽룡의 집에 다녀온 뒤부터 이러는 것을 알고 있었다. 춘향은 자신이 아버지의 존재를 알고 있었다는 사실을 알려야 하는지 고민했다.

월매는 결국 몸져누웠다. 아무것도 먹지 못하고 내리 사흘을 앓으니, 춘향은 안 되겠다 싶었는지 월매에게 자신이 모든 것을 알고 있다고 이야기했다. 놀란 눈으로 춘향을 바라보는 월매에게 춘향은 어떻게 몽룡의 아버지가 자신의 친부인 줄 알았는지 자세히 설명했다. 춘향의 말을 모두 들은 월매는 눈물을 감추지 못했고, 이를 보는 춘향의 눈에도 눈물이 맺혔다.

"춘향아, 내 딸아…… 미안하다. 정말 미안해……."

월매는 미안하다는 말을 몇 번이고 반복했다. 그제야 춘향은 그동안 감춰두었던 원망을 마음껏 토해내며 월매의 품에 안겨 엉엉 울었다. 두 모녀가 서로 부둥켜안고 묵은 감정들을 풀어내기까지는 꽤 오랜 시간이 걸렸다.

시간이 얼마나 흘렀을까. 해가 지고 달이 모습을 드러낸 뒤에야 진정이 된 월매는 몽룡의 아버지가 네 아버지인 걸 알면서도 어떻게 몽룡을 연모할 수 있느냐고 춘향을 타박했다. 그러면서 천륜은 이길 수 없다며 남원으로 내려가자고 다시 설득하기 시작했다. 춘향은 월매의 말에 몽룡과 자신이 배다른 남매가 아니라 전혀 다른 남이라는 것을 말해주었다. 월매는 춘향이 몽룡과 혼인하고 싶어 설이라는 인물을 만들어내 거짓말을 하고 있다고 생각했다. 춘향은 향단이를 불러 자신의 이야기를 증명해 달라고 말했다. 향단이는 분명 설의 친우에게 같은 이야기를 들었다고 답했으나, 월매는 반신반의하며 여전히 둘의 혼인은 있을 수 없는 일이라고 말렸다.

강경한 월매의 태도를 보니 춘향은 그 여인을 월매 앞에 데려다 놓지 않는 이상 월매의 허락을 받기는 어렵겠다는 생각이 들었다. 또한 몽룡의 친부를 찾기 위해서라도 설의 친우인 그 여인을 다시 찾아야만 했다.

몽룡이 어느 정도 기운을 차리자, 춘향은 몽룡을 데리고 백방으로 여인을 찾아다니기 시작했다. 그러나 여인은 마치 세상에 원래 없었던 사람처럼 감쪽같이 사라져 도저히 찾을 수가 없었다. 다시 보지 못할 것 같았던 느낌이 착각이 아니라 직감이었을까 생각하며 춘향은 왠지 모르게 얼이 빠진 듯한 몽룡을 재촉해 사방을 헤맸다.

그러던 중, 춘향은 계획이 성공한 후 한양에 오면 다시 만나자는 전기수와의 약조를 떠올렸다. 전기수는 많은 이들을 만나니까 그 여인에 대한 어떤 실마리라도 건질 수 있을지 몰랐다. 그를 찾기 위해 저잣거리로 나가보니, 운 좋게 한쪽 길목에서 이야기를 막 시작한 전기수를 찾아낼 수 있었다. 춘향은 너무도 반가워 얼른 몽룡을 데리고 전기수가 있는 곳으로 향했다. 주변에 몰린 엄청난 인파 때문에 그는 춘향과 몽룡을 발견하지는 못했다. 그는 잠시 멍하니 하늘을 바라보더니, 천천히 이야기를 시작했다. 그 이야기에는 아주 외롭고도 처절한

한 사내의 한이 담겨 있었다.

"옛날 옛적에 한 사내가 있었다네. 그가 세상에 나와 처음으로 알게 된 건 자신이 너무나도 약하다는 것이었어. 지독한 흉년으로 부모도 여의고, 세상과 사람에 치이다 보니 어느새 사당패의 일원이 되어 있었지. 그가 다섯 살 남짓 되었을 때인가, 배가 고파 울고 있을 때 사당패가 내민 약과 한 개에 그는 유년기와 소년기를 그곳에 모두 바쳤지. 풍물, 버나, 살판, 어름, 덧뵈기, 덜미. 여섯 가지의 놀이를 십 년이 넘도록 하면서 몸과 마음을 다해 연기했어. 자네들도 알다시피 사당패란 끊임없이 유랑하다 보니 그에게 주변 사람이라고는 사당패 일원들밖에 없었지. 그런데 어느 날, 눈빛이 초롱초롱한 또래 소녀 하나가 그에게 말을 걸었지. 보자기에 싼 따뜻한 떡을 건네주며, 재주가 뛰어나다고 칭찬을 해줬어. 그를 사람 취급해 주는 사람은 그 소녀가 처음이었지. 그와 소녀는 빠르게 친해졌어. 그 소녀도 그처럼 힘든 과거를 보내고, 운 좋게 들어간 양반집에서 아가씨의 몸종으로 끼니를 해결하고 있다고 했어.

그와 그녀는 눈빛만 봐도 기가 막히게 서로 통했지. 이름도 없는 서로에게 특별한 이름도 지어줬어. 그녀는 힘든 현실을 잠시나마 잊게 만들어준다며 한겨울에 흩날리는 눈을 좋아했고, 그는 공연에 나서지 않아도 되는 비 오는 날을 좋아했지. 그래서 그녀의 이름은 설, 그는 비가 오기 전 보이는 먹구름을 뜻하는 운이 됐지. 사당패의 공연이 이루어질 때 설은 항상 앞자리에 앉아 운의 공연을 보았고, 끝난 후에는 자신의 끼니인 떡을 건넸어. 운 또한 공연하지 않는 날에는 설이 해야 할 일들을 몰래 도와줬지. 하지만 야속하게도 곧 사당패는 그 마을을 떠나야 했어. 전에는 아무래도 상관없겠지만, 지금의 운에게는 그곳을 떠날 수 없는 이유가 생겼어. 이미 설을 너무 사랑하게 됐거든. 그런데 이 사당패라는 게 마음대로 나갈 수 있는 곳이 아니야. 불구가 되거나 목숨을 잃을 각오로 도망쳐야 하는데, 그러려면 운 하나만 도망쳐서 될 일이 아니라 몸종인 설도 목숨을 걸어야 했지. 그렇지만 서로를 너무 사랑한 둘은 떨어질 수 없었어.

결국 설과 운은 돌아오는 단옷날에 함께 조선을 떠나기로 하고 철저하게 계획을 세웠어. 가진 돈이 너무 없으니, 운이 사당패의 재물을 털기로 했지. 모두가 공연을 나가는 단오 전날, 운은 일부러 상한 음식을 먹었어. 예상대로 탈이 났고, 계속 설사를 하는 통에 도저히 공연을 나갈 수 없었지. 그렇게 혼자 남아 우두머리가 소중히 여기는 상자를 찾아 안에 있는 재물을 가지고 설에게 갔어. 설은 운을 초조하게 기다리고 있었지. 설과 운은 개성으로 가려다가, 사당패가 개성까지 올 수도 있다는 생각에 아예 청으로 도망치려 했어.

둘은 어딜 가든 잘 적응할 수 있을 거라는 자신감이 있었지. 해가 질 무렵, 운은 유시쯤 설을 만나 항구로 향했어. 그런데 설이 급히 달리다가 다리를 접질리고 말았지. 운은 설을 업고 달렸어. 그런데 약속한 태양이 너무 빨리 자취를 감춰버린 거야. 앞이 잘 보이지 않는 상태로 어떻게든 헤쳐 나갔지만, 탈이 난 운과 다리를 다친 설의 몸 상태로는 약속한 자시까지 항구에 도착하는 건 도저히 무리였어. 설과 운은 걸을 수 있을 때까지 걸었지만, 달을 보니 이미 인시가 가까워지고 있었지.

설과 운은 자포자기하고 벌렁 누워버렸어. 설은 운에게 오늘 안에 도착할 수 없을 것 같으니 내일 다시 출발하자고 제안했지. 그래서 설과 운은 근처 주막 온돌방을 빌려 그곳에서 묵기로 했어.

둘은 끼니를 해결하려 식사를 주문했는데, 상에는 주모가 실수로 올린 동동주가 있었어. 갈증이 난 설과 운은 그 동동주를 모두 마셨고, 그대로 취해버렸지. 그리고 첫날밤을 보냈어. 새들이 지저귀는 소리에 일어나니 해는 벌써 중천에 떠 있었지. 사당패에서 훔친 재물을 팔아 설과 운은 난생처음으로 편안한 휴식을 즐기며 저잣거리에서 구경도 하고, 평소에 먹고 싶었던 음식도 실컷 사 먹었지. 아무도 못 알아보니까 안심이 됐는지, 설과 운은 그곳에서 며칠을 더 머무르게 됐어. 하루만 더, 몇 시진만 더 하면서. 그러지 말았어야 했는데 말이야. 둘은 그날도 내일은 꼭 떠나자고 이야기하며 저잣거리를 돌아다니고 있었어. 그러던 중, 갑자기 어디서 날쌘 사내 몇이 설과 운을 포위했지. 운이 판 재물이 자신이 찾던 재물이란 걸 알게 된 우두머리가 사람을 시켜 운을 잡아 오라고 명한 것이었어. 운은 설의 손을 잡고 미친 듯이 뛰었지만, 장정들을 따돌릴 수는 없었지. 운은 자신만 잡아가라고 소리를 질렀지만, 그들은 설도 함께 포박해서 데리고 갔어. 그렇게 꿈은 허무하게 끝나버리고, 둘은 현실로 돌아왔지.

돌아온 운은 딱 죽기 직전까지 맞았고, 며칠은 제대로 걷지도 못했어. 그 와중에 설의 안전이 너무 걱정되어 사당패 일원들에게 싹싹 빌며 물어보자, 어렸을 때부터 친했던 동생 하나가 몰래 알려줬지. 설은 원래 있던 곳으로 다시 돌아갔다고 했어. 운은 설이 살아있다는 것 자체에 감사했어. 운은 우두머리가 죽기 전까지 충성을 다하겠다고 혈서까지 쓰고 나서야 다시 전의 일상으로 돌아올 수 있었지.

이후 공연을 할 때마다 운은 설을 찾았지만, 설은 단 한 번도 보이지 않았지. 거리가 좀 있긴 했지만, 그래도 걸어올 수 있는 거리였는데 말이야. 그 마을에서 마지막 공연을 한 후에 다시 멀리 떠날 거라는 말을 듣고, 운은 서둘러 설이 일하고 있는 집으로 향했어. 그런데 어딜 갔는지, 설이 감쪽같이 사라진 거야. 그 집 노비들의 말로는 아가씨가 혼인함과 동시에 설이 사라졌다는데, 대체 어디로 갔는지를 아무도 몰랐어.

그때 설과 친해서 자주 봤었던 한 소녀가 급하게 다가와 운에게 말을 걸었어. 대체 설이는 어디로 간 거냐고. 운이 자신도 몰라서 여기로 왔다고 하니까 그 소녀는 망연자실한 표정으로 그간의 사정을 운에게 말해줬지. 설이 회임했다고. 이 집안에서도 그 사실을 알게 됐고, 죽을 줄 알았는데 다행히 목숨은 부지했다고. 그런데 어디로 갔는지를 도통 모르겠다고 말이야. 어느 날 일어나고 보니까 감쪽같이 사라졌더라고 했지. 또 운과 도망이라도 간 건가 해서 아무도 찾지 않았고, 자기라도 설이를 찾으려 했지만 설이 사라진 탓에 일이 많아져서 통 시간이 없었다고 했어. 그리고선 설이 어디로 간 거냐고, 당장 찾아내라고 운에게 따졌어. 운은 자신이야말로 묻고 싶었지.

그렇게 사당패의 우두머리가 죽기 전까지 전국 팔도를 유랑하며 운은 설과 자신의 아이를 찾았지. 그러나 어디에서도 설을 만날 수가 없었어. 그렇게 몇 년이 지나고, 머리가 커진 후에야 설이 사라진 날 혼인했다던, 설이 모신 아가씨라는 여인이 궁금해졌지. 운은 우선 그 여인부터 찾아야 했어. 그런데 불행하게도 운은 바로 그럴 수는 없었어. 우두머리가 죽기 전, 노름판에서 운의 앞으로 엄청난 빚을 남겼기 때문이지.

혹여 찾는다고 해도, 빚이 잔뜩 있는 자신을 만나게 되면 설과 아이가 위험해질 수도 있다는 생각에 운은 전기수로 일하게 되었지. 사당패에서 갈고닦은 실력을 가장 잘 살리면서 돈도 벌 수 있는 일로는 전기수가 적격이더군. 소설을 읽어야 하니 운은 글을 배우기 시작했어. 다행히 암기력은 좋은지 금방 터득했지. 그렇게 악착같이 입고 먹을 돈도 아끼면서 이제야 빚을 모두 갚았으니, 이제 운은 다시 설과 아이를 찾으러 가보려 하네."

운의 말이 끝나자 이야기를 듣던 청중들이 경악했다.

"그래, 다들 놀란 표정이 정말 재밌구려. 운이 바로 날세. 마지막 이야기는 내 인생의 한 줄기 빛에 대한 이야기였다네. 자네들, 모두 지금까지 내 이야기를 들어줘서 정말 고맙네."

그의 이야기에서 설이라는 이름이 등장하자 춘향과 몽룡은 놀라 뒤로 넘어질 뻔했지만, 여러 청중이 집중해서 듣고 있는 이야기를 함부로 끊을 수는 없었다. 아니, 사실은 그 자리에 있는 모두가 그의 말을 끊을 수 없었다. 그만큼 모두가 그의 이야기에 몰입했다. 전기수가 가진 이야기의 힘은 역시 대단했다.

운의 말이 끝나자마자 몽룡은 다리가 풀려 주저앉았다. 이야기가 끝나고 청중들이 흩어질 때까지, 몽룡은 여전히 넋이 나가 운을 바라보고 있었다. 춘향은 앞에 있는 운과 옆에 있는 몽룡을 번갈아 보았다. 일자로 뻗은 눈썹과 장난스러운 듯한 눈매, 오른쪽 눈 밑에 있는 두 개의 점, 새하얀 피부가 빼다 박은 듯 닮아 있었다. 어떻게 이렇게 똑 닮았는데 짐작조차 하지 못했을까.

청중들과 인사를 나눈 운은 그제야 춘향과 눈이 마주쳤다. 운은 반가워하며 춘향에게 다가오다가, 몽룡의 얼굴을 보고 우뚝 멈춰섰다. 그리고 곧 넋이 나갔다. 두 사내는 서로를 한참이나 바라보았다. 운은 천천히 몽룡에게 다가가 뺨을 어루만졌다. 그리고 눈물을 흘리며 조용히 중얼거렸다.

"살아 있었어. 살아 있었구나. 정말 고맙다, 고마워……."

주저앉은 몽룡을 일으켜 세우며 운은 몽룡을 힘껏 안았다. 운에게 안기자 그제야 실감이 났는지, 몽룡은 넋을 놓고 오열했다. 바로 그때, 눈이 잔뜩 부은 월매가 어디서 나타났는지 운과 몽룡을 재빨리 떼어놓고, 보는 눈이 많다며 자신의 집으로 모두를 안내했다.

몽룡은 오는 내내 운의 곁에서 떨어지지 않으려 했으나, 이미 춘향을 통해 몽룡의 신분을 알고 있던 운은 몽룡에게 조금만 참으라며 일부러 떨어져 걸었다. 월매와 춘향이 새로 얻은 한양 집에 모두가 도착하고, 월매는 몽룡과 운을 사랑채로 안내했다. 사랑채에 들어서자마자 운은 아비가 너무 늦어 미안하다며 몽룡의 울음이 그칠 때까지 등을 가만히 쓸어주었다.

한편, 급히 저녁을 준비하는 월매를 보며 춘향은 어떻게 그 자리에 나타났는지 물었다. 월매는 목이 멘 목소리로 향단이가 안내해준 곳으로 춘향을 찾으러 갔다가 모여 있는 인파를 보고, 우연히 이야기를 듣게 되었다고 답했다. 처음에는 전기수의 흔한 이야기겠거니 하고 다시 춘향을 찾으려 했는데, 설이라는 이름이 등장하자 멈춰 설 수밖에 없었다고 했다. 그러면서 월매는 춘향의 이야기를 믿어주지 못해서 미안하다고 춘향을 꼭 안아주었다.

저녁 준비를 끝낸 월매와 춘향이 운과 몽룡을 불렀고, 넷은 늦은 식사를 했다. 수저를 들며 운은 춘향과 몽룡이 상경했다는 소식을 들었다며, 언젠가 반드시 다시 만날 줄 알았다고 했다.

"너와 향단이를 처음 봤을 때, 너희는 왠지 위태로워 보였단다. 그래서 혹여 소매치기라도 당할까 걱정되어 너희에게 다가갔지. 너희를 보면서, 내 아이가 살아있다면 네 또래 정도 됐을 거란 생각에 나도 모르게 정이 가더구나. 춘향이의 이야기를 듣다 보니 왠지 모르게 몰입이 돼 복수를 도왔지. 나는 진심으로 춘향이와 향단이, 그리고 실제로 보지는 못했지만 너의 정혼자에게도 정이 들어 너희 모두가 행복했으면 했다. 나와 같은 실수를 되풀이하지 않기를 바랐어. 그래서 네가 성공할 거라 믿고, 네 이야기를 내가 저잣거리에서 떠들기도 했단다. 아마 내가 제일 먼저 이 이야기를 한양에 퍼뜨리고 다녔을 거다. 춘향이 네 덕에 남은 빚을 모두 갚을 수 있을 정도로 돈도 벌었고, 이리 내 아들도 찾을 수 있게 되었어. 정말 고맙구나, 춘향아."

잠시 화기애애한 분위기가 감돌았다. 운은 이제 설만 찾으면 되겠다며 기운찬 목소리로 말했지만, 몽룡이 울면서 말해준 설의 운명을 듣고선 이를 악물며 눈물을 흘리기 시작했다. 그리고 이내 바닥에 엎드려 땅을 치며 오열했다. 월매는 그런 그를 가만히 다독거렸다. 설이라는 사람도 운과 몽룡이 만났으니 이제 하늘에서 편히 눈을 감을 거라며 월매는 연신 운을 위로했다.

운은 그날 이후 며칠을 앓아누웠다. 월매와 춘향, 몽룡은 몸져누운 운을 극진히 간호했다. 다행히 곧 몸 상태를 회복한 운은 본의 아니게 상견례를 하게 되었다면서, 월매에게 춘향을 너무 잘 키웠다고 칭찬했다. 월매 역시 몽룡의 됨됨이를 칭찬하며 오랜만에 웃음꽃을 피웠다. 이제 몽룡의 친아버지도 찾았겠다, 몽룡과 춘향이 혼인을 하지 못할 이유는 없었다.

운과 월매가 같이 지낸다는 사실이 몽룡의 양아버지인 탁환의 귀에 들어갔다. 운과 몽룡이 워낙 닮은 데다가, 몽룡이 문지방이 닳도록 운이 있는 월매의 집에 드나들자 세간에는 운과 몽룡이 부자가 아니냐는 소문까지 돌고 있었다. 탁환은 처음에는 대수롭지 않게 여겼으나, 시간이 지날수록 불안해져 갔다. 탁환도 몽룡의 외모가 자신과 전혀 닮지 않은 점이 의아했었기 때문이었다. 그래도 머리가 비상한 건 닮았으니 친아들이 맞겠거니 생각했는데, 자신이 보아도 운과 몽룡의 외모는 너무 흡사했다.

탁환은 지금의 상황이 몹시 마음에 들지 않았다. 어떻게 쌓아 올린 평판과 명예인데, 허황된 이야기나 하며 생계를 유지하는 그깟 전기수 하나 때문에 무너질 수는 없었다. 몽룡을 데려와 야단을 칠까 했지만, 이제 와 들을 리가 없었다. 탁환은 지금의 아내와 아들을 권력의 수단이라고만 생각했을 뿐 결코 가족이라 여기지 않았다. 그러니 몽룡과는 여태 말을 제대로 섞어본 일도 거의 없었다. 그러니 만약 운이라는 전기수가 정말 몽룡의 친부라면, 몽룡은 다시는 이곳으로 돌아오지 않을 것이다.

이내 탁환은 그 전기수를 제거하기로 결심했다. 못 할 게 없었다. 자신은 양반이고, 전기수는 양반이 아니다. 그깟 전기수 하나 죽인다고 해서 자신을 벌할 수 있는 사람은 아무도 없었다. 결국 탁환은 사람을 구해 전기수를 찔러 죽이라고 명령했다. 이러한 사실을 까맣게 모른 채, 몽룡은 어떻게 해야 자신의 호적을 바꿀 수 있는지 한창 알아보고 다녔다.

춘향은 오랜만에 저잣거리로 이야기를 하러 가는 운에게 물을 주려다 그만 잔을 깨버리고 말았다. 그런데 잔이 너무 산산조각으로 깨져, 온몸에 소름이 돋았다. 춘향은 왠지 불길한 기분이 들어 운에게 오늘은 날이 흐리니 그냥 집에서 쉬고 내일부터 나가라고 말했지만, 운은 춘향과 몽룡의 성대한 혼례를 위해서는 자신이 부지런히 돈을 벌어야 한다며 너털웃음을 짓고 집을 나섰다. 운이 나간 후, 춘향은 밥을 푸다가 손이 미끄러져 월매의 밥그릇까지 깨고 말았다. 아무래도 불안을 떨쳐버리기 어려워 춘향은 뒤늦게라도 운을 말려보려 문밖으로 나가 보았지만, 운의 모습은 이미 보이지 않았다. 춘향은 애써 마음을 가라앉히며 깨진 조각들을 치웠다.

점심때가 되어 춘향은 월매와 함께 새참을 들고 저잣거리로 나갔다. 그런데, 웬일인지 저잣거리에 가까워질수록 사람들의 웅성거림이 커졌다. 이를 이상하게 여긴 춘향이 빠른 걸음으로 다가갔는데, 그곳에는 칼에 찔려 피를 흘리는 운과 울부짖는 몽룡이 있었다. 경악한 춘향은 정신없이 운에게 달려가 치맛자락으로 피를 막았지만, 가슴을 깊게 찔린 운은 계속 피를 토해내고 있었다.

운은 힘을 쥐어짜 춘향과 몽룡을 바라보며 꼭 행복하게 살라고 말했다. 그러면서 힘겹게 미소를 지어 보이고는, 곧 마지막 숨을 놓았다. 운의 숨이 끊어지자 몽룡은 충격으로 실신해 버리고, 춘향은 정신력으로 간신히 지금의 상황을 버티고 있었다. 근처에 있던 사람 하나를 잡고 대체 무슨 일이 있었는지 물어보니, 운의 이야기를 듣던 청중 중 하나가 이야기에 악역이 등장하는 순간 갑자기 눈을 부릅뜨고 입에 거품을 물더니 담배 써는 칼로 운을 공격했다고 했다.

사정을 들은 춘향은 살아생전 한 번도 내어보지 않은 소리를 내며 통곡했다. 가슴이 갈기갈기 찢겨나갔다. 기구한 삶을 살아온 운도, 이제야 친부를 만났는데 이렇게 허망하게 다시 떠나보낸 몽룡도 너무 안쓰러워 견딜 수가 없었다. 정신이 아득해질 정도로 눈물이 나왔다. 그때, 춘향의 눈에 낯익은 얼굴이 눈에 띄었다. 그는 웅성대는 사람들 사이로 상황을 지켜보더니 비릿한 웃음을 흘리며 몸을 돌리고 있었다. 정신이 번쩍 든 춘향은 홀린 듯 그 사람의 뒤를 밟았다. 그 사람은 인적이 드문 뒷골목으로 들어가더니 덜덜 떠는 손으로 피 묻은 칼을 들고 있는 사내에게 돈을 쥐어주며 어깨를 두드렸다. 황급히 몸을 숨긴 춘향은 피가 날 정도로 입술을 세게 깨물고 주먹을 쥐었다. 저 사람은 자신이 남원에서 아버지의 뒤를 밟을 때 아버지와 함께 있었던 심복이다. 즉 운을 죽이도록 지시한 건 아버지란 이야기였다.

분노로 몸을 떨던 춘향은 자신의 손으로 직접 탁환의 숨통을 끊으리라 마음먹고 그의 집으로 미친 듯이 달리기 시작했다. 그러나 탁환의 집 대문 앞에 서자 불현듯 월매의 얼굴이 떠올랐다. 자신이 천륜을 저버리면서 탁환을 죽이면 어머니가 받게 될 상처는 헤아릴 수 없이 깊을 것이다. 어머니가 그를 얼마나 연모하는지 한평생을 지켜봤다. 춘향은 탁환을 죽이고 싶은 만큼 월매를 지키고 싶었다. 결국, 춘향은 그대로 돌아서고 말았다. 그리고는 그 자리에 주저앉아 가슴을 치며 오열했다.

다시 돌아온 춘향은 정신을 차린 몽룡에게 자신이 목격한 그대로를 솔직하게 털어놓았다. 몽룡은 조금 전 춘향이 그랬던 것처럼 탁환을 죽여버리겠다며 미친 듯이 포효했다. 몽룡을 진정시키기 위해 춘향은 지금까지 몽룡에게 알리지 않았던, 자신의 친아버지가 바로 탁환이라는 진실을 밝힐 수밖에 없었다.

그런데 춘향이 예상한 반응과는 달리 몽룡은 침착했다. 잠시 침묵하던 몽룡은 곧 살의를 지우고 힘없이 춘향에게 기댔다. 놀란 춘향이 몽룡에게 혹시 알고 있었느냐 묻자, 몽룡은 조용히 고개를 끄덕였다. 대체 왜 자신에게 말하지 않았느냐고 따지는 춘향에게 몽룡은 그 모든 걸 덮을 만큼 사랑한다고 고백했다. 끝까지 몽룡을 이용하려고 했던 춘향은 그의 한없는 애정에 결국 무너지고 말았다.

춘향은 자신이 아버지에게 복수하기 위해 몽룡을 어떻게 이용하려 했는지 모두 털어놓으며 몽룡에게 용서를 빌었다. 어느 정도는 짐작하고 있던 사실이었지만, 춘향의 입으로 직접 들으니 몽룡은 가슴이 더 아렸다. 그러나 춘향을 향한 마음은 도저히 사그라들지 않았다. 춘향 또한, 그마저 다 알고 있었음에도 여전히 사랑한다고 말하는 몽룡을 보며 애써 외면해 온 속마음을 결국 인정할 수밖에 없었다. 춘향은 몽룡이 자신을 위해 삶을 다 바쳤던 것처럼, 이제는 자신도 남은 생을 몽룡을 위해 살리라 다짐했다.

춘향과 몽룡의 마음이 비로소 하나가 되었지만, 그 행복을 누릴 시간은 허락되지 않았다. 곧장 운의 장례를 치러야 했기 때문이다. 몽룡은 상주가 되려 했으나 세간의 시선 때문에 그러지 못했다. 그렇게 몽룡은 눈물로 운을 가슴에 묻었다.

장례가 끝난 후, 춘향은 몽룡에게 무엇을 원하느냐 물었다. 몽룡은 자신의 친부모를 모두 죽인 집안을 절대 용서할 수 없다며 양어머니와 양아버지에게 복수하고 싶다고 말했다. 춘향의 원래 뜻도 이와 같았으니 더없이 좋았다. 생각에 생각을 거듭한 끝에 둘은 양반에게 있어 가장 가혹한 복수란 제정신으로 살아갈 수 없을 정도의 수치를 주는 것이라는 결론에 도달했다. 명분을 위해 사는 이들이니 명분을 짓밟아버리자는 것이었다. 그러나 조선에서 양반에서 그 정도의 수치를 주기란 쉽지 않았다. 가장 쉽고 빠른 길은 역모였지만, 그렇게 된다면 아직 탁환의 호적에 있는 몽룡도 위험해질 수 있었다. 몽룡을 향한 춘향의 사랑은 이제 탁환을 향한 증오보다도 훨씬 커져서, 춘향은 몽룡을 위험에 내모는 선택은 할 수 없었다. 그러나 자신의 존재가 복수의 족쇄가 된다는 걸 처절하게 깨달은 몽룡은 너무도 화가 나고 억울하여 이를 악물고 흐느끼기 시작했다. 춘향은 그런 몽룡을 가만히 안아주었다.

그때, 다과를 준비해 춘향의 방으로 향하던 월매는 춘향과 몽룡의 이야기를 듣고 소스라치게 놀랐다.

'그가 운을 죽였다니, 저 둘이 지금 무슨 이야기를 하는 거지?'

월매가 엿듣고 있다는 사실을 꿈에도 모른 채, 춘향은 우선 몽룡에게 양어머니와 양아버지 가문의 비리에 대해 소상히 알아내라고 지시했다. 어지간한 양반가라면 세간의 손가락질을 받을 만한 비밀 한두 가지쯤은 반드시 가지고 있을 터였다. 예상대로 몽룡은 곧 이런저런 지저분한 사실들을 알아낼 수 있었고, 춘향은 이를 토대로 상소문을 쓰기 시작했다. 그리고 몽룡을 통해 조정에 전달했다. 그러나 이후 몇 번을 상소를 올려도 아무런 반응이 없었다. 임금에게 닿기 전 그 밑에서 이미 처분된 것이 틀림없었다. 역시 생각대로 이런 방법으로는 탁환에게 큰 타격을 줄 수 없었다.

그러나 춘향은 좌절하지 않고 탁환을 무너뜨릴 방법을 계속해서 고민했다. 어떻게 해서든 몽룡이 다치지 않고 탁환이 자멸하게 만들 수 있는 최후의 수단을 찾아내야만 했다.

밥도 잘 먹지 못하고, 잠도 제대로 자지 못하면서 친부를 향한 복수만을 생각하는 춘향을 지켜보며 월매는 절망했다. 또 한편으로는 운을 잃고 혼자 버티고 있을 몽룡도 걱정됐다. 월매는 춘향 몰래 몽룡의 집에 찾아가 보았다. 운 좋게도 때마침 대문 밖을 나서는 몽룡을 만났는데, 피골이 상접하여 마치 시체를 보는 것 같았다. 이 정도일 거라고는 상상하지 못한 월매는 몹시 놀랐다. 운의 일은 너무나 안타깝고 슬프지만, 산 사람은 살아야 할 것이 아닌가. 월매의 마음이 요동쳤다. 몽룡이 잘 살고 있다면 그로써 춘향을 설득하려 했으나, 몽룡의 얼굴을 보니 굳이 말을 해보지 않아도 몽룡이 지금 얼마나 힘든지 단박에 알 수 있었다.

몽룡의 몰골에 말도 제대로 꺼내지 못하고 집으로 돌아가려던 월매는 마침 반대편에서 양반들과 함께 말을 타고 오던 탁환과 눈이 마주쳤다. 탁환의 동공이 순간 흔들렸지만, 주위 시선을 의식해서인지 월매를 보지 못한 척 그대로 지나쳤다. 그런 탁환을 보면서 월매는 생각했다.

'그래, 나까지만 이런 인생을 살아야지. 춘향이에게 물려줘서는 안 된다. 이제 그만하자. 드디어 내가 이 긴 복수를 끝낼 때가 왔구나. 한 많은 인생, 사랑하는 내 딸만은 나처럼 괴로움 속에 살도록 두지 않으리라.'

며칠 후, 월매는 조용히 춘향을 불렀다. 제대로 잠을 자지 못해 눈 밑이 시커메진, 수척한 춘향을 바라보며 월매는 지난 세월 굳게 닫아온 무거운 입을 뗐다. 어릴 적 춘향이 아무리 물어봐도 답해주지 않았던 춘향의 친부, 탁환의 이야기였다.

"춘향아. 네 아비인 탁환은 원래 노비였단다. 행운인지 불행인지, 그는 어렸을 때부터 머리가 비상했어. 남원에서 가장 똑똑한 이가 누구냐 묻는다면 다 네 아비를 말할 정도였으니까. 제대로 글공부를 해본 적도 없는데, 귀동냥으로만 천자문과 소학을 떼었을 정도였지. 그의 비상함을 눈여겨보던 그 댁 주인어른이 이 얘기를 남원으로 놀러온 양반에게 했고, 아들이 없던 그 양반은 탁환을 양자로 들였어. 그는 내가 기생으로 살면서 신분을 떠나 유일하게 마음을 주고 품을 허락했던 사내였단다. 그런데 어느 날, 너도 알다시피 내가 좋아하는 산딸기를 따오겠다는 말만 남기고 돌아오지 않았지. 수소문해 알아보니 그 양반을 따라 한양에 간 것이었단다. 그리고 그가 떠난 후 마치 선물처럼, 춘향이 네가 나에게 왔지.

네가 세 살쯤 되었을 무렵, 그가 너무 보고 싶어 어린 너를 기방에 맡기고 무작정 한양에 찾아갔어. 한양에 가서 보니 이미 그는 다른 여인과 혼인하고, 아들까지 낳아 키우고 있었지. 그 아들이 양자인 줄은 꿈에도 몰랐어. 참, 그것도 모르고 그때는 말 한마디 못 한 채 눈물로 뒤돌아설 수밖에 없었지. 그리고는 돌아와서 가진 돈을 몽땅 털어 춘향이 너를 성 참판 댁의 족보에 올렸어. 그건 노비였던 그가 양반이 되어 양반과 혼인하고 그의 자식도 양반이 되었는데, 내 딸은 왜 양반이 될 수 없는가 하는 오기였단다.

그렇게 시간이 흘러 네가 일곱 살 먹었을 무렵, 그가 남원에 찾아왔었지. 내가 너무 보고 싶어서 못 참겠다면서 말이야. 나는 울며 밀쳐냈지만, 한편으로는 나 역시 네 아비가 너무 보고 싶었어. 그 후로 그는 한 해에 한 번씩 남원에 왔지. 너를 보여주고 싶었지만, 너를 보게 되면 자기가 도저히 견딜 수 없을 것 같다고 애원해서 결국 그의 뜻대로 했단다. 그러다 몇 해 전 한동안 남원으로 여행을 왔다고 해서 자주 봤었는데, 새로 부임한 남원 사또가 그일 줄은 정말 꿈에도 몰랐지. 어쩐지, 관아는 절대 가지 말라던 그 말을 내 유의 깊게 들었어야 했는데……. 어찌 되었든 춘향이 너에게 너무도 미안하구나. 내가 살아오면서 느꼈던 그 모진 고통을 너도 느끼게 될 줄은 몰랐다. 이제는 이 어미가 모든 일을 매듭지으려 하니 오늘 밤은 푹 자고, 일어나서 몽룡이를 만나러 가자. 같이 가줄 터이니."

이야기를 마친 월매와 이제야 월매를 다 이해하게 된 춘향은 한참을 끌어안고 눈물을 흘렸다. 그러다 춘향은 오랜만에 월매의 무릎베개를 베고 깊은 잠이 들었다. 잠든 춘향의 얼굴을 한참이나 바라보던 월매는 살며시 춘향을 내려두고, 장롱 깊이 숨겨놓았던 서찰을 품에 넣고 집을 나섰다.

밤공기는 매우 찼다. 가마꾼도 모두 잠든 새벽, 월매는 추위에 이를 악물고 달빛에 의지하여 길을 걷기 시작했다. 살을 에는 추위에 눈살이 찌푸려졌지만, 춘향과 몽룡의 괴로움을 떠올리니 이 정도 고통은 아무것도 아닌 듯 여겨졌다. 손발이 모두 꽁꽁 얼 때쯤 월매가 도착한 곳은 바로 탁환의 집 대문 앞이었다. 월매는 보는 눈이 있나 주위를 둘러보고는 얼른 담을 넘었다. 그리고는 살금살금 걸어가 탁환의 방 앞에 서서 방문을 두드렸다.

어렸을 때부터 탁환은 항상 새벽까지 글공부를 했기에 오늘도 방에는 불이 환히 켜져 있었다. 놀란 탁환은 심복을 부르려 했으나, 문에 비친 형상이 왠지 여인 같아 들어오라 말했다.

월매가 들어오는 순간, 탁환은 자신이 꿈을 꾸고 있는 건지 아니면 진정 현실인지 분간할 수 없었다. 한양에 왔을 때부터 월매가 자신을 찾아와 주기를 얼마나 바랐던가. 신분 상승에 눈이 멀어 남원을 떠나왔지만, 혹시라도 월매가 자신을 찾아온다면 다시 모든 것을 버리고 돌아갈 생각도 있었다. 그는 그만큼 월매를 그리워했다. 그러나 월매는 보름이 지나고, 달포가 지나고, 한 해가 지나고, 두 해, 세 해가 지나도 자신을 보러 오지 않았다. 결국 탁환은 자리를 잡고 나서야 온갖 핑계를 대며 한 해에 한 번씩 남원으로 내려가 월매의 얼굴을 보고 올라왔다. 남원 사또로 발령받았을 때도 혹자는 유배나 다름없는 것 아니냐며 비아냥거렸지만, 탁환은 남원에 가는 길 내내 월매를 볼 생각에 설레었다.

저번에는 자신이 누군지 모르는 상태에서 왔다면, 지금은 다 알고서 자신을 보러 온 것이다. 탁환에게 월매는 꽃 같은 존재였다. 자신의 욕심으로 가지를 꺾어냈으나, 돌보지 못하고 시들도록 둔 꽃. 세상에서 가장 아름다운 꽃. 그 꽃이 가장 슬픈 얼굴로 지금 자신을 물끄러미 쳐다보고 있었다. 그 얼굴을 보자마자 눈물이 나올 것 같아 탁환은 얼른 고개를 돌렸다.

"환, 내가 사랑하는 환. 우리 지금 이 순간부터는 열여덟의 우리로 돌아가자. 내가 당신을 환이라 부르고, 당신이 나를 월이라고 불렀을 때로. 우리의 신분이 다르지 않고, 내가 기방 공연이 끝나는 날이면 당신이 내 신을 벗겨주고 내 다리를 주물러주던 때로. 여기 내가 가져온 게 있어. 이거 기억나?"

월매가 품속에서 서찰을 꺼내 환의 탁상 위에 올려놓았다. 탁환은 그 서찰을 알아보고는 경악을 금치 못했다.

"그래, 당신이 나에게 사랑의 징표로 줬던 당신의 노비 문서야. 산딸기를 따러 간다던 당신이 그 먼 한양 땅에서, 서찰과 함께 내게 보냈던 노비 문서. 당신의 마음은 여전히 내게 있다면서, 욕심이 지나쳐 미안하다면서 내게 보냈었지. 이게 뭐라고 난 지금껏 고이 보관하고 있을까 싶었는데, 바로 이 순간을 위해서였다니. 좀 슬프네. 당신이 개미 한 마리도 해하지 못했던 순수했던 때가 그리워. 내게 글자를 가르쳐주면서 눈을 빛내던 당신의 눈동자가 그리워. 나를 사랑한다고 속삭이면서 나를 안아주었던 그때 당신의 온기도 그리워. 그때 그 모든 순간의 당신이 그리워."

탁환은 걷잡을 수 없이 감정이 북받쳐 월매를 안으려 했다. 그러나 월매는 탁환을 밀쳐내며 마구 소리를 질렀다.

"왜 그랬어? 대체 왜 그랬어? 운이 뭘 잘못했어? 춘향이랑 몽룡이가 뭘 잘못했어? 환아, 대체 왜 이렇게까지 하는 거야, 왜!"

운의 이름이 들리는 순간, 탁환의 미간에 주름이 잡혔다. 탁환은 갑자기 월매의 절규에 화가 나기 시작했다. 지금의 자신은 월매가 알고 있는 환이 아니다. 탁환은 사랑하는 여인도, 자신의 딸도 버리고 얻은 지금의 자리를 생각했다. 그러면서 한편으로는 여전히 월매가 자신을 사랑하기를 바라는 역겨운 자신의 속마음에 환멸을 느꼈다.

"내가 너랑 어떻게 사돈이 돼? 내가 너랑 춘향이를 버리고 어떻게 여기까지 왔는데, 아무것도 아닌 전기수 하나 때문에 무너져야 해? 난 어떻게 할 수 있는 방도가 없었어. 그저 내 자리를 묵묵하게 지키는 것뿐. 이게 너에 대한 내 마지막 예의라고 생각했어, 월아."

"예의? 예의 좋아하네. 비록 기생으로 한평생을 살아왔지만, 난 당신에게 한 번도 기댄 적 없었어. 그럴 수도 없었지. 나는 평생을 혼자 꿋꿋이 살아내면서 우리 춘향이 남부럽지 않게 키웠어. 당신이 버티고 선 그 자리, 나에 대한 예의가 아니라 당신 욕심 때문에 지키고 서 있는 거야. 그래서, 행복해? 그렇게 다 가짜로만 이루어진 명예 끌어안고 사니까 좋아? 그 오랜 세월 몽룡이가 친자식이 아닌 것도 모르고 산 주제에."

어렴풋이 예상하고 있던 사실이었지만, 그럼에도 탁환은 충격에 말을 잇지 못했다. 그런 탁환을 바라보며 월매는 탁자에 놓인 그의 노비 문서를 다시 품에 넣고, 책상 위에 놓인 촛불을 손에 들더니 말했다.

"선택해. 당신이 지금까지 지켜온 양반의 지위인지, 나인지. 이 촛불이 내 옷자락에 닿아 서서히 내가 타들어 가면 당신이 한평생 감추고 싶었던 노비 문서도 나와 같이 사라져. 세상에서 당신의 모든 약점이었던 것들이 손쉽게 한꺼번에 사라지는 거지. 어떻게 할래? 나를 선택할래, 아니면 당신의 안위를 선택할래?"

말을 마친 월매는 자신의 소맷자락에 불을 붙였고, 그 광경을 본 탁환은 놀라 주저앉아 버렸다. 이내 정신을 차리고 월매의 옷에 붙은 불을 황급히 껐지만, 이미 월매의 한쪽 팔은 검붉은 화상 자국으로 뒤덮여 있었다. 비명도 지르지 않고 고통 속에서 조용히 눈물을 흘리고 있는 월매의 얼굴을, 탁환은 바라보았다. 하염없이 눈물이 흘렀다. 이 사람을 두고 자신은 무엇을 바라 그리 아등바등 살아왔는가. 그녀의 말대로 가짜뿐인 것들이 무슨 의미가 있었나. 지난 세월이 후회되어 주먹으로 부서지도록 가슴을 쳤다. 그제야 탁환은 자신이 무엇을 선택해야 할지 확실하게 알았다. 모두, 부질없는 것.

"우리 사라지자. 그 누구도 찾을 수 없게. 이제 너랑 나랑 둘이 한 많은 이 세상 그만 살자. 이만하면 됐어. 우리가 한때 이 세상에 살았다고 증명해 줄 수 있는 건 너와 내가 열여덟에 맞춘 반지, 그거면 됐어. 순수했던 시절은 여기 두고, 우리는 이제 그만하자."

방 안 가득 넘실대는 햇살에 춘향은 눈을 떴다. 옆에 있어야 할 월매가 보이지 않았다. 춘향은 집안 곳곳을 돌아다니며 월매를 찾았으나, 월매의 모습은 보이지 않았다. 무언가 이상하다는 생각이 든 춘향은 어젯밤 월매가 같이 몽룡의 집으로 가자고 했던 말을 기억하고, 향단이와 함께 몽룡의 집으로 향했다.

몽룡의 집에 도착하자 웬일인지 사람들이 모여 있었고, 그 사이로 몽룡의 양어머니가 통곡하며 울고 있는 모습이 보였다. 춘향은 깜짝 놀라 인파를 헤치고 탁환의 방으로 내달렸다. 방에는 탁환의 옷가지

들이 곱게 정돈되어 있었고, 책상 위에는 서찰 하나와 반지 두 개만 덩그러니 놓여 있었다.

춘향은 서찰을 펴고 읽기 시작했다. 곧 서찰을 든 손이 작게 떨리기 시작했다. 그리고 마지막 문장을 읽어낼 즈음, 춘향의 눈에서는 눈물이 비 오듯 떨어지고 있었다. 몽룡 또한 옆에서 소리 없이 눈물을 흘렸다. 몽룡은 가만히 다가와 두 개의 반지 중 하나를 춘향의 약지에 끼워주었다. 춘향은 몽룡의 품에 안겨 통곡했고, 이번에는 몽룡이 그런 춘향의 등을 조심조심 쓸어주었다.

춘향과 몽룡의 혼인을 반대하는 사람은 이제 아무도 없었다. 그러나 둘은 세상사에 더는 미련이 남지 않아, 아무도 없는 산속에 오두막을 짓고 살기로 결정했다. 복수에는 성공했지만 남은 건 허탈함뿐이었던 둘은 한양에서 감쪽같이 사라져 산속에서 오직 세상에 둘만 있는 것처럼 살아갔다.

지치고 상처받은 마음이 무뎌질 만큼 오랜 시간이 흐른 뒤, 둘은 자신들의 경험을 토대로 소설 〈춘향전〉을 함께 집필하기 시작했다. 이는 자신들의 이야기를 세상에 남기고 싶은 마음도 있었지만, 월매와 운, 설을 기억하고 탁환을 용서하기 위한 일이기도 했다.

시간은 속절없이 흘러 노인이 된 춘향은 죽을 때가 가까워지자 몽룡에게 자신을 잊지 말고, 함께 한 모든 순간을 기억해 달라고 부탁했다. 몽룡은 춘향의 손을 잡고, 반드시 그러하겠다고 굳게 약속했다.

춘향이 세상을 떠나고, 몽룡은 한양에 나가 전기수가 되어 춘향을 기억하며 사람들에게 〈춘향전〉을 읽어주었다. 운의 재능을 물려받은 몽룡의 이야기는 민중들에게 큰 인기를 끌었고, 그렇게 〈춘향전〉은 오래도록 사람들의 입에서 떠나지 않고 구전된다.

약초꾼 황요성

이희연

원천 서사 〈옥루몽〉 중, 황 소저의 이야기

황 소저는 권세를 잡은 황각로의 여식으로 고귀한 사족 출신이다. 황 각로는 자신의 여식을 장원 급제한 양창곡과 혼인시키려 하지만, 양창곡은 부정부패한 관료와 집안의 연을 맺을 수 없다는 생각에 황 각로의 제안을 거절한다. 이에 화가 난 황 각로는 황제를 압박하여 양창곡과 황 소저의 혼사를 밀어붙이고, 대나무처럼 절개가 곧은 양창곡은 황제의 명을 거역하면서까지 혼인을 거부하지만 이후 결국 황 소저를 받아들이게 된다. 이때 그는 유배지에서 만난 벽성선을 첩으로 삼는다.

황 소저와 벽성선의 갈등으로 집은 조용할 날이 없었다. 황 소저는 남편뿐만 아니라 집안 어른들의 총애까지 독차지하는 벽성선에게 질투를 느끼며 그를 내쫓기 위해 수단과 방법을 가리지 않고 모함을 한다. 그러나 이 모든 것들이 벽성선에게 통하지 않자, 최후의 방법으로 그가 음란하다는 이유를 붙여 자객을 사주하여 죽이려 한다.

자객 할미는 황 소저에게 만약 벽성선이 음란하다는 말이 사실이 아니라면 그 대가를 치러야 할 것이라고 단단히 이르고, 밤늦게 벽성선이 자는 방으로 간다. 자객 할미는 벽성선을 보자마자 그가 처녀임을 알게 된다. 팔에 앵혈이 남아 있었던 것이다.

결국 황 소저의 모함이 밝혀지면서, 그를 도왔던 어머니까지 추자동으로 쫓겨나게 된다. 그곳에서 어머니는 죽음을 맞이하고, 황 소저는 꿈에서 지옥에 떨어져 끔찍한 형벌을 받게 된다. 그 후 황 소저는 죽음 직전까지 갔다가 강남홍에 의해 목숨을 구하게 된다. 양창곡은 개과천선한 황 소저의 모습에 감동하며 그를 다시 받아들인다.

〈약초꾼 황요성〉 작품 의도

'여자의 적은 여자다.'는 맞는 말이다. 단, 축첩제와 가부장제라는 사회구조 아래에서 봤을 때만 그렇게 말할 수 있다. 기존의 수많은 작품에서 여성들이 남성의 사랑을 얻기 위해 고군분투한 이유는, 가부장에 의해 자신의 처지가 결정되기 때문이었다. 예로부터 투기의 대표적인 유형은 처첩 갈등이었다. 남성은 그저 성욕을 해결하기 위함이었겠지만, 처와 첩은 한집에 살게 된 이상 남편을 차지하기 위해 서로 싸울 수밖에 없었다. 이렇게 본다면, 투기란 단순히 여자들의 싸움이 아니라 그 싸움을 유발한 당시 제도상의 문제라고 볼 수도 있다.

여기 첩을 투기한 처가 있다. 처는 첩에게 위기감을 느끼고 그녀를 모함하고, 죽이려고까지 했다. 그러나 결국 실패하여 집에서 쫓겨날 뿐만 아니라 지옥에 떨어져 천벌을 받게 된다. 그렇다면, 첩을 들인 남편은 어떻게 되었을까? 벌은커녕 명망 있는 영웅이 된다. 그는 바로 고전 〈옥루몽〉의 양창곡이다. 유광수의 《문제적 고전 살롱: 가족 기담》에서는 본처 황 소저가 첩 벽성선을 투기한 내용에 대해 의문을 던지는데, 그 중심에 있는 것이 적첩지분이다. 조선 시대에는 남편이 첩을 들이는 대신에 본처는 첩을 마음대로 할 수 있는 권한을 가졌다. 이러한 사회적 메커니즘이 있음에도 황 소저는 대체 왜 벽성선을 죽이기 위해 갖은 애를 쓴 것일까? 가부장제에서 사대부 여인에게 유일하게 허락되었던 처의 역할마저도 빼앗겼던 황 소저. 과연 황 소저의 입장에서 전개된다면, 어떤 이야기가 펼쳐질까? 〈약초꾼 황요성〉은 가부장제 사고를 답습했던 황 소저가 자신을 가두는 틀을 깨고 세상으로 나아가는 이야기다.

약초꾼 황요성

바보가 다 되어 돌아왔다는 사람들의 수군거림대로 되지 않기 위해서는 거미줄처럼 겹겹이 덧대어 있는 감정의 갈피를 잡아야 했다. 무슨 생각을 하고 있는지, 아니 생각이라는 것을 하고 있다는 사실조차 들켜서는 안 되었다. 죽음을 앞둔 어머니는 모든 것에 수긍하며 살아가라고 당부했다. 양창곡이 칠거지악(七去之惡, 예전에, 아내를 내쫓을 수 있는 이유가 되었던 일곱 가지 허물.)에 해당하는 투기를 저지른 아내를 다시 받아주는 자비를 베풀었으니, 응당 그에 걸맞은 행동을 보여주어야 했다. 개과천선, 내가 이 집에서 버티는 방법이었다. 어머니는 알고 있었다. 개과천선이란 나를 나로서 존재하게 하는 나의 넋을 포기하는 것이었음을. 하지만 나는 그것이 얼마나 비참한 일인지는 끝내 외면한 어머니의 가엾은 욕심을 받아들일 수밖에 없었다.

"상화하목(上和下睦)하고 부창부수(夫唱婦隨)라."

뜨거운 불 앞에서 땀을 흘리며 탕약을 달이는데, 맞은 편에 있는 작은 사랑방 안에서 앳된 목소리가 들려왔다. '윗사람이 온화하면 아랫 사람은 공손하고, 지아비가 이끌면 지어미가 따른다.' 강남홍의 어린 아들이 벌써《천자문(千字文)》을 배우는 듯했다.

"외수부훈(外受傅訓)하고 입봉모의(入奉母儀)라."

'밖에 나가서는 스승의 가르침을 받고, 들어와서는 어미 몸가짐을 받든다.' 어린 시절에 배웠던 글귀가 오랜만에 들려오자, 내심 반가운 마음이 들었다. 양반이었기에 글을 배웠지만, 여인이었기에 글로써 세상으로 나아갈 수 없었다. 나의 세계는《열녀전(烈女傳)》,《여사서(女四書)》,《내훈(內訓)》과 같은 견고한 담장으로 둘러쳐졌다. 그때 나는 이 책들이 여인을 한평생 갑갑한 집 안에 가둬두기 위한 내용을 교묘하게 감추고 있음을 알아채지 못했다. 그저 흥미롭지 못한 책들이라고만 여겼다. 한 번은 호기심, 아니 그보다는 스스로도 인지하지 못한 지식을 향한 강렬한 욕망이 나를 들쑤시기도 했다. 어머니는 그런 나의 마음을 기민하게 알아차렸다. 나는 어머니가 마구잡이로 마당에 집어 던진 의서(醫書)들이 불에 타들어가는 모습을 멀거니 지켜봐야만 했다.

"양반가의 여인이 어찌 천한 의서 따위에 손을 대느냐. 곧 지어미가 될 터이니, 몸과 마음을 정갈히 해야 한다고 하지 않았느냐?"

무섭게 꾸중하던 어머니는 분노와 죄책감이 뒤엉켜 눈물을 흘리는 내 어깨를 붙잡고 눈을 맞췄다. 그리고 조금 누그러진 목소리로 말했다.

"요성아, 이 어미가 늘 네게 강조하던 것이 무엇이더냐?"

"…… 자식은 부모를 잘 섬겨야 하며, 아내는 남편을 잘 섬겨야 한다 하셨습니다. 이 나라가 중시하는 효(孝)와 열(烈)이지요."

어머니는 답을 말하는 내 모습이 못마땅했는지 혀를 차며 말했다.

"머리로만 안다고 해서 다가 아니다. 이제는 네 가슴에, 몸에 새기거라. 그것이 양반가의 여인이 사는 방법이다."

어머니는 잠시 말을 멈춘 뒤 다시 입을 열었다. 방금 전과는 달리 왠지 들뜬 듯한 어머니의 목소리에 나는 고개를 들었다. 열망으로 빛나는 어머니의 눈동자는 어린 나의 가슴에 유성처럼 박혔다.

"현모양처(賢母良妻)가 되어야 한다. 그것이 너의 미래이니라. 그렇게만 된다면 그 누구도, 남편조차도 너를 함부로 대할 수 없을 게야. 집안의 모든 이들에게 인정과 존경을 받게 될 것이다. 알겠느냐?"

나는 다시 고개를 숙이며 어머니의 암시에 걸린 듯 입을 열었다.

"…… 예, 어머니. 반드시 명심하겠습니다."

현모양처에 대한 흠모를 드러내는 어머니에게 나는 그렇게 대답할 수밖에 없었다. 감히 어머니에게 반발할 수 없었기도 했지만, 어머니의 강렬한 흠모가 한지에 퍼지는 먹물처럼 나에게 젖어 드는 것을 막을 수 없었기 때문이기도 했다. 그러나 지금의 내 모습은 확신에 가까운 어머니의 기대와는 사뭇 달랐다. 나는 먼지와 거미줄이 가득한 뒷방으로 밀려난 신세다. 복잡하게 엉켜 있지만 바람이 불면 날아갈 것 같은 그 거미줄을 나는 밤마다 갈기갈기 해체할 것처럼 노려보았다. 여전히 나는 나의 죄를 인정하지 않았다. 그래서 몸과 정신이 상충하는 방식을 선택했다. 나를 두고 '음란한 황 부인'이라며 입을 놀리는 이들 앞에 몸뚱이를 미끼로 내놓고, 대신 나의 넋은 지키고자 했다. 끊임없이 휘몰아치는 감정과 생각을 단단히 붙들었다. 나의 고유한 것들을.

턱으로 흘러 구슬처럼 떨어지려던 땀을 소매로 훔치고 고개를 드는데, 소반을 얼굴 위로 한껏 들어 올려 꼿꼿하게 안채로 들어가는 벽성선을 발견했다. 미치 양홍의 아내 맹광이 책에서 뛰쳐나온 듯한 모습이었다. 이제 벽성선은 두 눈을 다소곳이 내리깔고는 시어머니의 식사 시중을 들 것이다. 양창곡에게 어울리는 아내는 바로 자신임을 온몸으로 증명하려 들 것을 생각하니, 목이 메었다. 겨우 성욕 풀이에 지나지 않는 첩 주제에, 감히. 이러한 생각은 직접적이든 간접적이든, 오래전부터 겪어온 터라 감정이라 착각하기 쉬웠다. 순간 나는 나도 모르게 얼굴 근육이 굳은 것을 느끼고 얼른 표정을 풀어 멍한 웃음을 지어보였다. 지나가던 하인들이 힐끔 훔쳐보는 눈길이 느껴졌다.

나는 어릴 때부터 어머니가 아버지의 첩을 싫어한다는 사실을 직감적으로 알았다. 허리를 숙여 인사하는 첩을 무시하는 것은 기본이었고, 작은 실수에도 뺨을 후려치는 일이 종종 일어났다. 엄하지만 한없이 자애로운 어머니가 그렇게 낯선 모습을 내보일 때마다 나는 두려움을 느꼈다. 하지만 아버지는 어머니의 행동에 아무런 제재도 하지 않았다. 어머니도 뒤돌아서는 언제나처럼 나를 따뜻이 품에 안았다. 그때 나는 깨달았다. 첩은 아버지의 여자일 뿐, 결코 가족이 될 수 없다는 것을. 그것은 아버지가 치러야 할 대가이자 어머니의 권리였다.

나 역시 지아비를 모시게 된다면 안방마님으로서의 권위를 누리게 되리라 생각했다. 그러나 시작부터 내 앞에는 어머니와 다른 길이 놓여 있었다. 남편뿐만 아니라 시댁 어른들은 당연하게도 남편을 유배 보낸 장본인의 여식보다는 유배지에서 고생하고 있던 남편에게 위안을 준 벽성선을 더 총애했다. 그녀의 하얗고 가느다란 목선과 곧은 속

눈썹은 순결을 돋보이게 했고, 기구한 사연은 내 눈에조차 그녀가 양창곡을 더러운 것들로부터 보호해 줄 연꽃처럼 보이게 했다.

벽성선은 태어나던 해에 전란이 일어나 부모를 모두 잃게 되었다고 했다. 이를 가엽게 여긴 한 기생이 태어난 지 얼마 안 된 핏덩이를 받아주었고, 그 대가로 벽성선은 어릴 때부터 기방의 잔심부름을 하며 자연스레 기생의 길을 걷게 되었다. 그러나 아무리 천한 기녀라 할지라도 몸을 더럽히지는 않을 것이며, 마음을 허락한 이에게만 순결을 바치겠노라 맹세했다고 말했다. 시부모님은 벽성선의 팔 안쪽에 있는 붉고 선명한 앵혈을 보고 그녀의 순결과 절개를 확신했다. 그리고는 그동안 얼마나 고생이 많았냐며 따뜻하게 품에 안아주었다.

감동의 눈물을 흘리는 그들에게서 한 발 떨어져 바라보고 있던 나는 홀로 마당에 덩그러니 서 있던 아버지의 첩이 떠오르면서 머리카락이 곤두서는 것을 느꼈다. 나는 내가 시댁에서 환영받지 못하는 존재임을 알고 있었다. 아버지가 혼사를 밀어붙이기 위해 이를 거부하던 양창곡을 기어코 유배까지 보냈기 때문이었다. 이 일의 원흉은 아버지에게 있었으나, 나 또한 여기서 자유로울 수는 없었다. 그런데 가족 구성원으로서 인정받는 벽성선의 모습은 내가 이 집에서 찬밥 신세임을 피부로 느끼도록 했을 뿐만 아니라, 처지가 뒤바뀌었다는 생각까지 하게 만들었다. 아무리 내가 조정을 손에 쥐고 주무르는 황 각로의 딸이라 할지라도 첩이 본처의 자리를 차지하는 것은 불온이었다. 그때부터 내 턱밑에는 '감히'라는 말이 점차 쌓여 단단하게 뭉쳐졌다. 감히 첩 주제에 나의 자리를 넘보려고 하다니. 침샘에 침이 고이는 것처럼 벽성선을 볼 때마다 이러한 생각이 절로 나는 것이었다.

달인 탕약을 청색 도자기 그릇에 옮겨 담고 있는데, 시야에 고운 비단신이 들어왔다. 천천히 고개를 들어보니 벽성선이 무언가 망설이는 듯한 표정을 지은 채 서 있었다.

"대감님께서 진지를 다 드셨습니다."

나는 그릇을 작은 소반에 놓고 벽성선에게 내밀었다. 그러자 벽성선은 고개를 저으며 오늘은 내가 직접 가져다주라 했다는 양창곡의 말을 전했다. 몸 상태를 살필 때 빼고는 나를 잘 보려고 하지 않았던 양창곡이기에 내심 놀라면서도 기뻤지만, 속내를 숨긴 채 가만히 일어섰다.

"저기…… 황 부인."

웬일인지 벽성선이 나를 불렀다. 앵혈처럼 반들거리는 입술이 살짝 떨어졌다가 금세 다물어졌다.

"혹시 사람을 살리는 약초 외에 다른 용도로 쓰이는 약초도 잘 아십니까?"

다른 용도라니. 혹여 독초에 대해 물어보는 건가 싶어 한쪽 눈썹을 올리며 답했다.

"자네가 무슨 말을 하는지 모르겠네."

벽성선은 내 말에 당황한 듯 망설이더니 머쓱한 웃음을 지으며 고개를 저었다.

"아닙니다. 괘념치 마세요."

괘념이라. 속으로 비웃고는 안방으로 향하는데, 다시금 벽성선이 말을 걸어왔다. 나는 눈을 지그시 감고 작게 한숨을 내쉬었다. 그리고 몸을 돌려 벽성선과 마주했다. 벽성선은 초록색의 치맛자락을 살짝

들어 올리며 나에게 한걸음 다가왔다. 그녀가 웃고 있다.

"그동안 있었던 일들, 모두 잊어버리기로 해요. 부인이 달라졌다는 소식에 얼마나 기뻤는지 모릅니다. 어쩌면 저희의 관계를 다시 쓸 수 있을지도 모르니까요. 친자매처럼요."

벽성선이 그저 첩으로서 쥐 죽은 듯 지냈더라도 그녀는 존재 자체만으로 내게 위협적이었을 것이다. 남편을 공유하는 관계라는 것 하나만으로도. 그런데 벽성선은 내 모든 것을 빼앗으려 들었다. 그게 고의였든 아니든 본질은 같았다. 그러니 그녀에 대한 나의 분노와 경멸은 본능에 가까운 감정이었다. 그런데 감히, 친자매라니. 어찌 천한 첩과 본처가 피를 나눈 자매가 될 수 있단 말인가. 벽성선은 지금 나를 모욕하고 있는 것이 분명했다.

벽성선은 아무 말도 하지 않고 애써 참는 나에게 더욱 가까이 다가와 속삭였다.

"부인, 입가가 떨립니다. 그러다 대감께서 눈치채시면 어쩌시렵니까?"

그리고는 작은 바람을 일으키며 내 옆을 지나쳐갔다. 벽성선에게서 나는 향이 내 오장육부를 뒤틀었다. 피를 토하며 죽어가는 어머니의 모습이 눈앞에 지나갔다. 손이 떨려왔다. 모든 것을 놓아버리고 싶었다. 벽성선이 나의 공포에 찬기를 불어넣었다. 추운 산속, 짐승의 울음소리, 어머니의 시체, 그 속에 들끓었던 구더기. 쇳덩이가 폐부를 강타하는 듯했다. 덜덜 떨리던 손은 결국 소반을 떨어뜨렸고, 탕약 그릇은 요란한 소리를 내며 깨졌다. 그리고 힘이 빠진 몸이 주저앉으며 그 위를 덮었다. 깨진 조각들이 손바닥에 깊이 박혔다. 그러나 고통은 느껴지지 않았다.

밖이 소란스러워지자 방 안에 있던 양창곡과 시어머니가 나왔다. 시어머니는 마루 위에 서서 나를 내려다보며 불호령을 내렸다.

"서방 앞에서 그 무슨 꼴이더냐. 이제는 네 몸가짐을 바로 하기도 어려운 게야?"

"…… 송구합니다, 어머니. 다시, 다시 달여 오겠습니다."

치맛자락에 가려져 있던 손이 붉은 피를 흘리며 모습을 드러내자, 주위가 고요해졌다. 그러나 내 눈에는 피가 아닌 깨진 조각들과 흙에 스며드는 탕약이 들어왔다. 다급하게 조각들을 주워 모으려는데, 눈앞에 크고 따뜻한 손이 드리워졌다. 고개를 드니, 짙은 눈썹과 어울리는 깊은 눈매가 나를 피하지 않고 마주했다. 양창곡이 어느새 다가와 바닥에 무릎을 대고 나의 두 손을 조심스레 들었다.

"치료부터 하시구려, 부인. 상처가 깊소."

"죄송합니다. 서방님께서 저를 믿고 맡기신 일인데……."

"그런 소리 마시오. 부인이 이리 바뀌어 돌아온 것만으로도 고마울 따름이오."

이렇게 가까이서 양창곡을 보는 것은 오랜만이었다. 무관심하고 냉철했던 눈빛에 처음 보는 생기가 어우러져 있었다. 못 본 새 입술 끝에는 잔주름이 생겨, 의지하고 싶은 연륜이 느껴졌다. 놀라웠다. 이 사람이 나를 염려하고 있다.

그의 모습을 보고 있자니 혼례식을 올리던 때의 설렘이 물씬 흘러나왔다. 그날 이후 처음으로 느껴보는 감정이었다. 주황빛의 나비가 살랑살랑 날아와 꽃가루를 뿌린 듯 코끝이 간질간질했다. 양창곡의 포근하고 달곰한 품에 기대어 있는데, 시어머니의 말이 비수처럼 날아왔다.

"쯧쯧, 어디서 요술을 배워와서는. 제 어미처럼 되기 싫으면 소란을 피우는 일은 없어야 할 게야."

덕분에 나는 찬물을 뒤집어쓴 듯 곧장 현실로 돌아왔다. 알고 있었다. 양창곡은 내가 아니라 내 약초가 필요했기에 나를 받아준 것임을. 만일 양창곡이 그 수많은 전쟁에 참전하지 않고 그 때문에 건강이 악화되지 않았더라면, 나는 어쩌면 평생 춥고 어두운 곳에서 어머니처럼 죽음을 맞이했을지도 모른다. 그럼에도 겨우 말 몇 마디에 들떴던 내 꼴이 한심했다. 그러나 나는 언제나 그 앞에서 지고야 말았다. 그때 그렇게 내쫓지만 않았더라면 어머니가 차가운 흙바닥에서 돌아가시지는 않았을 거라고, 원망조차 토로할 수 없다는 사실에 돌덩이가 마음에 얹힌 듯했다.

아직도 어머니에 대한 마지막 기억은 망령처럼 머릿속을 떠돈다.

비가 폭포수처럼 쏟아지는 밤이었다. 나는 대문 앞에서 무릎을 꿇고 절규했다. 벽성선을 죽이기 위해 어머니와 함께 자객을 사주했다는 사실이 들통난 것이었다.

"대체 제가 무엇을 잘못했단 말입니까? 적첩지분(嫡妾之分)이라 했습니다. 처와 첩의 위상은 하늘과 땅일진대, 고작 저 천한 것 때문에 절 이리 내치실 수는 없습니다."

그러나 결국 나와 어머니는 하인들의 우악스러운 손에 잡힌 채 질질 끌려 추자동으로 쫓겨났다. 그곳은 무성한 잡초 외에는 아무것도 보이지 않는 곳이었다. 밤에는 울부짖는 짐승 소리에 잠을 설치며 두려움에 떨어야 했다. 가시 울타리를 친 어두운 흙집에 갇혀 추위에 떨고 악몽에 시달리며 하루하루 말라 갔다. 몸이 약했던 어머니는 견디지 못하고 금방 병이 들고 말았다.

"어머니, 기운을 내세요."

내가 할 수 있는 일이라고는 수건으로 식은땀이 맺힌 어머니의 이마를 닦는 일밖에 없었다. 어머니는 허공을 바라보며 눈물을 흘렸다.

"아가야, 내 어머니가 매섭게도 꾸짖으시는구나. 모두 내 탓이다. 너를 올바르게 인도하지는 못할망정 벽성선을 죽이도록 내가 부추겼어."

나는 어머니의 손을 붙잡고 고개를 저었으나, 어머니는 단정치 못하게 삐져나와 흔들리는 내 미리카락을 망연히 바라보았다. 그러다 결국 고개를 돌리고 눈물을 떨어뜨렸다.

"그때로 돌아간다면, 돌아갈 수만 있다면……."

어머니는 후회로 가득한 목소리로 중얼거리더니, 내 손을 꼭 붙잡았다.

"아가, 쥐 죽은 듯이 살거라. 그저 모든 것에 수긍하며 살아야 하느니라. 그래야만 네가 살아."

어머니가 나를 살리기 위해 남은 힘을 다해서 꺼낸 마지막 말이었다. 하지만 이 말이 가슴에 칼자국처럼 남아 항상 내 몸과 마음을 감시한다는 사실은 끔찍하고도 슬프다.

의원이 다녀가고 방에 혼자 남자 참았던 눈물이 비집고 흘러나왔다. 손을 감싼 하얀 천으로 뺨을 거칠게 닦았다.

'어머니, 어머니께서 그리 말씀하시면 대체 전 어찌 살아야 합니까. 제 세상을 만드셨던 분이 도리어 제 세상을 무너뜨리신단 말입니까.'

양창곡이 부수려 해도 꿈쩍하지 않았던 나의 세계는 어머니의 처절한 애원에 금이 가기 시작했다.

우연히 벽성선과 양창곡이 하는 대화를 엿들었던 적이 있었다.

"만약 네가 아들을 낳는다면, 장남으로 삼을 것이다."

"정말이십니까? 하지만, 황 부인이 계시는데……."

"흥, 그깟 황 부인 따위는 무시하면 그만이다. 이 집안의 주인은 나이니라."

법도를 짓밟는 양창곡의 말이 사방으로 울려댔다. 차가운 칼날이 심장에 겨눠진 듯했다. 그러나 공포는 곧 분노로 바뀌었다. 족보에 이름을 올리지도 못하는 첩이 문턱을 드나들더니 결국 내 모든 것을 빼앗으려 하고 있었다. 벽성선을 죽여야 한다는 어머니의 말에 잠시 망설였으나, 어차피 더 잃을 것이 없었다. 벽성선만 없어진다면 안채의 주인은 내가 될 게 분명하다고 착각했다.

세상의 말을 빌리면, 결과는 권선징악이었다. 관료들은 전쟁에서 보여주었던 양창곡의 용맹함과 집안의 기강을 바로 세운 총명함을, 평민과 천민들은 결백한 첩을 구한 어진 마음을 칭송했다. 그 사이에서 우리 두 모녀는 깊은 골짜기로 추락하여 더럽고 사악한 인물로 그려졌다.

그려졌다. 나는 그렇게 생각한다. 평생을 함구하더라도 그렇게 생각할 것이다. 남들이 원하는 대로 살지 않을 것이다. 나는 언제나 내가 존엄해질 수 있는 선택을 했다. 벽성선을 죽이고자 했던 것 또한 내가 나다울 수 있기 위한 선택이었다. 그러니 후회하지도, 죄라고 생각하지도 않을 것이다.

나는 턱밑에 달린 눈물을 거칠게 닦고 밥상 앞으로 다가갔다. 끼니를 거르고 몸을 혹사하면서 자학하던 시기는 지났다. 몸과 정신이 따로 놀아도 정신은 몸에서 절대 벗어날 수 없기에, 그래서 스스로를 지키고자 하는 노력은 결국 실패로 끝나겠지만, 그래도 그 끝을 조금이라도 미루는 게 지금 내가 할 수 있는 최선이었다.

밥 한 숟가락을 떠서 입에 넣었다. 식은 밥알들이 녹아 단맛을 내기 시작하는데, 그 순간 입안의 감각이 둔해지면서 코끝이 찌르르했다. 우걱우걱 씹던 턱을 멈췄다. 더 씹지도, 뱉지도 못했다. 온몸이 덜덜 떨렸다. 누군가 밥에 맹화를 넣었다.

차가운 흙바닥에서 어머니가 돌아가신 뒤, 어머니의 시신과 몇 날 며칠을 함께 지냈다. 어머니의 죽음을 도저히 믿을 수 없었다. 처음에는 부정했고, 곧 분노했다. 어머니를 살려내라고 하늘에, 당장 눈을 뜨라고 어머니에게 미친 듯이 화를 냈다. 그러나 시신에 구더기가 생기고 무수히 번식하기 시작하자 더는 어머니를 이대로 내버려 둘 수가 없었다. 흙집 근처에 묫자리를 잡고 두 손으로 정신없이 땅을 팠다. 며칠 동안 아무것도 먹지 못한 상태에서 눈물을 쏟으며 밤새 구덩이를 팠으니, 기절하지 않는 것이 이상했다. 어머니의 무덤에서 탈진해 쓰러진 나를 근방에서 약초를 캐던 노인이 구해주었다. 덕분에 목숨은 건질 수 있었으나, 내 눈은 총기를 잃은 지 오래였다.

어머니가 돌아가신 이후 나는 매일 악몽에 시달렸다. 꿈속에서 벽성선은 오장육부를 모두 드러낸 채 내 옆에 처참하게 죽어 있었고, 피

묻은 칼을 단단히 쥔 정체 모를 복면을 쓴 자는 내게 천천히 다가오고 있었다. 나는 도망가려 했지만, 문을 막아서는 검은 그림자 때문에 그럴 수 없었다. 결국 공포에 질려 모든 걸 체념하고 눈을 감는 순간 잠에서 깨어났다. 나는 제대로 먹지도 못하고 하루에도 몇 번씩 같은 꿈을 꾸었다. 그러다 보니 당연하게도 건강은 점점 악화됐다.

그런 나를 그냥 두고 볼 수만은 없었는지, 어느 날 노인은 흙집 앞에 요깃거리와 호미를 두고는 외쳤다.

"이러고 있을 때가 아닐세!"

노인의 우렁찬 목소리는 귓속으로 파고들어 머리를 뒤흔드는 듯했다.

"그리 괴로우면 몸을 혹사하게나. 육체가 힘들면 아무 생각도 나지 않을 테니."

노인은 나의 공포 안에서 반동적으로 꿈틀거리는 생존 욕구를 불러일으켰다. 악몽에서 벗어나기 위해 노인을 스승님으로 모시고 약초꾼이 되어 산을 탔다. 날이 더운 날에는 온몸이 찐득한 땀에 찌들었고, 추운 날에는 머리가 새하얘졌지만, 약초를 캐는 일을 멈추지 않았다. 머리를 풀어헤친 채 미친 듯이 돌아다녀서 한동안 산에 어둑시니가 산다는 소문도 돌았다.

물론 산에 가지 않는 날도 있었다. 그런 날에는 스승님의 집에서 약초에 대해 배우곤 했다. 어느 날, 평상에 약초를 말리고 있던 스승님이 주황빛이 도는 꽃을 내 코에 갖다 댔다. 인상을 찌푸리며 코끝을 찌르는 냄새라고 말하자, 스승님은 의미심장한 표정을 지었다.

"후각이 뛰어나구나. 보통 사람들은 대개 알아차리지 못한다."

"그건 이름이 무엇입니까?"

"맹화. 먹으면 개과천선하는 약초지."

"스승님의 표정을 보니 정말 개과천선이 이루어지지는 않는가 보군요. 실제로는 어떻게 되는 겁니까?"

"완전히 틀린 말은 아니다. 탐욕스러운 자도 맹화를 먹고 나면 마음이 고요해지고, 모든 것에 의문을 품지 않게 되지."

"한마디로 바보가 된다는 뜻 아닙니까? 이런 독초도 다루시는 겁니까?"

노인은 움직이던 손을 멈추고 경계 어린 눈빛을 한 나와 마주했다.

"아무리 악을 쓰고 발버둥을 쳐도 세상이 들어주지 않는 목소리가 있지. 나는 이 약초를 그런 자들을 위해 쓸 뿐이다."

그런 맹화가 어찌 나에게로 왔을까. 대체 누구의 짓인가. 소량을 넣은 것을 보니 천천히 정신을 망가뜨릴 계획인 듯했다. 뱉을까. 하지만 밥을 남긴다면 범인은 내가 눈치를 챘다는 사실을 알게 될 것이고, 그렇다면 다음에는 어떤 식으로 나를 해칠지 모를 일이었다. 혹여라도 내가 모르는 독초라도 사용한다면 무어라도 시도해 볼 여지조차 없게 될 것이다. 입에 머금고 있던 밥을 억지로 삼켰다. 맹화가 지나간 식도가 화끈거렸다. 해독하기 위해서는 이틀 내로 보라색 꽃을 피우는 해독초를 먹어야 했다.

나는 잠을 자지 않고 늦은 밤까지 기다렸다가 몰래 부엌으로 들어갔다. 부엌에 드나드는 이는 하인들과 강남홍, 벽성선, 시어머니였다. 그중에서도 가장 유력한 후보는 벽성선과 시어머니였다. 시어머니는 내가 이 집으로 돌아온 날부터 마주칠 때마다 폭언을 서슴지 않았다. 오늘은 부엌에 들어가지 않았지만, 하인을 시켰을 수도 있는 일이었다. 그리고, 벽성선. 내가 그녀를 죽이려고 했으니 그녀도 그러지 말란 법은 없나. 또한 오늘 아침에 벽성선은 내게 사람을 살리는 용도 외의 약초에 대해 물어왔다. 틀림없이 독초에 대해 물은 것이 분명하다. 강남홍은 후보 중에서 제일 마지막 순위이다. 그녀는 양창곡이 제일 아끼는 첩이다. 장남의 자리도 벽성선의 아들이 아니라 강남홍의 아들이 차지했다. 그러나 이 일은 내가 추자동으로 쫓겨난 이후의 일이었다. 갈등이 일어날 틈도 없었으니, 서로가 서로를 불편하게 여길지언정 극단적인 감정은 아니었다. 다만 강남홍을 향한 내 마음은 벽성선과는 달리 투기가 아니었다.

범인은 분명 맹화를 밥과 섞는 데 용이하면서도 만일 들켰을 시에 빠져나갈 변명을 마련할 수 있는 부엌에 숨겼을 것이다. 부엌에서 독초가 발견된다 한들 그것이 누구의 것인지 증명할 방법이 없을 테니까.

아궁이 속부터 찬장까지 꼼꼼히 확인했다. 양념장을 두는 곳과 부엌 바깥에 있는 항아리 밑까지 샅샅이 살폈으나, 맹화의 흔적은 찾을 수 없었다. 그렇다면 범인이 맹화를 직접 지니고 있는 것인가. 대체 왜 그런 위험을 감수한단 말인가. 어느새 땀으로 범벅이 된 이마를 소매로 닦고 지친 몸을 기둥에 기대었다. 어지러운 머릿속을 정리하기 위해 두 눈을 감고 위로 고개를 들었다. 그러나 답은 나오지 않았다.

결국 아무것도 알아내지 못한 채 나는 부엌을 빠져나왔다. 방으로 발길을 돌리려던 그때, 사랑채에서 이상한 소리가 들려왔다. 끙끙 앓는 소리에 낮은 목소리가 섞여 있었다.

나는 가까이 다가가서야 그 소리의 정체를 알 수 있었다. 강남홍이 새어 나오는 신음을 애써 참고 있었고, 양창곡은 숨을 몰아쉬며 거친 말들을 쏟아내고 있었다.

"음란한 계집! 네년이 아무리 전쟁터에서 날고 기었다 한들, 후……. 내 아래에서는, 한낱 씨받이일 뿐이다. 음탕한 년! 윽……."

양창곡은 힘에 부치는지 자꾸 끊기는 말을 힘겹게 이어가다가, 마지막으로 크게 신음을 내지르고는 끝을 냈다. 잠깐의 정적 이후 옷매무새를 정리하는 소리가 들리자 나는 서둘러 그곳에서 벗어나 마당을 가로질러 창고 근처에 있는 방으로 들어왔다. 조심스럽게 문을 닫고 그 자리에 주저앉았다. 심장 소리가 너무 커서 귓구멍이 왕왕거렸다. 얼굴은 불덩이 속에 집어넣은 것처럼 타올랐다. 마치 강남홍이 아닌 내가 당한 것처럼.

인정하고 싶진 않았지만, 나는 강남홍을 동경했다. 그래서 자존심이 상했다. 양반집 규수가 천한 기생 출신을 동경하는 건 말이 되지 않았으니까. 그러나 부정은 할 수 있어도 멈출 수는 없었다.

약초꾼으로 살아갈 때, 가끔 마을로 내려와 약초를 팔다 보면 이런 저런 세상사를 듣기도 했다. 그때 오랫동안 사람들의 입에서 끊이지 않던 이야기가 있었는데, 바로 명나라와의 전투에서 양창곡과 강남홍이 큰 공을 세우고 승리했다는 소식이었다. 특히 강남홍이 남장을 하고 적들을 벤 이야기는 영웅 소설로도 쓰일 정도였다. 나는 여인의 역할이란 한평생 시부모와 지아비를 섬기며 자식을 기르는 것이라고만 생각했다. 그런데 사내처럼 전쟁에 나가 나라를 위해 싸우고 승리를 이끌다니. 너무나 비현실적인 이야기에 머리가 어지러울 지경이었다. 여인이 전장을 누비는 모습이 도저히 그려지지 않았다. 그러나 어째

서인지 가슴은 머리보다 빠르게 반응했다. 적장의 머리를 벤 그녀의 전설적인 이야기는 나를 현실에서 끄집어내어 무한한 가능성이 있던 유년시절로 이끌었다.

그렇게 이야기로만 전해 듣다가 집으로 돌아와 강남홍을 처음 마주했는데, 구릿빛 얼굴에 확신을 담아 그은 듯한 짙은 눈썹이 늘 상상하던 그대로였다. 그러나 강인해 보이는 겉모습보다 더 좋았던, 그래서 더욱 싫었던 것은 그녀의 내면에서 뿜어져 나오는 듯한 기개와 당당함이었다. 나는 그때 강남홍이 천출이라는 사실이 매우 안타까웠다.

그런데 그런 강남홍에게 양창곡은 온갖 모욕을 퍼붓고 있었다. 그 거친 언행은 강남홍뿐만 아니라 그녀를 동경하던 내 마음에까지 날아와 칼날처럼 꽂혔다.

남은 시간은 하루 반나절 정도였다. 아침에도 맹화가 들어간 밥을 먹은 나는 멍한 상태로 탕약을 달여 양창곡에게 가져다주었다. 양창곡은 걱정스러운 얼굴을 하며 어디가 아픈 것이냐 물었고, 나는 괜찮다고 대답하며 오늘 약초를 캐기 위해 산에 다녀와야겠다고 말했다. 양창곡은 흔쾌히 그러라고 했다.

생각보다 독이 빨리 퍼지고 있었다. 이틀까지는 버틸 수 있다고 생각했으나, 이대로 가다가는 제때 손을 쓸 수 없을 것 같았다. 무거운 몸을 이끌고 해독초를 찾기 위해 산을 오르기 시작했다. 초봄에 핀 꽃들은 어느새 흔적도 없이 사라지고 파릇한 풀과 잎이 산을 뒤덮고 있었다. 햇빛은 거대한 창날처럼 풍성한 나무들 사이로 쏟아져 내렸다. 뜨거워지는 봄 햇살에 옷은 금세 땀으로 젖었고, 수분이 부족해지자 어지럼증이 더욱 심해졌다. 손등으로 눈을 거칠게 비비며 흐려지는 정신을 붙잡으려고 노력했다. 나는 보라색 꽃을 찾기 위해 눈에 불을 켰으나, 호미는 정신없이 휘둘러지다가 돌에 맞아 제 기능을 하지 못했다. 호미를 뒤로 던지고 두 손으로 풀을 헤치고 땅을 팠다.

거대한 손이 머리를 꽉 움켜쥐는 듯한 고통이 덮쳐왔다. 두려움이 자욱하게 밀려왔다. 내가 왜 산에 있는 것인지 목적이 희미해졌다. 두 손은 흙투성이가 되었고, 오른손을 감싼 하얀 천은 피에 젖어 있었다. 끈적했고, 통증이 있는 부분에서 맥박이 느껴졌다. 마치 큰 잘못이라도 감추려는 양 치마에 손을 문지르고 서둘러 산에서 벗어났다. 아무것도 기억나지 않았지만, 몸이 방향을 기억하는 듯 저절로 움직였다. 한참을 내려가자 수도로 가는 길이 보였다. 집으로 가야 했다. 집에 가서 어머니를 만나야 했다.

대문을 두드렸다. 하인이 문을 열어 내 얼굴을 확인하더니, 당황한 기색을 내비쳤다.

"어머니 어디 계시느냐?"

그러나 하인은 내 물음에는 답하지 않고 아버지를 불렀다. 아버지는 인상을 찌푸린 채 길고 하얀 수염을 쓰다듬으며 모습을 드러냈다. 얼굴이 낯설었다. 매일 보던 아버지의 얼굴이 아니었다. 마치 시간이 오래 지난 듯 늙어 있었다.

"다시는 내 앞에 나타나지 말라고 했거늘."

아버지가 왜 이리 차가워지신 걸까.

"아버지……. 어머니는 어디 계십니까?"

"…… 대체 무슨 말을 하는 것이냐? 드디어 네가 미쳐 돌았구나."

나는 당최 이 상황을 이해할 수 없었다. 불안감에 휩싸였다. 나는 어머니를 부르며 하인들을 뿌리치고 안채로 들어섰다. 그곳에는 어머니가 아니라 다른 여인이 있었다. 멍하니 서 있는 나를 다시 하인들이 끌어내 마당으로 던졌다.

"아버지, 저분은 누구십니까? 어머니는 어디 계시는 겁니까?"

그러나 아버지는 고개를 돌리고 하인들에게 차갑게 명령했다.

"당장 내쫓거라. 저 아이는 이제 내 자식이 아니다."

나는 발버둥을 쳤지만, 하인들의 억센 손을 이겨낼 수는 없었다. 뒤늦게 마루로 나온 오라버니를 바라보았지만, 오라버니 역시 아버지와 같은 얼굴을 하고 있었다. 그 모습을 마지막으로 대문이 굳게 닫혔다. 나는 오른손의 통증이 더는 느껴지지 않을 때까지 대문을 두들겼다. 그러나, 끝내 열리지 않았다.

한참을 대문 앞에 주저앉아 있다가 힘이 좀처럼 들어가지 않는 다리를 애써 이끌어 저잣거리로 나갔다.

"제가 잘못했습니다. 다 제 탓입니다. 용서해 주세요."

누구를 향한 것인지도, 잘못이 무엇인지도 몰랐다. 지나가던 사람들이 힐끔거리며 수군대는 소리가 들렸지만, 나는 그저 잘못을 빌고 또 빌었다. 정신이 아득해지고 있었다. 눈앞이 핑 돌며 새파란 하늘이 곧 나를 덮칠 것 같았다. 어지러움에 고개를 흔들고 앞을 바라보는데, 약방에서 하얀 뭉치들을 들고 급히 어딘가로 가는 여인이 눈에 들어왔다. 하얗고 고운 피부에 커다란 눈망울.

"벽성선……."

그녀를 보자 정신이 제자리를 찾기 시작했다. 양창곡과 혼인한 사실. 그러나 벽성선 때문에 추자동으로 쫓겨났고, 어머니는 돌아가셨다는 사실. 그리고 다시금 되새겨지는 분노. 나는 나도 모르게 벽성선의 뒤를 쫓기 시작했다.

저잣거리에서 한참을 벗어난 벽성선은 어느 초가집에 도착했다. 그곳에는 마당을 쓸고 있는 한 앳된 사내가 있었다. 벽성선이 싸리문을 열고 들어서자, 사내가 환한 웃음과 함께 입을 열었다. 그 순간, 나는 내 귀를 의심했다.

"어머니!"

그 사내는 빗자루를 내려놓더니 얼른 달려와 벽성선을 안았다. 벽성선에게 숨겨둔 아들이 있다니. 남몰래 감춰두었던 은밀한 비밀이 내 눈앞에 펼쳐졌다. 믿지 못할 장면에 혼란스러워진 나는 일단 몸을 돌려 그곳에서 벗어나려 했다. 그때, 사내가 벽성선의 어깨너머로 나를 발견했다.

"누구십니까?"

벽성선은 사내의 말에 뒤를 돌아보고는 곧 얼굴이 새하얗게 질렸다. 마치 밧줄에 매달아 내건 잘린 머리처럼.

"…… 황 부인."

놀랍게도, 그때 방안에서 강남홍이 벽성선에게 말을 건네며 나왔다.

"약은 사 왔어?"

분위기가 심상치 않자 영문을 모르던 강남홍은 곧 나를 발견하고는 입을 굳게 다물었다. 나 역시 그들을 바라보다가 말없이 뒤를 돌았다. 그러자 벽성선이 뛰쳐나와 내 팔을 붙잡았다.

"이 더러운 손 놓거라."

나는 거칠게 뿌리쳤으나, 벽성선은 끈질기게 붙잡고 늘어졌다.

"부인, 제발……. 제 말을 좀 들어주세요."

"대체 무슨 말을? 내 당장 가서 이 사실을 고할 것이다. 비키거라!"

벽성선은 분노로 일그러진 내 얼굴을 보더니, 설득이 안 될 것을 알았는지 손을 놓고는 돌아서는 내 등 뒤에 대고 말했다.

"어디 한번 가서 말씀해 보시지요. 그 누가 황 부인의 말을 믿겠습니까?"

나는 적반하장으로 나오는 벽성선의 태도에 어이가 없어서 뒤를 돌아보았다. 벽성선은 내 눈을 피하지 않았다. 그 뒤로 강남홍과 벽성선의 아들은 우리를 잠자코 바라보고 있었다.

"부인이 집으로 돌아가시는 동안 저희는 절대 찾을 수 없는 곳으로 이동할 것입니다. 그렇게 되면, 부인은 또 저를 음해하고자 거짓말을 한 것이 되겠지요."

결단이 서린 얼굴을 한 벽성선이 나에게 다가와 말을 이어나갔다.

"하지만 제 부탁을 들어주시면, 황 부인이 원하는 대로 하겠습니다. 그땐 제가 대감께 직접 고하겠습니다."

그러자 강남홍이 벽성선을 말렸다.

"너 미쳤어?"

"그럼 이대로 그냥 지켜만 봐? 평생을 고통 속에서 사셨던 분이야."

벽성선은 자신의 말에 반박하려 입을 여는 강남홍을 지나치고는 나를 방안으로 안내했다. 나는 굳은 표정으로 입을 다문 강남홍을 잠시 바라보다가 안으로 들어갔다. 그곳에는 죽어가는 노인 하나가 누워 있었다. 좀 더 가까이 다가가자, 왠지 낯이 익은 듯했다. 자글자글한 주름이 가득한 얼굴에 대각선으로 길게 나 있는 흉터. 나는 그제야 노인의 정체를 알아챘다. 바로 내가 벽성선을 죽이기 위해 사주했던 자객이었으니까.

"이자가 네 어미였나?"

"생모는 아니지만, 부모를 잃은 저를 키워주셨으니……. 예, 제 어머니입니다."

나는 크게 웃음을 터뜨렸다. 그러지 않으면 내 안에 있는 뜨거운 것이 폭발할 것만 같았다. 어쩐지, 이상했다. 늘 마음 한구석에 양창곡이 대체 어떻게 그 치밀한 계획을 알아챌 수 있었을까 하는 의문이 남아 있었는데, 이제야 명쾌한 답을 알게 된 것이다. 너무나도 명쾌하여 속이 새까맣게 타들어 갈 지경이었다. 내가 사주한 자객이 벽싱선의 양모라니. 이 얼마나 재미있는 운명의 장난이란 말인가.

"대체 왜 웃으시는 겁니까?"

못마땅해진 강남홍이 따져 물었고, 나는 웃음을 뚝 그치고 차갑게 말했다.

"후회돼서. 다른 자를 사주했어야 했는데."

강남홍은 내 말에 발끈하여 멱살을 잡았다.

"사람 죽이는 게 그렇게 쉬워? 아니다, 당신은 우리 같은 출신들은 같은 사람으로도 안 보이지?"

"너희 같은 출신들? 그딴 거 알게 뭐야. 잡것들 주제에."

화가 난 강남홍이 나를 향해 주먹을 날리려는 찰나, 벽성선은 머리를 감싸며 소리를 질렀다.

"그만! 황 부인께서도 그만 하세요! 제 어머니가 죽어가고 있습니다. 전에는 악연이었을지라도 지금은 그저 고통에 허덕이는 사람으로 불쌍히 여겨주시면 안 되겠습니까?"

벽성선의 충혈된 두 눈에 이슬 같은 눈물이 맺혔다. 그 모습을 보자니 짜증이 치밀었다. 하지만 스승님께 배운 바가 있으니, 눈앞에서 숨을 몰아쉬는 환자의 상태를 살피지 않을 수도 없었다. 나는 강남홍을 밀치고는 자객 곁에 앉아 맥을 짚었다. 희미하게 뛰고는 있었지만 머지않아 멈출 것이 확실했다. 죽음을 미룰 수는 있어도 막을 수는 없었다.

"…… 살릴 수 없어. 너도 잘 알 텐데?"

"예. 그러니까 제 부탁은, 죽여달라는 것입니다. 아무 고통 없이, 잠과도 같은 평안한 죽음을."

벽성선은 이내 뜨거운 눈물을 흘리기 시작했다. 나는 저 눈물을 알고 있다. 나 또한 아무것도 못 하고 어머니를 보냈으니까. 벽성선은 죽음만이라도 선택하고 싶었던 것이다. 어머니가 어떤 죽음을 맞이하게 할 것인가. 죽을 때까지 몸이 썩어들어가는 고통을 느끼는 것은 당사자도, 그 모습을 지켜보는 이들도 괴로울 테니. 그 마음이 느껴지자 아무리 나라도 부탁을 거절하기가 어려웠다. 잠시 고민했으나, 나는 결국 고개를 끄덕일 수밖에 없었다.

내가 약을 만드는 동안 벽성선은 나에게 어머니의 이야기를 들려주었다. 그건 어머니의 마지막을 제 나름대로 정리하고자 하는 마음이었고, 내가 하는 일이 살인이 아니며 죄책감을 느끼지 않아도 된다는 것을 알려주기 위함이었다.

그녀의 이름은 춘삼이였다. 춘삼은 투기와 모함을 일삼는 처첩들을 암살하는 자객으로 여인들 사이에서 암암리에 알려져 있었다. 춘삼이 이러한 의뢰에 유난히 집착한 이유는 노비일 때 주인 양반에게 겁탈 당하고 강제로 첩이 되었으나, 그 본처에게 모진 괴롭힘을 당했던 기억이 있기 때문이라고 했다. 본처의 투기로 죽을 위험에 처한 춘삼은 가까스로 그 집에서 탈출하는 데 성공했다. 그러나 여인의 몸으로는, 그것도 노비 출신으로는 홀로 살아남을 방법이 없었다. 그래서 결국 음지의 영역에 발을 들이게 된 것이었다.

시체를 묻고 있던 어느 날 밤, 춘삼은 홀로 빽빽 울고 있는 갓난아이를 발견했다. 아기가 조그마한 손으로 제 손가락을 잡는 순간 춘삼은 차갑게 얼었던 마음이 녹는 듯한 느낌을 받았다. 도저히 모른 체 돌아설 수가 없었다. 아기는 살기 위해 동아줄처럼 춘삼을 잡았고, 그 마음이 그대로 춘삼에게 전해진 것이었다. 그 아기가 바로 벽성선이었다.

춘삼은 벽성선을 기생집에 맡겨놓은 채 더 많은 의뢰를 받아들였다. 그러다 춘삼의 실력을 눈여겨본 양반 하나가 그녀를 후원하기 시작했다. 그는 바로 나의 아버지인 황 각로였다. 아버지는 자신의 권력을 지키기 위해 눈에 거슬리는 양반 가문의 인물들을 춘삼을 통해 암살해 왔다.

"…… 그리고, 당신 아버지께서는 자신이 벌여왔던 모든 일을 숨기기 위해 대감께 붙은 저희 어머니를 죽이려고 했죠. 보다시피 반은 성공했고, 반은 실패했습니다. 저희 어머니는 죽지 않았지만, 죽어가고 있습니다. 평생을 양반에게 이용만 당하다가."

"어쩌면 자신의 복수를 위해 양반들을 죽인 것일지도 모르지."

나는 아버지의 추악함을 인정하는 대신 춘삼의 어두운 상처를 들쑤시는 편을 선택했다. 벽성선은 그런 내 마음을 아는지 빙긋 웃으며 고개를 끄덕였다.

"맞아요. 하지만 어머니께 죽임당한 양반들은 어머니를 강제로 첩으로 만든 그놈도, 그렇게나 어머니를 괴롭혔던 그의 처도 아니었죠. 그러니까, 어머니는 벌 받으신 거예요."

마지막 말을 뱉으며 벽성선의 표정이 일그러졌다.

"억울해? 어머니만 벌 받은 것 같아서?"

내 물음에 벽성선은 고개를 들어 나와 눈을 맞췄다.

"예. 그놈들은 어떤 죄를 지어도 버젓이 잘만 살아 있는데, 왜 저희 어머니만 이런 비참한 마지막을 맞이해야 합니까?"

벽성선의 꽉 다문 턱이 떨리기 시작하더니 결국 그녀는 다시 울음을 터뜨렸다. 그 모습을 보며 나는 어머니의 마지막 순간을 떠올렸다. 어머니는 왜 죽어야만 했을까. 비록 사람을 죽이는 일이 잘못되었다 할지라도, 나와 어머니는 세상이 가르쳐 준 대로 산 것뿐인데. 왜 그토록 처참한 죽음을 맞이했을까.

"전 부인이 너무 미워요. 제 어머니를 그토록 괴롭혔다는 그 여자가 생각나서, 그때 어머니가 얼마나 괴로웠는지 제가 몸소 사무치게 느끼도록 만드셔서요. 왜 절 죽이려고 하셨어요? 꼭 그렇게까지 하셨어야 했나요?"

"…… 네가 내 모든 것을 가져가려고 했으니까. 서방님의 총애 따윈 바라지 않은 지 오래였어. 다만, 너무 외로웠다. 오직 회임만을 위한 관계는 고통스러웠고, 마치 볼일을 끝낸 듯 훌훌 털어버리고 떠난 그 빈자리는 너무도 차가웠어. 그 빈자리가 길어지는 만큼 내 마음도 얼어붙었다. 서방님 하나만 바라보게 만드시고는, 어찌 그리 잔인하실까. 그래도 내 뱃속으로 낳은 내 아들만큼은 대를 잇기를 원했다. 그 유일한 꿈이 내 숨통을 조금은 트이게 했어. 그런데……."

나는 말을 끝맺지 못했다. 나를 바라보는 벽성선의 눈빛이 이전과 묘하게 달라져 있음을 느꼈으나, 외면한 채 그릇에 담긴 약을 건넸다. 벽성선은 흔들리는 눈으로 그릇을 바라보다가 이내 조심스럽게 받아 들고는 안으로 들어갔다. 그리고 잠시 뒤, 통곡 소리가 들려왔다. 나와 어머니의 계획을 밀고한 춘삼이 죽었다. 그런데, 당혹스럽게도 저 안에 있는 이들의 슬픔이 내 안으로 스며든다. 나는 머리가 터질 것만 같았다. 나는 용서를 해야 하는 입장인가, 용서를 구해야 하는 입장인가.

눈을 끔벅끔벅 감았다가 떴다. 무언가 중요한 것을 잊어버린 듯한데, 그게 무엇인지 몰랐다. 하지만 답답하지는 않았다. 그냥 그런가 보다 했다. 내일 따사로운 아침 햇살을 받으며 일어나면 생각이 나지 않을까. 그저 몸과 마음이 물에 잠긴 듯 내려앉았다. 이유 모를 웃음이 나왔다. 나는 다시 눈을 감고 잠을 청했다. 나른하고 편했다. 그런데 그 순간, 찬바람이 얼굴을 스치며 피비린내가 코를 찔렀다. 갑자기 누군가 내 위에 올라타 목을 조르기 시작했다. 눈을 번쩍 뜨고 정체를 확인했다. 어둠 속에서도 뚜렷하게 보이는 짙은 눈썹, 강남홍이었다.

"그렇게 죽이고 싶었어? 그래도 제 어미를 떠나보냈는데, 조금은 기다려줄 수도 있었잖아!"

분노에 가득 찬 강남홍은 이성을 잃은 것 같았다. 숨이 쉬어지지 않아 발버둥을 쳤지만, 꿈쩍도 하지 않았다. 나는 그 손길에서 벗어나려 강남홍의 옷을 강하게 붙잡아 당겼다. 그때, 그녀의 옷 안에서 나비가 수놓아진 비단 주머니가 빠져나와 내 가슴 위로 떨어졌다. 코를 강하게 찌르는 향이 났다. 그걸 보는 순간 다시금 기억이 돌아왔다. 맹화. 나는 바닥을 더듬어 촛대를 잡고는 강남홍에게 휘둘렀다. 강남홍이 순간 중심을 잃고 쓰러지자, 이번에는 내가 그 위로 올라탔다. 쉰 목소리가 나왔다.

"너야? 내 음식에 맹화를 넣은 놈이?

"그래, 이 사악한 요물아! 벽성선이 죽는다면, 그땐 내 손으로 직접 너를 죽일 것이다."

"그게 무슨 소리야. 벽성선이 죽는다니."

"모르는 척하지 마. 당신이 대감께 고하는 바람에 그 수하들이 찾아왔어. 그 칼에 벽성선이 맞았다고."

나는 그제야 강남홍의 상태를 확인했다. 팔에는 피가 흐르고 있었고, 얼굴은 피로 범벅이 되어 있었다.

"개소리하지 마. 나 아니야."

멱살을 쥐어 잡고 올려 가까이 대고 낮게 말하자, 강남홍의 눈이 흔들렸다. 나는 강남홍에게서 떨어져 창문을 열고 시간을 확인했다. 달의 위치를 보니, 시간이 얼마 남지 않았다. 신음을 흘리고 있는 강남홍에게 다가가 단검을 꺼내어 목에 겨누었다.

"해독초 내놔."

강남홍은 한쪽 입꼬리를 올리며 없다고 대답했다. 나는 끝이라는 생각에 절망감에 휩싸여 강남홍의 목에 더욱 칼을 들이밀며 절규했다.

“대체 왜? 왜 나한테! 나는 너를…… 나는 얼마나 너를…….”

“당신은 왜 그랬어? 벽성선한테 왜 그랬어!”

“나 아니라고 했잖아!”

나는 단검을 집어던지고 떨어져 있는 맹화를 주워 강남홍의 얼굴에 들이밀었다.

“너 이게 어떤 약초인지 몰라? 천지 분간도 못 하게 하는 약초야. 이제 곧 있으면 난 내 앞가림도 못 하고 침이나 질질 흘리게 될 거라고. 방금까지도 난 기억을 잃은 상태였고, 잃은 것도 몰랐어. 그런데 어떻게 서방님께 고할 수 있었겠어?”

흥분했던 강남홍의 얼굴이 점점 새파랗게 질려갔다. 망연자실해진 나는 바닥에 주저앉아 멍하니 달을 바라보았다. 어머니, 이제 어찌하면 좋겠습니까.

“아무래도 대감께서 부인을 계속 감시하고 있었나 봅니다. 그러다가 벽성선의 아들을 발견하고…….”

강남홍이 천장을 바라보며 중얼거렸으나, 들리지 않았다. 듣고 싶지도 않았다. 그때였다.

“대감께서 시키신 일입니다. 독초 말입니다.”

순간 강남홍의 말이 귀에 꽂혔다. 시간이 멈춘 듯했다. 바람에 흔들리는 풀 소리조차 들리지 않았고, 숨도 멈추었다. 나는 멍청하게 되물었다.

“뭐?”

“대감께서는 부인의 약초가 필요했지만, 또다시 그런 사달이 날까 불안해하셨습니다. 그래서 통제하에 두는 게 좋겠다고……."

몸이 덜덜 떨려왔다. 범인이 양창곡이었다는 사실이 믿기지 않았다. 양창곡이 나를 해하려 마음먹었다면, 나는 그 어떤 것도 할 수 있는 일이 없었다. 이런 생각이 들자, 너무 끔찍해서 비명이 터질 것만 같았다. 나는 입을 틀어막았다. 강남홍은 몸을 일으켜 정신을 놓으려는 나를 붙잡았다.

"죄송합니다, 부인. 전 그저 당신이 또 벽성선을 죽이려고 할까 봐 그만……. 정말 죄송합니다."

나는 이제야 깨달았다. 아니, 어쩌면 이미 알고 있었는지도 모르겠다. 우리는 그저 양창곡의 손바닥 위에 있었다. 마치 꼭두각시처럼, 우리는 그를 어찌할 생각도 하지 못했다. 부당하다고도, 억울하다고도 말하지 못했다. 그 대신에 그 손바닥 위에서 같은 처지인 서로를 물고 뜯는 것을 선택했다.

언젠가 스승님과 이런 대화를 나눈 적이 있었다.

"전에 말했던 꿈 말인데요……. 사실 말하지 못한 것이 있습니다."

나는 잠시 멈추고 마른 침을 삼킨 후에 다시 말을 이어나갔다.

"자객은 제가 아닌 벽성선을 찔렀습니다. 숨이 멎었는데도, 오장육부가 다 튀어나올 때까지."

"그건 벽성선을 원망하는 자네의 마음이 드러난 것인가?"

"처음엔 그렇게 생각했습니다. 그런데 꿈을 반복해서 꿀수록 아닌 것 같았어요. 그 여자의 고통이 그대로 느껴졌거든요. 마치 제가 벽성선이 된 것처럼……. 아니, 벽성선이 내가 된 건가?"

스승님은 중얼거리는 나에게 말했다.

"뒤엉킨 게지. 누가 누구인지 구분할 수 없을 정도로, 자넨 벽성선과 진흙탕 싸움을 벌였던 게야."

굽은 등을 두드리며 일어난 스승님은 나를 아래로 내려다보며 의미심장한 말을 덧붙였다.

"그런데 자네, 그거 아나? 진흙탕 싸움을 했다는 건, 결국 상대와 같은 처지라는 것임을."

나는 몹시 화를 냈다. 어찌 첩과 처가 같은 처지일 수 있겠냐고. 그러나 그렇게 화를 냈다는 것은 내가 깨닫지 못하고 있는, 하지만 분명 무의식중에 알고 있는 것을 건드렸다는 의미였음을 이제야 깨달았다.

나는 무섭도록 빠르게 감정을 추스르고는, 강남홍에게 벽성선이 어디 있는지 물었다. 강남홍은 일단 수하들을 모두 죽이고 벽성선을 외진 곳에 있는 의원에 데려갔다고 했다. 나는 벌떡 일어나 서랍에 있는 약초를 꺼내어 강남홍에게 건넸다. 어차피 벌어진 일, 나는 내가 할 수 있는 일들을 하기로 마음먹었다.

"이 약초를 의원에게 갖다 줘. 효력이 좋은 희귀한 약초야."

강남홍은 약초를 받아들며 걱정이 담긴 눈빛으로 나를 바라보았다.

"부인은 어찌하실 겁니까?"

"우습네. 벽성선을 죽이려 했던 나를 이제 걱정씩이나 해주는 건가? 그럴 시간 없어. 어서 가."

다음 날, 이른 아침. 나는 양창곡을 위한 마지막 탕약을 달였다. 양창곡은 강남홍과 벽성선을 놓치고는 밤새 한숨도 못 잤는지 안절부절 못하고 방 안을 서성이고 있었다. 그는 탕약을 들고 다가오는 나를 보고는 인상을 찌푸리며 하인을 시키면 될 것을 왜 굳이 가져오냐고 말했다. 나는 깜박깜박하는 정신을 붙잡고 입을 열었다.

"오늘이 마지막이라서요. 제가 직접 가져다드리고 싶었습니다."

양창곡은 멍한 나의 웃음에 표정을 풀고 자리에 앉았다. 나는 그의 앞에 소반을 사뿐히 내려놓고 한 걸음 물러나 앉았다. 양창곡이 그릇을 입에 가져가려는 순간, 나는 그를 멈추고 입을 열었다.

"서방님께서는 왜 저와의 혼인을 결정하신 겁니까? 그토록 싫어하셨지 않습니까?"

"갑자기 그건 왜 묻소?"

"그저, 감사해서요. 아버지 일도 있었는데, 저를 받아주셔서."

양창곡은 목을 가다듬고 수염을 쓰다듬더니, 어쩐 일로 내 질문에 답을 하려는지 잠시 생각에 잠겼다. 실낱같은 죄책감 때문일지도 모른다는 생각에 비소가 배어 나왔다.

"유배를 갔던 때였소. 무료하여 산을 오르다가 잠시 계곡에서 쉬기로 했다오. 물은 달고 바람은 시원했지. 그러다가 도마뱀 하나를 발견했소. 종달새에게 쫓겨 잡아먹히기 직전이었지. 그런데 그 도마뱀이 제 꼬리를 자르고 도망가지 뭐요."

양창곡이 거친 웃음을 터뜨렸다. 나는 그의 웃음이 끝날 때까지 기다렸다가 조용히 말했다.

"저와의 혼인이 그 꼬리군요."

양창곡은 잠긴 내 목소리에 잠깐 표정을 굳히다가 내 얼굴에 어린 웃음기를 보고는 긴장을 풀며 아무것도 아닌 일처럼 가볍게 말했다.

"너무 서운해하지 마시오. 여인의 삶이란 원래 그런 것이 아니겠소."

말을 끝마치고 양창곡은 탕약을 들이켰다. 나는 그가 다 마시는 것을 지켜본 후 웃음기를 지웠다.

"예, 저 역시 그것이 여인의 삶이라 여겼답니다. 어리석게도."

나는 치마를 툭툭 털고 자리에서 일어났다. 방에서 나가기 전, 걸음을 멈추고 양창곡을 돌아보며 다시 입을 열었다.

"어쩌면 전 이 집안의 영웅일지도 모르겠습니다."

말을 잠시 멈춘 나는 미간을 찌푸리다가 이내 잔잔히 미소 지었다.

"이것이야말로 진정한 여인의 삶이 아니겠습니까?"

밖으로 나오자 날이 새파랗게 맑았다. 쨍한 햇살에 조금은 어지럽기도 했다. 기둥에 기대어 앉아 가슴을 손에 얹고 어머니를 생각하며 작은 병을 꺼냈다. 벽성선의 어머니를 위해 만들고 남겨둔 약이었다. 나는 약을 들이켜고 눈을 천천히 감았다가 떴다. 마당에 심어둔 감나무 앞에 눈물을 흘리는 어머니가 보였다.

"요성아, 요성아."

나는 그런 어머니에게 미소를 보였다. 그리고 조용히 속삭였다.

"어머니, 어머니께서는 제가 어떤 식으로든 살아있길 바라셨지요. 그 바람을 들어드리지 못해 죄송합니다. 전 그렇게는 살 수 없습니다. 저한테는 사람답게, 저답게 사는 게 진정으로 사는 것입니다. 세상이 저를 망가뜨리도록 내버려 두지 않을 겁니다. 세상이 원하는 대로 살지 않을 겁니다. 그러니, 어머니. 이건 저를 해하는 것이 아니라 지키려는 것입니다. 너무 슬퍼 마세요."

포자

김승연

원천 서사 〈장화홍련전〉 줄거리

평안도 철산 땅에 사는 좌수 배무룡은 슬하에 두 딸 장화와 홍련을 두었다. 부인 장 씨가 세상을 떠나자 배 좌수는 후처로 허 씨를 맞아들이고, 그 사이에서 세 명의 아들을 낳는다. 허 씨는 친딸이 아닌 장화와 홍련을 끊임없이 학대한다. 결국 허 씨는 장화에게 누명을 씌우고 연못에 빠뜨려 죽인다. 이에 홍련은 죽은 언니를 그리워하다 같은 연못에 몸을 던진다. 억울하게 세상을 떠난 장화와 홍련은 영혼이 되어 새로 부임한 부사를 찾아오고, 장화와 홍련의 영혼을 본 부사들 모두 충격에 사망하게 된다. 그러던 중 담이 큰 인물이 부사로 부임하게 되고, 장화와 홍련의 억울한 사연을 듣게 된다. 그는 허 씨와 그의 아들들을 불러 조사한 뒤 처형한다. 원한이 풀린 장화와 홍련은 배 좌수의 새로운 딸로 환생하게 되고 이후 행복한 삶을 산다.

〈포자〉 작품 의도

이 작품은 '만약 사도세자가 사도 요한 신부로 환생하게 된다면 어떨까?' 하는 물음으로 시작되었다. 전체적인 구조와 소재는 〈장화홍련전〉을 활용했고, 내용을 이끌어가는 인물로 '사도세자'라는 캐릭터를 활용했다.

이 작품의 제목은 '포자'라고 지었다. '포자'는 주인공 사도 요한 신부와 동일시되는 소재라고도 볼 수 있는데, '무성생식'과 '생식세포'라는 '포자'의 두 가지 특성이 겹친다고 생각했다.

생식세포란 한 생물의 번식을 돕는 세포다. '번식'을 좀 더 넓은 의미로 보자면, '삶을 끝없이 이어가는 것'이라고도 해석할 수 있다. 이러한 해석을 적용한다면 '환생'을 통해 태어난 사도 요한 신부와도 일맥상통하는 부분이 있다고 생각했다.

'무성생식'이라는 특성에서도 사도 요한 신부와의 공통점을 찾아보았다. 필자는 이 작품에서 '무성생식'을 단지 번식을 위한 생식, 즉 '사랑이 없는 생식'이라고 해석했다. 사랑이 없는 생식이기에, 그 개체를 만들어낸 부모 개체는 자신이 낳은 개체에 대한 사랑도 가지고 있지 않을 것이다. 이러한 해석을 사도세자, 그리고 사도 요한 신부의 삶에 대입해 보았다.

'포자'는 사도세자이자 사도 요한 신부이다. 또한 죄악과 같은 부정적인 감정의 덩어리이기도 하다. 사도 요한 신부는 '포자'를 통해 자신을 들여다보고 마음의 평온을 찾게 된다.

독자들이 이 작품을 읽으며 '사랑'과 '평온', 그리고 '깨달음'에 대해 생각할 기회를 얻을 수 있으면 좋겠다는 마음으로 창작에 임했다.

포자

카디건 주머니에 든 초콜릿 두 개가 바스락거리는 소리를 낸다. 새빨간 포장지의 초콜릿이다. 포장지에는 뾰족한 세모 모양의 산이 그려져 있고, '안데스'라는 제품명이 적혀 있다. 나는 그 손가락 두 마디 만한 체리 맛 초콜릿 두 개를 내내 만지작거리고 있었다.

"이번 역은 잠실새내, 잠실새내역입니다. 내리실 문은 오른쪽입니다."

지하철이 속도를 줄이며 정차했다. 나는 천천히 열리는 지하철 스크린도어 사이를 바스락거리며 지나갔다.

역을 나서서 10분쯤 걷자 회색 시멘트로 뒤덮인 6층짜리 신축 건물이 나타났다. 나는 그곳으로 들어가 엘리베이터로 다가갔다. 엘리베이터는 제일 높은 6층에 올라가 있었다. 버튼을 누르려던 손을 내리고 계단으로 발걸음을 옮겼다. 1층에는 약국이 있고, 2층에는 정형외과가 있다. 그리고 3층이 바로 내가 가려는 정신건강의학과다. 그 위로는 올라가 보지 않았지만, 4층에는 피부과, 5층에는 미술학원, 6층에는 스터디 카페가 있다. 점심시간 직후의 엘리베이터는 거의 6층 스터디 카페에 가 있다.

3층에 도착하자 두꺼운 고딕체로 적힌 '정신건강의학과'라는 글씨가 보였다. 나는 한 달에 두 번, 월요일, 점심시간이 끝난 직후인 한 시 이십 분쯤 이곳의 문을 연다. 유리문을 밀고 들어가니 익숙한 블랙체리 향이 온몸을 휘감는다.

"안녕하세요. 성함이랑 생년월일 말씀해 주세요."

접수창구 직원의 익숙한 목소리가 익숙한 향에 섞인다.

"이사도요한 님, 바로 진료실로 들어가세요."

접수창구 직원의 말에 체리 색으로 몰딩 처리된 문을 열고 들어간다. 머리칼이 하얗게 센, 그마저도 몇 가닥 없는 나이든 의사가 반가운 듯 쳐다본다. 이 늙은 의사와 하는 대화는 매번 비슷하다. 회전목마를 두 바퀴쯤 타고 내려온 기분. 그저 비슷한 말을 높낮이만 달리하여 나누는 것이다.

"저번 약은 어떠셨어요? 용량을 좀 조절해 봤는데, 괜찮았나요?"

"큰 변화는 없었어요."

"여전히 그 안에서 숨쉬기 힘들고, 답답함을 느끼시나요? 좀 달라진 부분이 있을까요?"

"글쎄요."

나는 가슴이 답답해지던 첫 느낌을 떠올렸다.

"예, 자매님. 충분히 이해합니다. 그럼요. 주님께서는 모든 것을 알고 계십니다. 큼큼. 아, 예 괜찮습니다. 기침이 나와서 잠시 실례했습니다. 보속으로 주님의 기도를 세 번 외십시오. 나는 성부와 성자와 성령의 이름으로 이 교우의 죄를 용서합니다. 아멘. 평안히 가십시오."

고해소 문이 닫히자마자 기침이 쏟아져 나왔다. 새카만 소매로 마른 입을 틀어막고 한참 목을 가다듬은 후에야 간신히 멎었다. 하지만 이것도 잠시뿐이다. 곧 다시 기침이 터졌다. 몇 년 전부터 계속되고 있는 기이한 현상이었다. 원인을 알 수 없는 잦은 기침. 고해소에만 들어오면 이상하리만치 묵직한 기운이 느껴졌고, 이를 폐가 감당하지 못하는 것인지 번번이 기침이 나오는 것이었다. 어떤 날은 폐병 환자처럼 숨을 헐떡거렸던 적도 있다. 앞에서 죄를 고백하던 신자는 통회도 잊은 채 구급차를 불러야 하냐며 발을 동동 굴렀다.

아마 그때부터였을 것이다. 교우들의 죄가 보이지 않는 포자의 형태로 고해소 이곳저곳을 떠다니며 무한히 증식하는 것 같다고 상상했던 날. 그 상상이 만약 사실이라면, 이 숨 막히는 공기가 어디서부터 기인한 것인지 이해 못 할 것도 아니었다. 하지만 상상은 상상일 뿐이다. 대수롭지 않게 생각하려 애썼다. 까만 죄의 포자 덩어리들이 검은 사제복에 이리저리 달라붙어 숨통을 조이는 것이 아닐까 하는 생각이 들 때마다 목덜미 근처의 하얀 로만 칼라를 만지작거리며 속을 진정시켰다. 하지만 효과는 미미했다. 말을 할 때마다 그 덩어리들이 입안에 들어와 목구멍에 진득하게 달라붙어 있는 것 같다는 생각이 자꾸 들어 고해성사 시간에 정신없이 물만 들이켜기도 했다. 물론 이 사실은 주임신부님께 그대로 전해져 한참 꾸중을 들었다.

참 희한한 일이다. 고해소를 나오자마자 거짓말처럼 기침이 멎었다. 짓눌려 있던 몸도 한결 가벼운 느낌이 든다.

"사도 요한 신부님, 오늘도 기침하느라 고생하신 얼굴이네요. 식사는 하셨어요?"

스테파노 신부님의 목소리다. 멋쩍게 웃으며 인사를 건넸다. 고해소에서 곧 죽을 사람처럼 기침을 하는 신부. 이 때문에 나는 졸지에 성당의 뜨거운 감자가 되었다. 특히 가까운 신부님들의 걱정이 끊이질 않았다. 심지어 수녀원에 계신 아네스 수녀님도 내 상태를 어떻게 아셨는지 안부를 물어왔다.

"그, 폐소공포증이라는 병이 있대요. 우리 사도 요한 신부님도 그게 아닌가 싶어요."

증상이 막 시작되고 한참 이 문제로 고민할 때, 베르다 원장 수녀님이 오셔서 넌지시 하신 말씀이었다. 눈이 번뜩였다. 원인이 그것이라면 해결 방법도 분명 찾을 수 있을 것이라는 생각에, 나는 곧장 근처의 정신건강의학과를 방문했다.

"신부님이시네요. 성함이, 이사도요한."

노년의 의사는 감색의 뿔테 안경을 고쳐 쓰며 차트를 뒤적거렸다.

"좋습니다, 신부님. 몇 가지 질문을 드릴게요. 혹시 다른 좁은 공간에서도 이런 비슷한 증상이 있었나요? 엘리베이터라거나, 아주 좁은 방이라거나."

"아니요. 다른 곳에서는 한 번도 이런 경험을 해본 적이 없습니다. 그래서 더 당황스럽습니다. 항상 고해소에서만 이런 증상이 나타납니다. 이것도 폐소공포증이라고 볼 수 있나요?"

"특정 공간에서만 폐소공포증이 일어날 수도 있죠. 가능성이 없는 것은 아닙니다. 다만, 고해소와 관련해 과거에 좋지 않은 기억이 있거나 끔찍한 일이 있었나요? 외상 후 스트레스 장애와 연관되어 특정 장소에서 그런 반응이 일어날 수 있어요. 어렸을 때라거나. 이런 반응이 언제부터 시작되었나요?"

"6개월 전쯤 시작된 것 같아요. 고해소에 들어가는데, 갑자기 숨이 턱 막히는 기분이 들었습니다. 이전에는 그랬던 적이 없었고요. 그리고 동시에 미친 듯이 기침이 쏟아져 나왔습니다."

의사의 말에 나는 어린 시절을 떠올려보았다. 성당에서 관리하던 베이비박스 안에서 내 삶은 시작되었다. 잘 키워달라는 포스트잇 한 장과 함께 그곳에 덩그러니 놓여 있었다고 했다. 나는 신부님과 수녀님의 손길을 받으며 어린이로, 청소년으로, 그리고 사제로 성장했다. 부모는 처음부터 없었던 존재였다. 아니, 신부님과 수녀님이 내 아버지이자 어머니였다. 고해소를 아무 생각 없이 드나들었던 어린 시절이 마치 전생같이 느껴졌다.

의사는 몇 가지 질문을 던지고는 컴퓨터로 무엇인가를 작성했다. 흘러내리는 안경을 계속해서 고쳐 쓰며, 혹시 모르니 큰 병원에 가서 폐 사진도 찍어보라는 얘기를 해주었다. 단순히 고해소에 먼지가 많거나 쾌적하지 못한 환경이라 그럴 수도 있으니 청결에 신경 써보라는 얘기도 들었다.

다음 날, 대학 병원에 가서 엑스레이와 CT를 찍어보았지만 별다른 문제는 발견되지 않았다.

머리가 흰 노년의 의사는 콧대에 흘러내린 안경을 추켜세우며 처음과 같은 모습으로 커다란 모니터를 쳐다본다. 그는 지난번에 받은 것과 같은 처방을 내렸다며, 혹시 약을 먹으면서 이상이 있다면 바로 병원에 연락해 달라고 말했다.

"만 팔천 원입니다. 영수증 드릴까요?"

"아니요, 버려주세요."

"네, 감사합니다. 다음에 뵐게요."

직원과 간단한 대화를 나누고 병원을 나왔다. 엘리베이터가 5층에서 내려오는 중이었다. 엘리베이터 안에는 미술학원에 다니는 듯한 남학생과 그의 어머니가 타고 있었다. 대화를 들어보니 대학 진학에 관련된 상담을 받고 나온 것 같았다. 남학생이 고개를 숙이고 있어 표정은 보이지 않았지만, 시무룩한 어깨를 보니 표정을 짐작할 수 있었다. 나는 주머니에서 초콜릿 하나를 꺼내 남학생에게 내밀었다. 의아한 얼굴을 하는 남학생에게 말없이 웃어주고 엘리베이터를 나왔다. 손끝에 체리 향이 감돌았다.

"신부님, 혹시 지금 시간 괜찮으세요?"

"네, 괜찮습니다. 무슨 일이세요?"

"지금 제가 급하게 처리해야 할 일이 생겼는데, 중고 거래 약속 시간이랑 겹쳐서요. 혹시……."

"중고 거래 대신 나가달라는 말씀인 거죠? 그게 뭐 어려운 일이라고. 물건이 뭔데요?"

"하, 근데 신부님. 그, 약속 장소가요……."

점심을 먹고 나오는 길에 평소에 친하게 지내던 성당 사무장이 급하게 부탁을 해왔다. 중고 거래 약속 장소에 대신 나가달라는 간단한 부탁이었다. 그런데 물건만 전해주면 될 거라 생각했던 그 일에는 예상 밖의 난관이 있었다.

"어딘데요?"

"그, 약속 장소가 봉은사 안에 있는 찻집이거든요……."

"예?"

사무장은 머쓱하게 웃으며 말끝을 흐렸다.

"아하하……. 불편하시면 안 가셔도 돼요. 신부님이 가시기엔 아무래도 좀 그렇죠? 다른 분께 부탁해 볼게요. 아니, 그 거래하기로 한 분이 하필 거기서 일을 한다고 하셔서. 그때 말고는 도저히 시간이 안 난다더라고요."

"뭐, 괜찮습니다. 저 법정 스님 《무소유》 엄청 많이 읽었어요."

나는 잠시 당황했지만, 곧 '아무렴 어때'라는 생각이 들었다. 표정이 확 밝아지는 사무장에게 살짝 웃어준 뒤, 옷을 갈아입고 발길을 옮겼다.

봉은사는 걸어서 20분쯤 걸리는 거리에 있었다. 택시를 탈까 하다가 오랜만에 햇볕을 쬐기로 마음먹었다. 고해소에서 잔뜩 붙은 까만 덩어리들을 불태워버릴 속셈이었다. 하늘은 파랗고 해는 쨍쨍했다. 기분 좋은 바람이 머리칼을 간지럽혔다. 걷다가 잠시 멈추고 카페 창에 미친 내 모습을 물끄러미 쳐다보았다. 셔츠에 새겨진 파란 세로줄 무늬를 바라보았다. 세로줄 무늬가 창살이 되어 그 덩어리들을 가둬버리는 건 아닐까 하는 어이없는 생각이 스쳤다. 줄무늬 하나하나에 지나가면서 보았던 가게 간판의 낱말들을 연결해 보았다. 잡생각을 없애려 의식적으로 머릿속에 많은 양의 정보를 쑤셔 넣었다. 그런데, 혹시 덩어리들이 세로줄 무늬 창살을 비집고 나오진 않을까?

봉은사 입구에 들어서자 형형색색의 연등이 머리 위에서 파들거렸다. 돌계단을 오르면서 묘한 기분을 느꼈다. 맥이 탁 풀리는 기분. 사실은, 편안함에 가까운 감정. 저절로 오묘한 표정이 지어졌다.

“중고 거래하시는 분, 맞으시죠?”

“아, 예. 맞습니다.”

찻집에 들어가 괜히 물건이 든 종이봉투를 팔랑거리며 주위를 기웃거리니 주인으로 보이는 여자가 다가와 말을 건넸다. 여자는 사만 이천 원이 담긴 흰 봉투를 건네며 자연스럽게 대화를 이끌었다.

“차 한잔 드릴까요? 많이 더우셨죠? 여기까지 오시게 해서 너무 죄송해요. 제가 도저히 시간이 안 나서. 시원한 제호탕 한잔 드릴게요. 갈증 날 때 좋아요.”

괜찮다고 하려 했으나, 여자의 행동이 더 빨랐다. 여자는 제빙기에서 얼음을 가득 퍼서 국그릇만 한 컵에 담고 제호탕이라 말한 액체를 따랐다.

“감사합니다. 잘 마실게요.”

여자가 건넨 음료를 들이켰다. 무언가 씻겨 내려가는 느낌이 들었다. 더위가 가라앉아 그런 것인지, 땀도 마르고 정신도 차분해졌다.

“자주 오세요”

“아아, 예.”

사장님, 하고 부르는 손님의 목소리에 여자는 아쉬운 미소를 보이며 자리에서 일어났다. 찻집을 나와 다시 성당으로 향했다. 바람에 흔들리는 연등 소리가 귓가를 떠나지 않았다. 그 소리가 왠지 파도 소리와 닮았다고 생각했다.

여자에게 받은 돈을 사무장에게 건네주고, 나는 곧 고해소로 발걸음을 옮겼다. 신자가 기다리고 있다는 소식에 마음이 급했다.

"성부와 성자와 성령의 이름으로 이 교우의 죄를 용서합니다. 아멘. 평안히 가십시오."

앞에 앉았던 신자가 감사 인사를 전하며 고해소를 나갔다. 철컥. 문소리가 들리고 동시에 절에서 들었던 연등 소리가 귓가를 스쳤다. 그때, 갑자기 드는 생각에 나는 묵주를 굴리던 손을 우뚝 멈췄다. 오늘 나는 고해소에서 기침을 하지 않았고, 대신 연등 소리가 내내 귀에 맴돌았다.

"잘못했습니다. 제발 살려주십시오! 다시는, 다시는 이러지 않겠사옵니다!"

"저 뒤주 근처에 아무도 가까이 가지 말라."

"제발, 제발 살려주십시오. 숨을…… 쉴 수가 없사옵니다."

남자는 좁은 뒤주 안에 갇혀 고통을 호소하고 있다. 남자의 호소는 늦은 밤까지 계속된다. 결국 지쳐버린 남자는 터져 나오는 기침만 간간이 쏟아내고 있다.

"정신이 드십니까."

한 사내가 뒤주로 다가와 탕약 그릇을 바닥에 내려놓는다. 주위의 눈치를 살피느라 목소리가 들릴 듯 말 듯 하다.

"고맙네……."

"조금만 버티십시오, 조금만."

"부모가 어찌 이럴 수 있느냐. 어찌 부모가 자식에게…… 어찌 이럴 수가 있어. 다음 생이 있다면 차라리, 차라리 부모가 없었으면 좋겠구나. 차라리……."

번쩍 눈이 뜨였다. 주위를 살펴보니 어두운 방 안이었다. 시곗바늘은 세 시를 가리키고 있었다. 온몸이 땀 범벅이었다. 남자의 목소리가 아직도 귀에 들리는 듯 생생했다. 심장이 터질 것만 같았다. 까만 덩어리가 목구멍 안에 가득 찬 것 같아, 이유를 모르고 터져 나오는 울음을 삼키기가 어려웠다. 마른기침이 끊임없이 쏟아졌다.

"신부님, 괜찮으세요? 안색이 안 좋으셔요."

"아, 예. 악몽을 꿔서 잠을 좀 설쳤네요. 괜찮습니다."

어젯밤 꿈 때문에 영 얼굴이 좋지 않았는지, 사무장이 다가와 말을 걸었다.

"어제는 정말 감사했어요. 다 신부님 덕분이에요. 솔직히 부탁드리기 되게 민망했는데……."

"하느님도 부처님도 품이 넓으신 분 아닙니까. 귀엽게 봐주실 겁니다."

"차는 어떠셨어요?"

"차 마시고 온건 어떻게 아세요?"

"오전에 거래하신 분께 연락이 왔어요. 만나서 반가우셨대요. 다음에 또 오시라고. 아마 신부님이신 걸 모르시나 봐요."

"아아, 네."

"제가 적당히 잘 둘러댔어요."

그러면서 사무장은 어제 일의 보답이라는 듯 주머니에서 매실 음료를 꺼내 내밀었다. 그러고는 곧 자신을 부르는 소리를 따라 총총 옆을 스쳐 지나갔다. 그가 지나간 자리에서는 매실 냄새가 떠돌았다.

방으로 돌아와 새벽에 꾸었던 꿈을 떠올렸다. 놀라서 일어났을 때는 생생했던 그 기억이, 지금 떠올리려니 흐릿하다. 눈동자에 안개가 잔뜩 낀 느낌이었다. 왜 울컥했을까. 스스로도 이해하지 못한 감정이었다. 목구멍에 마시멜로가 그득그득 들어 있는 기분. 입안이 텁텁해졌다. 그 남자는 누구였을까.

몇 년 전 보았던 영화가 떠올랐다. 아버지에 의해 뒤주에 갇혀 죽은 남자. 십자가의 길을 따라 산책을 하다가, 같이 영화 볼 사람을 찾던 베드로 신부님을 마주쳤었다.

"아이고, 사도 요한 신부님. 여기 계셨네요. 혹시 괜찮으시면 영화 한 편 같이 보실래요? 꼭 보고 싶은 영화가 있는데, 같이 가주는 사람이 없네요. 제가 좋아하는 감독이 이번에 신작 냈거든요."

그렇게 끌려가듯 따라가 본 영화는 꽤 인상 깊었다. 사도세자의 삶을 다룬 내용이었다. 여운을 느끼며 영화관을 나오는데, 베드로 신부님이 갑자기 질문을 던졌다.

"만약 신부님이 사도세자였다면 어땠을 것 같아요?"

나는 갑작스러운 질문에 잠시 멍해졌다.

"어땠을 것 같냐고요?"

"네. 뒤주에 갇혔을 때, 어떤 마음이었을 것 같아요?"

"글쎄요. 괴롭겠죠. 답답하고. 근데 제일 괴로운 건 그거겠죠. 자신을 뒤주에 가두고 죽게 만든 사람이 자기 아버지라는 거."

"부모 자식 관계만큼 어려운 게 없어요."

"베드로 신부님도 종종 느끼세요? 전 짐작하기 어려운 감정이라. 궁금하긴 해요. 뭐랄까, 부모가 어떤 사람인지. 저는 부모님 얼굴도, 목소리도 모르잖아요."

"아이고, 내가 괜한 소리를 했나 봅니다."

"하하, 베드로 신부님. 별말씀을 다 하셔요. 부모님은 없지만, 하느님이 절 돌봐주셨잖아요."

지금 다시 생각해 봐도 어렵다. 사도세자가 가졌던 감정이라. 글쎄, 어땠을까. 부모가 없는 사람에게는 짐작도 안 되는 감정이다. 아폴로 11호가 달에 착륙하던 1969년, 그 이전 사람들이 달을 보고 느꼈을 감정이려나. 뜬금없이 내가 달에 살고 있는 것처럼 느껴졌다. 바람이 불지 않는 곳. 나무가 흔들릴 수 없는 곳. 나는 그곳에 사는 게 아닐까.

자신을 탐탁지 않게 여기는 아버지. 심지어 죽음에 이르게 한 아버지. 머리가 복잡해졌다. 영화 속에서 봤던 그 남자. 꿈속에 나온 그 남자. 잠을 설쳐서일까, 온몸이 물먹은 솜같이 무거웠다.

침대에 파묻혀 멍하니 천장만 바라보다가, 주임신부님의 연락을 받고서야 몸을 일으켰다. 시간이 괜찮으면 잠시 보자는 연락이었다. 곧바로 주임신부님의 방으로 찾아갔다.

"오셨습니까, 사도 요한 신부님. 자, 앉으세요."

"예, 무슨 일 때문에 부르셨습니까?"

"아, 저, 그 다름이 아니고……."

웬일인지 주임신부님은 쉽게 말을 꺼내지 못했다. 헛기침을 몇 번 하고, 당신의 손바닥을 몇 차례 비볐다. 말을 고르는 동안 의미 없이 나온 행동이라는 걸 눈치챘다.

"무슨 이야기인데 이렇게 말씀을 고르십니까. 주임신부님께서 불교로 개종했다는 얘기만 아니면 무슨 얘기도 들을 각오가 되어 있습니다. 편하게 말씀하세요."

"아이고, 농담도 무슨 그런 무서운 농담을……. 다른 건 아니고, 사도 요한 신부님 혹시 부모님 소식 들은 적 있어요? 아니면, 듣고 싶다거나."

"부모님이요?"

"저기, 신부님 친아버지라는 분께 연락이 왔어요. 34년 전에 이 성당에 남자아이 하나를 두고 갔다고. 그때는 도저히 키울 여력이 안 돼서……. 뭐, 그런 식으로 말씀하시더군요. 사도 요한 신부님을 한번 뵙고 싶다는 말씀을 하셨어요. 정말 친아버지인지 아닌지는 저희도 정확히 알 수는 없지만요."

안 그래도 어지럽던 머리가 더 복잡해지기 시작했다. 타이밍 한번 제대로다. 사도세자 영화와 베드로 신부님과의 대화를 떠올리자마자 이런 일이 생기다니, 어이없기까지 했다. 주임신부님은 걱정이 가득한 표정으로 나를 바라보셨다. 표정을 침착히 하기 위해 많은 에너지를 썼다. 그리고는 주임신부님께 생각할 시간을 달라고 겨우 말씀드렸다.

방문을 닫고 나오는데, 가슴이 답답해졌다. 고해소에서의 느꼈던 그 느낌이다. 이제는 성당 전체가 고해소처럼 느껴졌다. 사제관으로 돌아오는 내내 검은 덩어리들이 온몸을 감싸는 듯했다. 아니, 이제는 스스로 검은 덩어리 자체가 된 것 같았다.

방에 돌아와 멍하니 책상 위를 바라보았다. 사무장에게 받은 매실 음료가 덩그러니 놓여 있었다. 나는 홀린 듯 그 음료를 집어 들었다. 그리고는 성당을 나섰다.

"도대체가 마음에 드는 구석이 하나도 없구나. 이래서 어찌 나라를 이끌어 갈 수 있겠느냐."

"노력하겠습니다. 소자가 부족한 점이 많아 아바마마를 심려케 하였습니다."

"됐다. 나가보거라."

"물러가겠사옵니다."

남자는 허리를 굽혀 인사한 뒤 뒷걸음으로 빠져나왔다.

"활을 가져오너라."

"세자 저하, 당분간 활쏘기는……."

"가져오라 하지 않느냐!"

남자는 거칠게 소리를 지른다.

"아, 그게……."

"잘 어울리시네요. 그나저나 들어오실 때 머쓱하셨겠어요. 사람들 다 쳐다보지 않았어요?"

복잡한 마음에 무작정 성당을 나섰지만 마땅한 목적지가 없었다.

들고 있던 매실 음료를 꽉 쥐었다. 발걸음은 그곳으로 향했다. 너무 자연스럽게. 일주문 앞에 도착해서야 정신을 차렸다. 사제복을 입고 절의 일주문 앞에 선 신부. 봉은사를 찾은 모든 사람의 시선이 느껴졌다. 일주문. 절에 들어가기 전 마음가짐을 바로잡는 문. 이 문을 넘어서면 경건한 마음을 가지고 부처님을 마주해야 한다. 머리를 비우고 일주문을 지나 계단을 밟았다. 여전히 음료는 손에 쥔 채였다. 차마 대웅전에는 들르지 못하고, 발길을 돌려 샛길로 향했다. 걷다 보니 마음이 편안해졌다. 그 이유를 나조차도 알 수 없었다. 성당에서는 불편함을 느끼고, 절에서는 편안함을 느끼는 신부. 왠지 모를 부채감이 피어났다. 그때, 그 찻집이 눈에 띄었다.

"다시 오실 것 같았어요."

"오늘은, 제가……."

"말씀드렸잖아요. 언제든지 찾아오셔도 된다고."

"……."

"이 매실 음료는 뭐예요? 찻집 오시면서 음료 들고 오시는 분은 처음 봤어요."

"아, 그쪽 드세요."

"하하, 저한테 주려고 가져오신 거예요? 감사합니다. 저 매실 음료 좋아해요."

찻집 사장과 다시 마주 앉아 이야기를 나눴다. 주려고 가져온 것은 아니었으나, 자연스럽게 음료를 건넸다. 음료만 건네기 어색해 항상 가지고 다니던 작은 초콜릿도 같이 주었다.

"초콜릿이 귀엽게 생겼네요. 포장지에 이건 산 그림인가? 신부님 혹시 안데스산맥 가보셨어요?"

"안데스산맥이요?"

"네, 이 초콜릿 이름하고 비슷하잖아요. 갑자기 생각나서 여쭤봤어요. 저는 삼 년 전쯤에 에콰도르에 갔다 왔거든요. 그 산맥에 있는 바뇨스 성당 아세요?"

"네, 성모 폭포 있는 그곳 말이죠? 저는 아직 못 가봤어요."

"다음에 꼭 가보셨으면 좋겠어요. 정말 좋았거든요. 신부님께 이런 얘기를 하는 저도 웃기네요. 그나저나, 좀 복잡해 보이는 얼굴이네요."

"네, 개인적인 문제가 조금……."

그녀는 얼마든지 들어주겠다는 표정을 했다. 그래서였을까. 나는 겨우 한 번 만난 사람에게 속마음을 털어놓는 사람이 되었다. 누구라도 그 앞에서는 속마음을 털어놓게 될 것이다. 그만큼 그녀는 마주 앉은 사람을 편안하게 하는 힘을 가지고 있었다.

"신부님, 신자분들 고해성사 항상 들어주시죠? 근데, 신부님 얘기는 누가 들어줘요."

"그게 말이죠……."

남자가 활을 쏘기 시작한다. 궁인들은 그저 예의를 갖추고 바라보고 있을 뿐이다. 남자의 아들이 남자에게 다가와 문안 인사를 건넨다. 남자는 웃으며 아들을 바라본다. 그리고는 다시 과녁에 집중한다. 연달아 과녁의 정중앙을 맞힌다. 남자의 아들은 뛸 듯이 좋아한다. 남자도 기쁘게 웃는다.

봉은사에 들르는 횟수가 점점 늘어났다. 불과 열흘도 안 된 일이다. 사춘기도 아닌데, 나름의 일탈이 시작된 것 같았다. 항상 같은 패턴으로, 같은 마음으로 이곳에 들어선다. 일주문에 서서 마음을 다잡고 두꺼운 돌계단을 오른다. 하늘을 가린 수백 개의 연등 덕분에 계단에 약간의 그늘이 생겼다. 마음이 이곳에서 쉬는 게 아닐까 생각이 들었다. 대웅전에는 살짝 눈길만 주고 샛길로 빠져 찻집에 들어선다.

"한복 입은 남자가 활 쏘는 꿈을 꿨다고요?"

"네, 사실 저번부터 같은 남자가 나오는 꿈을 꿔요. 누군지 알 것 같기도 한데, 정확한지도 모르겠고. 항상 그 남자가 나오는 꿈을 꾸면 기분이 이상해요. 설명할 수는 없는데 이상해요. 뭐라 표현해야 할지 모르겠네요."

"또 복잡한 표정이네요. 친아버지 일은 아직도 해결 안 된 거죠? 음……. 아, 저랑 기분 전환이나 하러 가실래요? 내일 일이 있어서 용주사에 잠시 가야 하거든요. 같이 가시면 어떨까요?"

나는 나도 모르게 고개를 끄덕였다.

다음 날, 나는 이른 아침부터 외출 준비를 했다. 용주사는 화성에 있는 곳이다. 화성은 처음 가는 곳이라 약간 걱정이 되었지만, 마치 소풍을 가는 어린아이처럼 들뜨기도 했다. 베드로 신부님이 아침부터 어딜 가냐고 물었다. 대답 대신 미소를 남겨두고 발을 옮겼다.

"절은 여기가 두 번째인 셈인가요?"

"그렇죠. 봉은사 다음이네요."

"용주사는 정조가 세운 절이에요. 아버지 사도의 넋을 기리기 위해 세웠다고 하네요. 누군가를 위로하기 위해 온 정성을 다해 세운 곳에 들르면 그냥 이유 없이 마음이 치유되는 것 같아요. 신부님도 그런 느낌을 받았으면 해서 같이 오자고 했어요."

"참 이상해요. 왜 저는 절에만 오면 그런 기분을 느낄까요."

"글쎄요. 어쩌면 과거의 알 수 없는 일 때문에 본능적으로 느끼는 걸 수도 있겠죠? 그 과거가 정확히 어떤 과거인지는 알 수 없지만."

"어렵네요."

"그나저나, 다른 신부님들도 아세요? 신부님 가끔 절에 오는 거?"

"모르실 거예요. 저도 괜히 머쓱해서 말하고 다니진 않거든요."

"봄에 봉은사에 오시면 정말 예쁜 매화를 볼 수 있어요."

"매화요?"

"네, 매화. 전에 법정 스님 《무소유》 읽어보셨다고 하셨죠? 법정 스님이 유난히 매화나무를 좋아하셨대요. 특히 선암사에 있는 매화나무를 좋아하셨다고 해요. 그걸 보면서 많은 것을 깨달으셨다고 하더라고요. 선암사 아세요? 순천에 있는 곳인데. 아무튼, 그 매화요. 봉은사에도 매화가 정말 예쁘게 피거든요. 내년에 봄이 되면 한번 와서 보세요. 아니면 선암사도 좋고요."

"매화 향이 좋죠."

"맞아요. 사실 저는 매실도 엄청 좋아하거든요. 그래서 그때, 매실 음료 주셨을 때, 놀랐어요. 내가 매실 좋아하는 거 어떻게 아셨지? 하고."

"사실 직접 준비한 건 아니지만……."

나는 어색하게 웃으며 뒷말을 삼켰다. 눈을 감고 매화나무를 떠올렸다. 곧고 길게 뻗은 가지. 붉게 피어난 매화. 코끝에 매화 향이 스치는 듯했다. 그리고 그 남자를 생각했다. 활을 좋아하던 남자. 아버지의 못마땅한 표정을 견뎌야 하는 남자. 뒤주에 갇힌 남자. 고통에 울부짖던 남자. 그 안에서 생을 마감한 남자. 이 남자는 어떤 의미일까. 왜 내 꿈에 나오는 걸까. 그 남자 위로 내 모습을 비춰보았다. 고해소에서 기침을 하는 남자. 그 안에서 숨이 가빠지는 남자. 뒤주와 고해소. 무슨 의미일까. 매화 향이 진해지는 것을 느꼈다.

그날 밤, 나는 또다시 꿈을 꾸었다.

그 남자와 나는 매화나무 아래서 마주 보고 서 있다. 남자는 나를 뚫어지게 쳐다본다. 나도 남자를 뚫어지게 쳐다본다. 남자와 나를 둘러싸고 있던 검은 덩어리들이 물방울 터지듯 톡톡 터지기 시작한다.

오묘한 꿈이었다. 그 남자는 누구였을까. 아는 듯 아닌 듯한 얼굴이 스쳐 지나갔다. 나를 뚫어지게 바라보던 눈동자를 기억해낸다. 그러나, 여전히 알 수 없는 그 남자.

“거의 한 달만인가요? 많이 바쁘셨나 보네요. 요즘 일과가 어떻게 되세요, 신부님?”

“아침에 업무를 보고, 틈틈이 책을 읽습니다. 요즘 올림픽도 챙겨보고 있고요.”

“올림픽 챙겨보세요?”

“네, 양궁 재밌게 보고 있습니다.”

“양궁 재미있죠. 저도 아주 오래전, 그러니까 대학 시절에 양궁을 취미로 했었어요."

"선생님도 그러셨나요? 사실 저도 취미로 양궁을 해본 적이 있어요. 바람을 가르는 느낌이 너무 좋더라고요."

그동안 많은 변화가 있었다. 남몰래 절에 방문하는 횟수가 늘어날수록 고해소에서 기침하는 횟수가 줄어들었다. 친아버지는 여전히 주임신부님을 통해 연락을 시도하는 듯했다. 주임신부님이 머쓱한 표정으로 전달하시는 그 말씀을 어떻게 받아들여야 할지 아직도 결정하지 못했다. 그리고, 꿈속에 나오는 그 남자가 바로 내 전생이라는 것을 이제는 완전히 인정했다. 그 사실을 받아들이면 그동안 품었던 의문들을 꽤 논리적으로 설명할 수 있었다. 뒤주를 닮은 고해소, 그 안에서 쏟아지는 기침. 절에 가면 편안해지는 마음. 아버지와의 단절된 관계. '과거의 알 수 없는 일 때문에 본능적으로 느끼는 걸 수도 있겠죠?'라는 그녀의 말이 떠올랐다. 그동안 있었던 일을 의사에게 읊기 시작했다.

기침이 줄어들고 있다는 내 말에 의사는 크게 집중하지 않은 것처럼 보였다. 오히려 자신과 나의 공통점을 발견하는 데 더 즐거움을 느끼는 듯했다. 여전히 병원에는 체리 향이 가득했다.

"바람을 가르는 기분, 오랜만에 느끼고 싶네요. 그동안 너무 고요한 나무로 살았어요. 달에서 살고 있는 듯한 느낌을 항상 받아요."

"고요하게 살고 싶은데 바람이 그치지 않는 상황과 바람이 불지 않아 내내 고요한 상황 중 어느 쪽이 더 힘들까요, 신부님?"

나는 의사의 질문에 끝내 대답하지 않았다. 그저 의사와 눈을 맞추는 것으로 대답을 마무리했다. 의사의 미소가 나와 닮은 것처럼 느껴졌다. 의사는 원인을 알 수 없던 그 '병'이 사라져가는 것을 축하한다며, 자신의 책상에 있는 화분 중 하나를 선물로 주겠다고 했다. 나는 벽돌색의 작은 화분을 하나 골랐다.

"그건 '아디안텀'이라고 하는 포자식물이에요. 물에 젖지 않는다는 뜻입니다. 신명과 기쁨을 뜻하기도 하는데, 신부님이 더 이상 눈물에 젖지 않고, 삶에 기쁨만 가득하기를 바라며 선물할게요."

의사가 쓰고 있는 감색 안경의 왼쪽 유리알에 웃고 있는 나의 모습이 살짝 비쳤다.

나는 다시 꿈을 꾸었다. 이번에는 찻집 사장이 꿈에 나왔다. 용주사에 갔던 그때와 같은 표정, 같은 얼굴을 하고 있다.

"신부님, 두 번째 절에 방문하신 기념으로 제 이름 알려드릴까요?"

"아, 그러네요. 아직 사장님 성함도 제대로 몰랐네요."

"저는 홍해오예요."

"해오요?"

"네, 깨달았다는 뜻이에요."

순간 검은 포자 덩어리들이 와르르 내 몸 밖으로 빠져나갔다. 그리고 매화 열매가 그 공백을 가득 채웠다. 매화 향이 눈동자를 적셨다.

기다린 아이

이윤혜

원천 서사 〈라푼젤〉 줄거리

오랫동안 기다려온 아이를 갖게 된 부부가 있었다. 임신한 아내는 남편에게 자신의 집 뒤편 텃밭에 있는 상추가 먹고 싶다고 했지만, 그 텃밭은 마녀의 것이었기에 상추를 딸 수 없었다. 하지만 상추를 너무 먹고 싶어 하는 아내를 위해 남편은 결국 마녀의 텃밭에 몰래 손을 댄다. 그 순간 마녀가 나타나 상추를 가져가려고 하는 남편의 앞을 막아서며 상춧값 대신 태어날 아이를 달라고 말한다. 남편은 일단 아내에게 상추를 가져다주는 것이 우선이라 생각해 마녀와 약속을 하게 된다. 시간이 흐른 후 아이가 태어나자 마녀는 아이를 데려간다. 마녀는 아이의 이름을 '라푼젤'이라 짓고 높은 탑 안에 가둬 키운다.

오랫동안 탑 안에서 홀로 외롭게 지내던 라푼젤을 어느 날 한 왕자가 찾아낸다. 왕자는 마녀가 했던 것처럼 라푼젤에게 그녀의 긴 머리카락을 내려달라고 한 다음 탑으로 올라간다. 탑에 올라온 왕자를 본 라푼젤은 당황했지만, 점차 그의 마음을 깨닫고 사랑에 빠진다. 이후 둘은 만남을 이어가지만 결국 마녀에게 이 사실을 들키고 만다. 사실을 알게 된 마녀는 라푼젤의 긴 머리카락을 자르고 황야로 내쫓는다. 이 사실을 모르는 왕자는 라푼젤을 만나기 위해 다시 탑을 찾는다. 그러자 마녀는 라푼젤인 척하며 왕자를 속이고 탑에 올라온 그의 시력을 잃게 만든다. 그 후 라푼젤과 왕자는 우연히 만나게 되는데, 라푼젤의 눈물로 기적처럼 왕자의 시력이 돌아온다. 그리고 둘은 행복하게 살았다.

〈기다린 아이〉 작품 의도

이 작품은 〈라푼젤〉을 읽으며 가졌던 '왜 라푼젤의 친부모는 라푼젤을 되찾으려 하지 않았을까?', '왜 마녀는 오랜 시간 동안 라푼젤을 키웠을까?'라는 의문에 주목해 새롭게 쓴 이야기다.

기존 작품에서 악인으로 등장하는 마녀는 라푼젤의 친부모로부터 아이를 빼앗고, 라푼젤을 탑에 가두고, 라푼젤과 왕자의 사랑을 방해하는 인물로 묘사된다. 하지만 다른 시선으로 마녀를 보면 그녀를 과연 악인으로만 평가할 수 있을지 의문이 들었다. 한 아이를 키우는 데에는 많은 시간과 노력 그리고 돈이 들어가는데, 과연 악인이라면 자신의 아이가 아닌 아이를 어엿한 성인이 될 때까지 키울 수 있었을까? 이 물음으로부터 마녀와 라푼젤의 친부모 사이에 숨겨진 이야기를 만들어내 보자는 아이디어를 떠올렸다.

기다린 아이

숲 너머에 관심을 갖게 된 이후로 엄마는 내가 외출을 할 때마다 불안해했다. 바깥에는 위험한 것이 가득하니 절대 가면 안 된다고 신신당부를 했고, 조금이라도 늦게 들어오는 날에는 직접 찾으러 나오기도 했다. 내가 처음부터 숲 너머에 관심을 가졌던 건 아니었다. 아주 가끔은 어떤 모습일지 궁금하기도 했지만, 숲에서의 생활도 충분히 즐거웠기에 금세 잊어버리곤 했다.

숲 너머에 대한 강한 호기심을 심어준 것은 린다 아주머니 부부였다. 노아의 부모님인 린다 아주머니와 브래드 아저씨는 숲 근처 여러 마을을 돌아다니며 직접 만든 그릇을 파는 일을 했다. 마을에 다녀온 날이면 그들은 노아와 내게 마을 이야기를 들려주었다. 나는 엄마의 반대로 한 번도 숲을 벗어나 본 적이 없었기에, 그 이야기들이 항상 흥미진진했다.

세이지 마을에 대한 이야기도 그중 하나였다. 세이지 마을은 숲에서 조금 떨어진 곳에 있는 작은 마을이었는데, 린다 아주머니의 이야기로는 여러 채의 집들이 옹기종기 모여 있어 정겨운 분위기를 풍기는 곳이라고 했다.

이야기를 듣다 보니 세이지 마을에 대한 내 궁금증은 더욱 커졌다. 그날 밤, 나는 엄마에게 세이지 마을에 가보고 싶다는 이야기를 꺼냈다. 엄마는 놀란 듯 잠시 눈이 커졌고, 이내 심각한 표정으로 골똘히 생각했다. 그러고는 아직은 내가 너무 어려 안 된다고 말했다. 볼멘소리를 내보았지만, 엄마는 꿈쩍도 하지 않았다. 어린 여자아이에게 숲 바깥이 얼마나 위험한지 설명하는 엄마의 말에 나도 조금은 겁이 나 더 우기지는 않았다.

대신 열여덟 살이 되는 생일에는 세이지 마을에 갈 수 있게 해달라고 부탁했다. 그것이 내 인내심의 최대치였다. 엄마는 나의 간절한 눈빛에 결국 제안을 받아들였다. 그리고 나는 지금까지 그 약속만을 기다리고 있었다.

기다리던 열여덟 살 생일이 어느새 하루 앞으로 다가왔다. 설레는 마음에 잠을 설쳤지만, 피곤함은 전혀 느껴지지 않았다. 나는 날이 밝자마자 엄마의 방으로 뛰어들어갔다.

"엄마, 드디어 오늘이야! 세이지 마을에 다녀올게!"

기대에 가득 찬 눈으로 엄마를 쳐다보며 다음에 나올 말을 기다렸다. '알았으니 당장 나갈 준비를 해라.', '그래도 아침은 먹고 출발해야지.' 같은 말이 나와야 했다. 하지만 엄마의 입 밖으로 나온 말은 전혀 예상하지 못했던 내용이었다.

"안 돼, 미아."

나는 당황했다. 혹시 날짜를 잘못 안 건가 싶어 머릿속으로 다시 세어보았으나, 오늘은 틀림없이 내 생일이었다. 엄마에게 이유를 물었지만 숲 바깥은 위험하다는, 지겹게 들어왔던 그 말만 반복할 뿐이었다.

"약속했잖아요! 열여덟 살 생일에는 꼭 가게 해준다고!"

"시간이 지나면 네 마음이 사그라들 줄 알았지. 그걸 여태 기억하고 있을 줄은 몰랐구나. 아무튼 안 된다. 너무 위험해."

그 말을 듣는 순간 그동안의 기대와 설렘이 완전히 무너져내렸다. 엄마에게 큰 실망감과 배신감을 느꼈다. 내가 오랫동안 기다려왔던 그 약속이 엄마에게는 빈말에 불과했다는 사실이 참을 수 없이 화가 났다.

"미아!"

날카로운 목소리를 뒤로하고 내 방으로 뛰어들어왔다. 쾅 소리와 함께 문이 닫히자 방 안의 물건들이 미세한 진동을 일으켰다. 이미 얼굴은 눈물로 범벅이 되어 있었다. 참아보려고 애쓴 것이 무색하게 눈물은 하염없이 흘러나왔다.

다음 날 아침, 엄마가 이웃 마을에 일을 나간 틈을 타 나는 노아의 집으로 향했다. 린다 아주머니와 브래드 아저씨 몰래 그릇을 실은 수레에 숨어 들어갈 작정이었다. 언제까지고 기다리기만 할 수는 없었다. 엄마는 절대 나를 세이지 마을에 데려가지 않을 것이다.

어젯밤, 우울한 마음을 달래기 위해 잠시 노아를 만나고 오겠다는 핑계를 댄 나는 새로운 계획을 세웠다. 린다 아주머니와 브래드 아저씨가 내일 그릇을 팔러 간다고 했던 노아의 말이 떠올라 도움을 청하기로 한 것이다. 얼마 전부터 노아는 부모님의 일을 도우러 같이 마을에 가곤 했다. 나는 노아에게 사정을 자세히 말한 뒤 세이지 마을에 데려다 달라고 부탁했다. 노아는 잠시 고민하더니 곧 고개를 끄덕이며 그러겠다고 했다. 우리는 머리를 맞대고 내가 몰래 숲을 빠져나갈 수 있는 방법을 찾았다.

마을로 가기 전, 노아는 린다 아주머니에게 자신이 수레에 그릇을 실겠다고 말했다. 나를 숨기기 위해서였다. 노아는 내가 들어갈 수 있는 공간을 만든 후 남은 공간을 그릇들로 채우고, 잘 숨은 걸 확인한 뒤 수레 전체를 천으로 덮었다. 그렇게 잠시 숨을 죽이고 기다리니 곧 린다 아주머니와 브래드 아저씨가 밖으로 나왔다.

흔들리는 수레 안에서 나는 계속 세이지 마을에 대해 상상했다. 엄마 말처럼 마을로 가는 길이 위험하면 어쩌나 걱정했지만, 예상과는 달리 어떤 위협도 없었다. 가끔 늑대 울음소리가 들리긴 했지만, 가까이에서 들리는 건 아니었다. 위험해서 안 된다는 이유도 거짓말이었나, 하는 의문이 들었지만 설레는 기분을 망칠 것 같아 곧 생각하기를 그만두었다.

꽤 시간이 흘렀다고 느꼈을 무렵, 노아가 아주머니, 아저씨와 이야기하는 소리가 들려왔다. 곧이어 수레를 주먹으로 두 번 치는 소리가 났다.

'내가 수레를 두 번 치면 밖으로 나와서 곧장 마을로 가. 안내 표지판을 따라가면 돼.'

출발 전 노아와 정한 암호였다. 조심스럽게 천을 들췄다. 노아가 아주머니와 아저씨를 따돌리는 데 성공했는지, 셋은 수레에서 조금 떨어진 곳에 있었다. 나는 얼른 수레에서 나와 옆에 있는 큰 나무 뒤로 몸을 숨겼다. 주위를 둘러보니 스무 발자국 정도 떨어진 곳에 좁은 오솔길이 있었다. 나는 곧장 그곳을 향해 뛰었다. 오솔길 입구에서 고개를 돌리자 지켜보던 노아와 눈이 마주쳤다. 나는 입 모양으로 '마을 입구에서 봐.'라고 말한 뒤 마을을 향해 걷기 시작했다.

다리가 조금씩 아프기 시작할 때쯤, '세이지 마을'이라고 적힌 표지판을 발견했다. 그리고 표지판 너머에는 한 번도 보지 못했던 마을의 풍경이 펼쳐져 있었다. 너무 신기해 당장이라도 뛰어들어가 이것저것 구경하고 싶었지만, 그러면 노아와 길이 엇갈릴 수도 있었기 때문에 꾹 참고 기다렸다. 노아를 기다리는 동안 일 분이 한 시간처럼 길게 느껴졌다. 곧 저쪽에서 노아가 뛰어왔다. 나는 노아에게 크게 손을 흔들며 어서 오라고 재촉했다. 기대감으로 인해 새어 나오는 웃음을 참을 수가 없었다.

세이지 마을은 숲과는 완전히 다른 세상이었다. 처음 보는 물건들이 넘쳐났고 맛있는 냄새를 풍기는 음식들도 많았다. 평화로웠지만 가끔은 외롭게 느껴지기도 했던 숲과는 달리 마을 안은 생기가 넘쳤다. 거리마다 사람들이 가득했고, 작은 집들은 옹기종기 모여 정겨운 분위기를 자아냈다. 나는 북적이는 사람들의 발걸음을 따라 넋을 놓고 마을 안으로 들어갔다.

마을 중심에 다다르니 탁 트인 광장이 나왔다. 노랫소리가 들려왔고, 사람들은 원을 그리며 춤을 추고 있었다. 마주 선 사람들은 한 손은 허리에 두고 다른 손은 손끝이 하늘을 향하도록 든 채 서로 맞대고 빙글빙글 돌았다. 춤을 추는 사람들도, 구경하는 사람들도 모두 즐거워했다.

처음에는 그 분위기가 낯설게 느껴져 멀리서 지켜만 봤지만, 어느새 다가온 여자아이의 손에 이끌려 광장의 중심으로 나갔다. 나는 아이의 손짓과 발짓을 흉내 내며 처음 보는 춤을 따라 하기 위해 애썼다. 그러다 보니 어느새 그 흥겨움에 동화되어 한껏 즐거워졌다. 노아도 누군가의 손에 이끌려왔는지 옆에서 어정쩡한 자세로 춤을 추고 있었다. 눈이 마주친 우리는 누가 먼저랄 것도 없이 크게 웃음을 터뜨렸다. 우리의 모습이 우스꽝스러워 보인 탓도 있었지만, 상상만 하던 곳에서 사람들과 함께 어울리고 있다는 사실에 자연스럽게 웃음이 배어 나온 것이었다.

한바탕 춤을 추고 나니 허기가 느껴졌다. 아침 이후로 아무것도 먹지 못했기 때문에 배에서는 요란한 소리가 계속해서 울려 퍼졌다. 혹시 몰라 엄마 방에서 몰래 돈을 조금 가져와 다행이었다. 동시에 지금쯤 일을 마치고 집에 돌아와 내가 없어졌다는 사실을 알게 되었을 엄마의 모습이 떠올랐다. 말없이 집을 나온 나를 걱정하는 엄마의 모습이 떠오르자 마음이 편치는 않았지만, 어제 있었던 일을 생각하며 마음을 다잡았다.

'어차피 오늘 하루만이야. 오늘 하루는 내가 하고 싶은 대로 다 할 거야.'

배가 고프다는 노아의 말에 곧 정신을 차리고 멀리서 풍겨오는 음식 냄새를 따라 발걸음을 옮겼다. 냄새에 이끌려 도착한 곳은 국수를 파는 조그마한 식당이었다. 그곳에서는 고기도 함께 팔았지만, 우리는 각자 국수 한 그릇씩을 주문할 돈조차 부족했다. 결국 국수 한 그릇을 시켜 나눠 먹으며 아쉬운 마음에 고기를 주문한 다른 테이블을 쳐다보고 있을 때였다.

"배가 많이 고프니? 혹시 고기 먹고 싶어?"

소리가 들리는 쪽으로 고개를 돌리니 한 여자가 우리를 보며 웃고 있었다.

"마침 집에 가서 식사 준비를 하려고 하는데, 괜찮으면 우리 집에 가서 좀 더 먹지 않을래?"

둘이 나눠 먹기엔 국수 한 그릇의 양이 턱없이 적었기 때문에 우리는 아직 허기가 채워지지 않은 상태였다. 게다가 끊임없이 나는 고기 냄새의 유혹에 더더욱 그 제안을 거절하기가 어려웠다. 갑작스러운 호의가 당황스럽기는 했지만, 이렇게나 즐겁고 행복한 곳에 사는 사람들은 모두 친절할 거라는 생각에 우리는 별다른 의심 없이 여자를 따라나섰다.

여자의 집은 광장에서 조금 떨어진 곳에 있었다. 집에는 남자 하나가 있었는데, 여자는 그를 자신의 남편이라고 소개했다. 그는 얼굴이 조금 불그스름했고, 몸에서 이상한 향이 났다. 손에는 투명한 액체가 담긴 컵을 들고 있었는데, 거기에서도 비슷한 향이 나는 것 같았다. 여자는 우리에게 식사 전에 목부터 축이라며 따뜻한 음료를 건네주었다. 달콤한 맛이 나는 음료였다. 갈증이 났던 나는 벌컥벌컥 음료를 들이켰다. 곧 몸이 따뜻해지면서 나른해지고 졸음이 쏟아졌다. 춤을 너무 열심히 췄던 탓이었을까. 눈이 스르르 감기고 몸에 힘이 풀리는 느낌이 들었다.

희미하게 들려오는 말소리에 눈을 떴다. 나도 모르게 잠이 들었던 모양이었다. 주위를 둘러보니, 아까 음료를 마셨던 곳과는 다른 장소였다. 나는 갑자기 무서워져 얼른 옆에 있는 노아를 깨웠다. 노아도 갑작스럽게 바뀐 장소에 당황해했다. 우리는 우선 바깥의 상황을 살피기로 했다. 조심스럽게 문고리를 돌리는데, 돌아가는 소리만 날 뿐 문이 열리지 않았다. 우리는 당황한 나머지 소리를 죽여야 한다는 것도 잊은 채 있는 힘껏 문고리를 돌려댔다. 하지만 여전히 문은 열릴 기미가 보이지 않았다.

그때였다.

"일어났어?"

문밖에서 여자의 목소리가 들렸다.

"지금 이게 뭐하시는 거예요? 당장 문 열어줘요!"

"미안, 확인할 게 좀 있어서. 지금 열어줄게."

그러더니 곧 문이 열리고 여자의 얼굴이 보였다. 여자는 무슨 일이라도 있었냐는 듯 태연한 표정이었다.

"저희 그냥 가야 할 것 같아요. 시간이 늦었어요."

나는 얼른 노아와 함께 그 집을 빠져나오려고 했다. 하지만 우리 앞을 가로막은 여자와 남자 때문에 발걸음을 뗄 수가 없었다.

"나 모르겠니?"

갑자기 여자가 나를 빤히 쳐다보며 물었다.

"전혀요. 왜 이러세요? 저희 갈래요!"

긴장감으로 목소리가 마구 떨려 나왔다.

"라푼젤……. 정말 우리가 기억이 안 나?"

"라푼젤이 누군데요? 제 이름은 미아예요."

라푼젤이라니……. 나를 다른 사람과 착각하고 있는 게 분명했다. 그런데 그 뒤에 들려온 말에 나는 순간 생각이 멈춰버리는 듯한 느낌을 받았다.

"미아라고? 그 여자가 네 이름까지 바꿨나 보네."

여자는 어이없다는 듯이 헛웃음을 지었다.

"그게 무슨 말이에요? 알아듣게 말 좀 해줘요."

"네가 엄마라고 생각하고 있는 그 여자 말이야……. 진짜 엄마가 아니라고."

생각지도 못했던 말이 튀어나오자 머릿속이 온통 뒤엉켰다. 하지만 가까스로 정신을 차렸다. 이곳에서 벗어나야 한다.

"무슨 헛소리를 하는 거야. 당신들 도대체 정체가 뭐야?"

"뒷머리에 길게 찢어진 흉터가 있지? 아주 어렸을 때 생긴 상처니까, 지금은 많이 작아졌으려나?"

여자의 물음에 나는 아무 말도 할 수가 없었다. 이 흉터는 엄마와 나를 제외하고는 아무도 모르기 때문이다. 어느 날 머리를 빗다가 나는 내 뒷머리에 긴 흉터가 있다는 걸 처음 알았다. 깜짝 놀라 엄마에게 물었더니, 엄마는 당황하며 내가 아주 어렸을 때 엄마의 부주의로 생긴 상처라고 말해주었다. 그러면서 혹시나 놀림을 받을 수도 있으니 다른 사람에게는 말하지 말라고 당부했다. 엄마와 나 둘만의 비밀이었다. 긴 머리칼 속에 늘 감춰져 있어서 다른 사람들은 알 방법이 없었다. 심지어 시간이 많이 지나 상처는 한눈에 알아보기 어려울 만큼 작아져 있었다. 그런데 이 여자는 그걸 알고 있다. 당황해하는 나를 보며 여자는 다시 말을 이었다.

"그 상처, 네가 아기였을 때 생긴 상처야. 바닥에 떨어져 깨진 유리 조각에 머리를 베이는 바람에……. 그때 내가 얼마나 놀랐는지 아니?"

"이 상처를 당신이 어떻게 알아? 우리 엄마밖에 모르는 건데……?"

"내가 진짜 네 엄마니까. 그 여자가 우리한테서 너를 빼앗아 간 거야. 우리가 너를 얼마나 찾았는데!"

여자는 계속해서 믿기 어려운 말들을 쏟아냈다. 아이를 갖고 싶어 했지만 가질 수 없었던 엄마는 행복하게 살고 있는 나와 그들을 보고 질투에 사로잡혀 나를 납치해 멀리 도망쳤다고 했다. 그들은 사라진 나를 계속 찾았지만, 도저히 찾을 수가 없었다. 그러다 오늘 자신과 닮은 듯한 나를 발견했고, 혹시나 하는 마음에 집으로 데리고 와본 것이라고 말했다.

나는 너무 혼란스러웠다. 그 말을 믿고 싶지가 않았다. 하지만 그들이 내 흉터에 대해 알고 있는 이상 전부 거짓말이라는 확신을 할 수도 없었다. 엄마가 보고 싶었다. 엄마에게 묻고 싶었다. 이 마을로 오는 걸 반대한 이유가 내 친부모가 있어서였냐고, 이 사람들이 하는 말이 다 사실이냐고 묻고 싶었다.

"저 일단 갈래요. 엄마랑 얘기해 볼래요."

"안 돼! 그 사람이 네가 이 사실을 알게 됐다는 걸 알면 또 너를 멀리 데리고 가버릴 거야. 또 너를 잃을 순 없어."

"당신 말도 아직 못 믿겠어! 그러니까 일단 엄마를 만날래."

나는 그 집을 벗어나려 했다. 그러나 나를 붙잡고 놓아주지 않는 여자 때문에 도저히 밖으로 나갈 수가 없었다. 노아에게 도움을 청하려 했으나, 노아 또한 남자에게 붙잡혀 움직일 수 없는 상황이었다.

"쨍그랑!"

그때, 큰 소리와 함께 창문이 깨졌다.

"미아!"

깨진 창문 밖에서 엄마의 목소리가 들렸다. 나는 어떻게든 여자에게서 빠져나오려고 용을 썼다. 하지만 여자도 필사적이었다.

"안 돼! 절대 못 가! 우리가 널 어떻게 찾았는데!"

무엇이 진실인지, 누구의 말이 맞는 건지 알 수 없었지만 엄마와 이야기를 해봐야 했다. 그동안 엄마가 나에게 주었던 따뜻한 사랑은 절대 거짓일 리가 없었다. 나는 있는 힘껏 여자의 발을 밟고 바닥에 있던 컵을 남자를 향해 던졌다. 놀란 남자가 노아에게 손을 떼는 순간, 얼른 노아의 손을 잡고 집 밖으로 뛰쳐나갔다.

"애들아, 여기야!"

밖에는 엄마와 린다 아주머니, 브래드 아저씨가 와 있었다. 나와 노아는 얼른 엄마의 손을 잡고 온 힘을 다해 달렸다.

숨이 턱 밑까지 차오를 때쯤 우리는 달리기를 멈췄다. 마을에서 한참 벗어난 곳이었다. 잠시 말없이 숨을 골랐다. 어느 정도 진정이 되자 여자의 말이 다시 머릿속에 떠올랐다. 나는 잠시 고민했지만, 이내 다짐했다. 엄마의 입으로 직접 사실을 들어야 했다. 나는 여자에게 들은 이야기를 전부 엄마에게 들려주었다. 차분하게 말하려고 노력했지만, 목소리가 떨려 나오는 걸 막을 수는 없었다. 엄마는 내 이야기를 다 듣고는 한숨을 길게 내쉬었다. 그리고는 결심한 듯, 나에게 두 장의 종이를 건넸다. 편지였다. 꽤 오래전에 쓰인 듯, 종이가 바래져 있었다.

너에게 이 이야기를 해야 할 날이 오지 않기를 바라지만, 만약 그 날이 오게 된다면 어떻게 이야기를 꺼내야 할지 참 막막하구나. 고민 끝에 말보다는 글로 전달하는 게 좋을 것 같아 몇 번을 망설이다 이렇게 펜을 들었단다.

미아, 사실 너를 낳은 부모는 따로 있단다. 그동안 내가 너를 속였다는 사실을 알게 되면 너는 어떤 표정을 지을까, 상상만으로도 가슴이 찢어질 것 같구나. 하지만 또 한편으로는 그때 그럴 수밖에 없었던 나를 너도 이해해 주지 않을까 하는 이기적인 기대도 품게 돼.

내가 그들에게서 너를 데려온 이유는 내가 너를 더 행복하게 만들어줄 수 있을 거라는 확신이 있었기 때문이야. 그들은 너를 낳기만 했을 뿐, 부모의 역할은 하나도 하지 않았어. 배가 고파 울고 있는 너를 힐끔 쳐다만 보고, 젖병을 물리거나 안고 달래지도 않았지. 그들은 내가 일하는 술집에 매일같이 와 너를 식탁에 올려두고 끊임없이 술만 마셨어. 너는 계속 울었고, 나는 그런 너를 그대로 둘 수 없었단다. 너를 보면 내 어린 시절이 떠올랐거든.

아직도 나를 보며 환하게 웃어주던 네 모습이 선명하게 떠오른단다. 너를 안고 우유를 주었더니, 배가 많이 고팠는지 허겁지겁 금세 다 먹고는 나를 향해 해맑게 웃어주었어. 태어나 처음 본, 눈물 나도록 예쁜 웃음이었지. 그 순간 다짐했어. 술에 진탕 취해 곯아떨어진 저 부모 같지도 않은 사람들에게서 너를 구해주어야겠다고. 그렇게 나는 그날, 너를 데리고 이 숲으로 오게 되었단다.

나를 이기적이라며 비난할 수도, 그동안 거짓말을 해왔다는 사실에 화가 많이 날 수도 있을 거야. 그래도 괜찮아. 하지만 이것만은 잊지 않았으면 좋겠구나. 그동안 너를 사랑하고 아꼈던 엄마의 마음은 거짓이 아니었단다. 나는 너 하나로 세상 누구보다 행복했어.

미아, 엄마가 많이 미안하고 사랑해.

편지에는 믿을 수 없는 이야기가 가득했다. 18년이라는 시간 동안 엄마가 나를 속인 것이다. 그들의 이야기는 거짓말이 아니었다. 머릿속이 복잡해 정신을 똑바로 차리기가 어려웠다.

"미아……?"

엄마가 조심스럽게 불렀지만, 엄마의 얼굴을 쳐다볼 수가 없었다. 분노인지, 안도감인지, 고마움인지 모를 뒤엉킨 감정들이 나를 집어삼켰다.

"저, 오늘은 노아네 집으로 갈게요……. 그래도 되죠?"

나는 엄마의 시선을 피하며 물었다.

"…… 그래. 그래도, 내일은 꼭 집에 와주렴."

나는 고개를 푹 숙이고 노아의 집으로 발걸음을 옮겼다. 조금 걷다가 슬쩍 뒤를 돌아보니, 엄마는 여전히 그 자리에 서서 멀어져가는 내 뒷모습을 바라보고 있었다.

노아네 집에서 따뜻한 물로 목욕을 하고, 린다 아주머니가 깔아주신 이불 속에 몸을 묻었다. 이불에서 나는 포근한 향 덕분에 마음이 조금 편안해졌다. 나는 살짝 몸을 웅크리고 하나씩 생각을 정리하기 시작했다. 오늘 있었던 일이 마치 꿈처럼 느껴졌다.

문득 멀리서 나를 바라보던 엄마의 모습이 떠올랐다. 그리고 엄마와 함께했던 지난 추억들도 스쳐 지나갔다. 그 시간 속 엄마는 나를 진심으로 사랑했다. 생각을 거듭하면 할수록, 기억을 되새기면 되새길수록 나를 향한 엄마의 마음이 진심이었음을 확신할 수 있었다. 엄마가 친부모가 아니라는 사실이 그렇게 큰 문제일까? 아니다. 그런 건 중요한 게 아니다. 엄마는 나를 진심으로 사랑했고, 나 또한 그런 엄마를 진심으로 사랑했다. 그 사실만이 중요했다.

갑자기 눈물이 하염없이 쏟아졌다. 엄마가 너무 보고 싶었다.

다음 날 아침, 날이 밝자마자 노아 가족에게 감사 인사를 한 후 집으로 향했다. 엄마는 집 앞에서 날 기다리고 있었다. 한숨도 자지 못한 듯 피곤해 보이는 얼굴이었다. 나와 눈이 마주치자 엄마는 조심스럽게 웃으며 내게 말했다.

"어서 와."

나는 차오르는 눈물을 닦아내고 힘껏 달려가 엄마의 품에 안겼다. 엄마는 놀란 듯 잠시 흠칫했지만, 곧 나를 꽉 안아주었다. 소중한 것을 놓치지 않으려는 듯 엄마의 팔에는 힘이 들어가 있었다.

"엄마, 그동안 나 예쁘게 키워줘서 너무 고마워."

나는 엄마의 품 안에서 나지막이 속삭였다. 들릴 듯 말 듯 작은 목소리였지만, 엄마에게 전달되기에는 충분했는지 엄마가 나를 더 꽉 껴안는 것이 느껴졌다.

"기다렸어. 집으로 돌아와줘서 고마워, 미아."

다시 만나는 고전

나와 너, 그리고 우리의 이야기

1판 1쇄 발행일 2022년 10월 21일

지은이 SWU作 2022

발행인 김학원
발행처 (주)휴머니스트출판그룹
출판등록 제313-2007-000007호(2007년 1월 5일)
주소 (03991) 서울시 마포구 동교로23길 76(연남동)
전화 02-335-4422 **팩스** 02-334-3427
저자·독자 서비스 humanist@humanistbooks.com
홈페이지 www.humanistbooks.com
유튜브 youtube.com/user/humanistma **포스트** post.naver.com/hmcv
페이스북 facebook.com/hmcv2001 **인스타그램** @humanist_insta

편집책임 문성환 **편집** 윤무재 **디자인** 이수빈
용지 화인페이퍼 **인쇄** 청아디앤피 **제본** 민성사

ISBN 979-11-6080-911-4 03810